面向 21 世纪高等学校机电类专业教改教材

测试技术及应用

（第二版）

主　编　史天录　刘经燕
副主编　王建萍　陈益瑞　郝晓曦

华南理工大学出版社
·广州·

内 容 简 介

十余年来，信息科学与材料科学的发展，制造技术与微电子技术、计算机技术的紧密结合，给测试技术课程赋予了新的内容和要求。本教材力求在教学大纲的要求内，在阐明工程测试技术基础理论的前提下，尽量介绍它的最新技术，以开拓读者的视野。

结合工程测试技术的实际及其发展，全书共分六章，内容包括：测试系统分析，信号的获取，信号的预处理，常见工程量测试，信号描述及处理，微机化测试分析仪及微机测试系统。

本书可作为高校机械工程类专业（特别是机械制造工程类专业）的本科生教材，也可供相近专业的大专、夜大、函大、高职类教学选用，亦可供研究生、有关教师和工程技术人员参考。

图书在版编目（CIP）数据

测试技术及应用/史天录，刘经燕主编．—2 版．—广州：华南理工大学出版社，2009.5

（面向 21 世纪高等学校机电类专业教改教材）

ISBN 978 - 7 - 5623 - 2969 - 5

Ⅰ. 测…　Ⅱ.①史…②刘…　Ⅲ. 测试技术-高等学校-教材　　Ⅳ. TB4

中国版本图书馆 CIP 数据核字（2009）第 045533 号

总 发 行：华南理工大学出版社（广州五山华南理工大学 17 号楼　邮编 510640）
　　　　　营销部电话：020-22236386　87113487　87111048（传真）
　　　　　E-mail：z2cb@ scut. edu. cn　　http：//www. scutpress. com. cn
责任编辑：詹志青
印 刷 者：广东省农垦总局印刷厂
开　　本：787mm×1092mm　1/16　**印张：**13.5　**字数：**337 千
版　　次：2009 年 5 月第 2 版　2009 年 5 月第 7 次印刷
印　　数：9001～12 000 册
定　　价：26.00 元

序

　　"测试"是人类认识自然、掌握自然规律的实践途径之一，是形成、发展和检验自然科学理论的实践基础。"测试技术"是科学研究中获得感性材料、接受自然信息的主要工具之一，是科学技术进步的重要支柱。

　　随着近代科学技术的迅速发展，特别是微电子技术及计算机技术的发展，"测试技术"所涵盖的内容更深刻、更广泛，它已涉及到许多科学领域，无论是生物、海洋、气象、地质、雷达、通信还是机械、电子等工程，几乎都离不开传感器技术和信号处理技术。

　　教学实践表明，在工科大学教育中，无论是本科、专科还是研究生教育，开设"工程测试技术"课程，对于学生掌握近代测试理论与技术、提高科研工作能力，都具有重要作用，是加强学生综合素质教育和创新能力培养的重要举措之一。

　　本书作者刘经燕等同志长期从事工程测试领域的教学与科研工作，该书既包含了他们教学工作的宝贵经验，亦包含了他们丰硕的科研成果。深信本书的出版，将对工科有关专业学生综合素质的培养和教学质量的提高产生良好的效益。

　　我应作者之邀，写此序言。祝愿作者们在进一步的教学与科研工作中取得更大的成就。并欢迎广大读者与同行对本书提出指正与建议，以帮助作者进一步做好工作。

杨叔子

2001 年 1 月

第 二 版 前 言

本书第一版被全国多所高等院校选作教材,使用量较大,受到广泛好评。最近几年在测试技术应用领域又有一些新的传感器和新测试技术,应使用该书的各兄弟院校老师的要求,我们对本书进行修订。

本书第二版是在刘经燕、熊焕庭等教授编写的《测试技术及应用》教材的基础上,根据当今测试技术的发展情况对原有的内容进行增加和修改而完成的,新版从内容到结构都做了相应的调整和补充,章节是按照典型的测试系统所完成一次测试的过程来安排顺序的。首先,增加了有关测试技术中常用的基本概念和方法、测试系统的基本组成及其性能指标;其次,介绍了信号获取的方法,在原有内容的基础上增加了一些新型传感器的工作原理和使用方法,并适当介绍了各种传感器的应用范围、性能指标和选用方法;第三,介绍了模拟信号的中间变换方法,对常用的变换方法(如电桥、调制解调、滤波等)在原理介绍的基础上,增加了使用范围、选用方法和使用时的注意事项;第四,介绍了常见工程量(如位移、速度、压力、振动、噪声与温度等)的测量方法;第五,介绍了信号处理的基本知识,主要增加了对一般数字信号进行处理的相关内容;最后,介绍了微机化测试分析仪及微机测试系统。

在本书第二版的修订工作中,五邑大学黄辉老师做了大量工作,杨铁牛教授给了一定指导,在此表示感谢!

本书配有多媒体教学、实验 CAI 光盘,需要者可与编者联系。Email:stl @ wyu. cn

由于编者的水平所限,新世纪教材的改革有待探讨,因此,书中难免存在缺点和错误,希望读者不吝指教,提出批评建议,我们由衷地欢迎和感激。

编 者

2009 年 3 月 24 日

前　言

本书是结合当前工程测试技术的实际和发展,为高等院校的机械工程类专业(特别是机械制造工程类专业)的"测试技术及应用"(或"测试技术与信息处理")课编写的教材。"测试技术及应用"是机械工程类专业的一门主要技术基础课。

在内容安排上,本书力求符合读者的认识规律,并尽量避免与"机械控制工程基础"内容重复。其基本内容及安排如下:第一章介绍测试信号的获取;第二章阐述模拟信号的中间变换和记录;第三章介绍常见工程量(如位移、速度、压力、振动、噪声和温度)的测量方法;第四章介绍信号处理的基本知识;最后一章介绍微机化测试分析仪及微机测试系统。

本书由广东五邑大学刘经燕任主编,深圳大学王建萍、湛江海洋大学陈益瑞任副主编。绪论和第三章由刘经燕和熊焕庭(五邑大学)编写;第一章由陈益民(广东工业大学)和刘经燕编写;第二章由陈益瑞编写;第四章由王建萍、陈益民和熊焕庭编写;第五章由熊焕庭编写。由广东工业大学司徒忠教授和佛山大学阮世勋教授主审。

本书的编写工作是在司徒忠教授倡议与指导下完成的,广东工业大学郑莹娜教授对编写大纲提出了宝贵意见,中山学院给第三章提供了部分素材。华中科技大学(原华中理工大学)杨叔子院士和卢文祥教授对本书的编写予以支持和指导。在成书过程中五邑大学刘海刚、AP95081 和 AP96081 班部分同学付出了辛勤劳动。编者对他们以及支持过此书编写工作的有关同志和领导及书末所列参考文献的作者表示衷心的感谢!

本书尚配有多媒体教学、实验 CAI 光盘,需要者可与编者联系。

由于编者的水平所限,新世纪教材的改革有待探讨,因此,书中肯定存在诸多缺点和错误,切望读者不吝指教,提出批评建议,我们由衷地欢迎和感激。

编　者

2001 年 2 月

目　录

绪　论

经数百万年蒙昧、数千年农耕、几百年工商,人类社会已进入当今的信息时代。社会的发展基于人类对客观世界的不断认识;同时,人类对客观的认识能力也随社会的发展而发展。测试,则正是人类认识客观世界的主要手段。

人类要认识世界、改造世界,探索一切自然规律,都离不开测试技术及各种检测仪器或系统。我国著名科学家王大珩先生指出,"仪器仪表是人们认识世界的工具",没有这个工具人类就无法探索和研究自然界的奥秘。在科学研究中,要对未知领域进行探索,必然要借助于各种检测手段,利用这些先进的检测方法和仪器,人们可以认识自然界的规律,验证所提出的理论。可以说,每一种新的检测仪器的问世都将推动相关领域科学技术的进步。据统计,自诺贝尔奖创立以来,物理和化学奖中约有四分之一是由于获奖者在测试方法和测量仪器上的发明和创新而获得的。在工农业生产及国防各行业中,检测技术和仪器仪表同样占有极其重要的地位。国民生产的各领域都离不开检测技术和检测仪器或系统,它担负着生产过程的监测和自动控制,是保证生产连续、高效和安全运行的关键。可以说,没有先进的检测技术和检测仪器就没有现代工业化的发展。

测试是意义更为广泛的测量。国际通用计量学基本名词对"测量"的定义推荐为:"测量是以确定量值为目的的一组操作。"这种操作包括比较和得到标准量的倍数,即将被测量的参数与单位标准量进行比较,通过比较得到被测参数相对标准量的倍数即可获得测量结果。此外,还有与测量这一概念近似的检验,所谓测试实质上是给出参数量值应属的范围,并根据被测量参数是否在给定的范围来判别被测量数是否合格。检测包含测量和检验两种操作,但它还有一个极为重要的内容,即获取被测对象的有用信号。

一、测试技术在机械工程中的应用

随着近代科学技术(特别是信息科学、材料科学、微电子技术和计算机技术)的迅速发展,测试技术所涵盖的内容也更加深刻和广泛。现代人类的社会生产、生活、经济交往和科学研究都与测试技术息息相关。各个科学领域,特别是生物、海洋、航天、气象、地质、通信、控制、机械和电子等,都离不开测试技术,测试技术在这些领域中也起着越来越重要的作用。因此,测试技术已成为人类社会进步的、各学科高级工程技术人员必须掌握的一种重要基础技术。以下介绍测试技术在机械工程领域中的几个主要方面的应用。

(一)产品开发和性能试验

新产品开发是企业活力的重要组成部分。一个新产品,从构想到占领市场,必须经过设计、试制、质量稳定的批量生产等过程。目前,随着各领域设计理论的日趋完善和计算机数字仿真技术的逐渐普及,产品设计也日趋完美。但真实的产品零件、部件、整机的性能试验等才是检验设计正确与否的唯一依据。许多产品都要经过设计、试验、再修改设计、再试验的多次反复,即使已定型的产品,在生产过程中也需要对每一产品或其部分样品作性能试验,以便控制产品质量。用户验收产品的主要依据也是产品的性能试验结果。

　　例如,滚动轴承生产厂应按行业规定,对其生产的轴承作寿命及可靠性试验。图 0-1 所示是基于 PC 机的试验系统框图。在一台滚动轴承疲劳试验机上装有四套被试验轴承, 液压机构给轴承加载至规定负荷,四个温度传感器分别测出各轴承的试验温度,与环境温度 比较后获得试验温升。由安装在试验机上的振动传感器测出试验机的振动。PC 机每隔 1 小时自动巡回检测一次,在屏幕上显示温升和振动的时间历程。一台 PC 机可监控多台轴 承疲劳试验机。当某一轴承的温升或某台试验机的振动超过预定值时,PC 机发出信号,送 至电动机的继电器,使该试验机暂停工作,同时报警。试验人员对现场判断后,做出继续试 验或取下失效轴承而对剩余轴承继续试验等选择,直到数百小时的试验全部完成。试验记 录由计算机保存,并按规定作进一步的处理和分析。实际工程中,对一台机器,往往要对其 主轴、传动轴做扭转疲劳试验;对齿轮传动系统,要做承载能力、传动精确度、运行噪声、振 动、机械效率及寿命等方面的试验;对洗衣机等机电产品,要做运行噪声、振动和电控件寿命 等试验;对柴油机、汽油机等,要做噪声、振动、油耗、废气排放等试验。对某些在冲击、振动 环境下工作的整机或部件,还需模拟其工作环境进行试验,以证实或改进它们在此环境下的 工作可靠性。例如,汽车空调压缩机、巷道掘进机的电控箱,需放在专门的电液伺服振动台 上,由计算机控制振动台,在一定的误差范围内模拟实际工况振动。试验车辆,或在专门模 拟各种路面的试车场做长时间行驶试验,或前轮、后轮均支承在专门的试验台上做试验,以

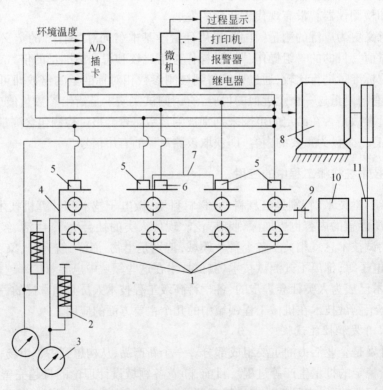

图 0-1　滚动轴承寿命及可靠性试验系统
1—轴承;2—手动螺旋液压器;3—压力表;4—轴向加载部件;5—温度传感器;6—加速度
传感器;7—径向加载部件;8—电机;9—联轴器;10—增速器;11—皮带传动机构

检验主要构件和各零部件的可靠性。机器及其零部件的性能试验,是产品性能试验中的重要部分。

控制系统已是大多数近代机械设备不可缺少的一部分。对各种特定的控制系统及其关键元件都应进行静态、动态特性试验,如系统灵敏度、时间常数、过渡过程品质、频率特性等测试和仿真试验等。较详细要求请参阅有关书籍。

对许多机器设备或工程结构(如精密机床、高速汽轮机转子、高层建筑、海洋钻井平台等),限制其振动效应或提高其抗振性能,一直是人们追求的重要目标。为此,必须进行结构的动态试验。一种试验方法是在机器或结构的运行或使用状态测量适当部位的振动,并对所测数据进行分析,对动态品质作出评价,提出补救措施或改进意见。另一种方法是在样机或结构模型上选取多个激振点和拾振点,在激振点上施加特定的激励,同时测量激励和拾振点振动响应,所测数据经处理分析,可获得更准确、更全面的结构动态信息,如各阶模态频率、模态振型及模态阻尼等。目前多用有限元分析方法来进行结构的静力、动力计算分析,但计算模型的简化和边界条件的处理,使计算模型与实际结构总有较大差异。若进一步经结构模态试验,对有限元模型进行修改,将使设计更符合实际。像汽车、飞行器、船舶、水轮机、高层建筑、桥梁等大型复杂重要结构,现多采用有限元分析和结构模态试验相结合的设计方法。计算机直接调用试验模态参数,进行动力学修改和优化,使结构动态特性达到预定的要求。

(二)质量控制与生产监督

产品质量是生产者关注的首要问题,机电产品的零件、组件、部件及整体的各生产环节,都必须对产品质量加以严格控制。从技术角度而言,测试(工业生产中常称为检测)则是质量控制与生产监督的基础手段。

例如,冰箱的旋转式压缩机,对其气缸、叶片、活塞三个主要零件的配合间隙有较高的要求。生产中,先按稍低的公差要求加工三个零件,再对它们相互配合尺寸作测量、分组,最后按规定配合间隙选配,既保证质量又降低生产成本。压缩机三个主要零件尺寸自动选配线的组成框图如图 0-2 所示。其中,叶片分选机和活塞分选机分别测量叶片和活塞的有关尺寸,并按 1 μm 的间隔分组,然后送入各自料库的分组箱和选配站,供选配时用。气缸检验机对缸体厚度和槽宽作测量,主计算机按缸体所测值和规定的间隙要求算出配合件(活塞和叶片)所需尺寸,指出所在分组箱位置,由皮带输送机送出供装配。选配线以 12 s 为一工作循环。

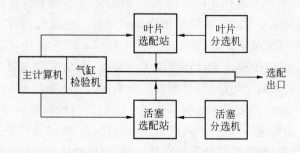

图 0-2　旋转式压缩机主要零件选配线组成框图

该选配线采用非接触式气动测量,如图 0-3 所示。压缩空气通过主喷嘴由测量喷嘴喷向工件表面,不同的工件尺寸在工件表面与测量喷嘴间产生不同大小的环形气隙,造成测量喷嘴与主喷嘴之间气室的压差变化,经压力传感器转换为电信号,由计算机采集和处理,得到被测尺寸值。

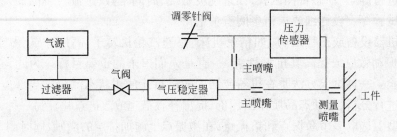

图 0-3　气动测量原理图

因环境保护的要求,噪声已成为滚动轴承质量优劣的主要指标之一,轴承厂必须严格控制轴承产品的噪声。一方面,必须检测出厂轴承噪声,分级销售;另一方面,应对检测结果作各种分析,以寻求降低噪声的措施,可用图 0-4 所示的滚动轴承振动检测仪及分析仪。该仪器拾取轴承振动信号,送至计算机作分析处理。在检测线上的快速分析结果(振动均方根值、峰值因子、峭度等)可对轴承噪声分级;对高噪声轴承振动信号的进一步分析,可找寻出噪声产生的主要原因;批量轴承噪声品质的统计数据,可用来进一步分析产品总体质量与各工序间的相关关系。

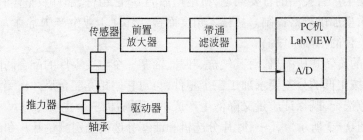

图 0-4　滚动轴承振动检测仪及分析仪框图

通过机械加工和生产流程中的在线检测与控制技术,把产品废品消灭在萌芽状态,以力保产品全部合格。如外圆直径测量仪,可按磨削工艺要求,检测磨削工件尺寸并控制磨削(粗磨—精磨—无进给磨削—退出工件—进入下一循环)工艺过程。在带钢热轧机组中,在线检测并自动控制带钢厚度、宽度,监测带钢表面质量等。在线检测可以提高劳动生产率,减轻劳动强度,节约和降低成本,因此在工业生产中获得了广泛应用。

随着传感器技术、微电子技术和计算机技术的发展,在线检测从制造业扩展到冶金、化工、能源、交通运输和航天航空等部门;检测参数从单参数到多参数;检测对象从单机到成套机械以至整个车间设备;自动化程度从简单的闭环控制到以计算机为基础的多参数综合监控和故障自动诊断。如发电厂,通过对发电机组的转速、振动、轴和机壳的胀缩位移、机组绝缘状况、冷却系统的泄漏、润滑油成分等的在线监测,可以确保发电厂的高效、安全运行。核电站对关键零部件是否松动、松动件跌落到什么地方都要作在线监测。大型船舶上的在线监测系统,需监测船上轮机和发电机等设备的运行状态、船体振动及关键构件的应变和应力、冷藏货物状况等。大型民航客机上的"黑匣子",就是一个难以摔坏的数据记录装置,记录着大气压力、气流速度、飞行航向、飞行速度、发动机及各种设备运行状态以及与控制台通信的各种数据。

（三）机械故障诊断

机械故障诊断是工程诊断的重要组成部分,它源于现代工业生产对机器设备及其零件的高可靠性和高利用率要求。如在石油、化工、冶金等工业生产中,大型传动机械、压缩机、风机、反应塔罐、炉体等关键设备,一旦因故障停止工作,将导致整个生产停顿,造成巨大的经济损失。因此,在这些设备的运行状态下,人们就要了解或掌握其内部状况。一方面尽可能利用并延长其安全使用寿命,另一方面则根据其预测的剩余寿命安排好维修的方式、时间和所需准备的零部件等。

医生对人体内部器官做疾病检查,一般是根据多种化验、检测结果,结合症状来作出诊断的。同样,在设备的运行状态或不拆卸状态对其内部状况作出诊断,也是利用机器在工作或试验过程中出现的诸多现象,如温升、振动、噪声、应力应变、润滑油状况、异味等来分析、推理、判断的。显然,完善的测试是正确诊断的基础。

例如,滚动轴承是机器中常用易损件之一,人们一般不是将机器中的轴承拆下来,再将轴承拆开,分别检验它们的各个零件,去找寻它们缺陷的性质和所在位置。经大量分析、总结,人们认识到滚动轴承失效的基本方式有六种:磨损、疲劳、腐蚀、断裂、压痕和胶合。与正常轴承相比,失效轴承会产生各种特征的振动或发射声。因此,若能发现与某种失效形式对应的振动或发射声的特征,就可以判断运行轴承的状态。为此,要以适当的方式拾取振动或发射声(如用加速度传感器拾取轴承座的振动,用位移传感器直接拾取轴承套圈的表面振动);从混杂着大量机器振动和噪声的信号中提取轴承所引起的振动或噪声;对提取的信号进行特征分析(如时域统计、频谱分析等等);必要时,还需做一些试验,如拾取力锤敲击轴承座的信号。可见,测试是诊断的前提和基础。随着测试水平的不断提高,目前不少滚动轴承诊断仪的辨识准确率已达到98%～99%。

20世纪60年代,机械故障诊断技术多用于航天、军工等领域,以后逐步推广到核能设备、动力设备(如车用发动机、汽轮机、压缩机等)、加工机械(如各种机床的电气控制系统、气动及液压传动部件、机械机构等)、运输机械(如火车车轴箱温升)、压力容器和输送管道系统(如自来水管道系统的渗漏)等。

二、测试技术的发展

从专业角度看,测试技术应包括传感器技术、信号处理技术和仪器仪表技术三个方面。

从学科关系看,测试技术是综合运用多学科原理和技术,同时也直接为各专业学科服务的一门技术学科。各专业学科的发展不断地向测试技术提出新的要求,推动测试技术的发展,同时,测试技术也在迅速吸取各学科的新成就中得到发展。

十余年来,测试技术的发展在如下两个方面最为突出:

（一）传感器技术的迅速发展

材料科学是传感器技术的重要基础。材料科学的迅速发展使得越来越多的物理和化学现象被应用,也使得人们可按所要求的性能来设计、配方和制作敏感元件。各类新型传感器的开发,不仅使得传感器性能进一步加强,也使得可测量量大大增多。例如,用各种配方的半导体氧化物制造的各种气体传感器,应用光导纤维、液晶和生物功能材料制造的光纤传感器、液晶传感器和生物传感器,用稀土超磁致伸缩材料制造的微位移传感器,等等。

微电子学、微细加工技术及集成化工艺的发展使得传感器逐渐小型化、集成化、智能化和多功能化。例如,用集成化工艺将同一功能的多个敏感元件排列成线型或面型的能同时进行同一参数的多点测量的传感器;将不同功能的多个敏感元件集成为一体,组成可同时测量多种参数的传感器;将传感器与预处理电路甚至微处理器集成为一体,成为有初等智能的所谓智能化传感器,等等。

(二)测试仪器微机化、智能化

数字信号处理方法、计算机技术和信息处理技术的迅速发展,使得测试仪器发生了根本性的变革。以微处理器为核心的数字式仪器能大大提高测试系统的精度、速度、测试能力和工作效率,有高的性能价格比及可靠性,已成为当前测试仪器的主流。目前数字式仪器正向标准接口总线的模块化插件式发展,向具有逻辑决断、自校准、自适应控制和自动补偿能力的智能化仪器发展,向用户自己构造所需功能的所谓虚拟仪器发展。

机械工程领域的各个方面,包括产品设计、开发、性能试验、自动化生产、智能制造、质量控制、加工动态过程的深入研究、机电设备状态监测、故障诊断和智能维修等都以先进的测试技术为重要支撑。测试技术的先进程度已是一个地区、一个国家科技发达程度的重要标志之一,测试技术已是一个企业、一个国家参与国内、国际市场竞争的一项重要基础技术。可以肯定,测试技术的作用和地位在今后将更加重要和突出。

三、课程的性质与要求

按拓宽基础、淡化专业的宽口径原则和新世纪制造业人才的需求,机械工程测试技术作为一门技术基础课,其目的是培养学生能合理地选用测试装置并初步掌握进行动态测试所需的基本知识和技能,为学生进一步学习、研究和处理机械工程技术问题打下基础。课程的基本要求是:

(1)掌握信号的时域、频域描述方法,掌握信号频域分析和相关分析的基本原理和方法,了解数字信号分析中的一些基本概念,以指导正确调用常用的信号处理子程序或设置常用数字信号分析仪的主要参数。

(2)掌握测试系统基本特性的评价方法和不失真测试条件,正确选用测试装置,初步分析测试误差并在实际工程测试中应用。

(3)了解常用传感器、中间变换电路及记录仪器工作原理及性能,并能合理选用。

(4)对动态测试的基本问题有一完整的概念,了解常见工程量的测试方法和系统组成。

(5)了解数字式测试分析系统的基本组成和专用数字分析仪的特点,了解虚拟仪器的基本构成。

除理论知识学习外,测试技术作为一门多学科融合交汇的技术学科,在提高学生创新精神、培养学生实践能力方面也起着重要的作用。测试技术也是一门实践性很强的学科,学生只有通过足够和必要的实际测试训练,才能达到课程的基本要求。

第一章 测试系统分析

测试是通过对研究对象进行具有试验性质的测量以获取研究对象有关信息的认识过程。要实现这一认识过程,通常需要使被测对象处于某种预定的状态下,将被测对象的内在联系充分地暴露出来以便进行有效的测量;然后,拾取被测对象所输出的特征信号,使其通过传感器被感受并转换成电信号;再经后续仪器进行变换、放大、运算等使之成为易于处理和记录的信号,这些变换器件和仪器总称为测量装置。经测量装置输出的信号需要进一步进行数据处理,以排除干扰、估计数据的可靠性以及抽取信号中各种特征信息等,最后将测试、分析处理的结果记录或显示,得到所需要的信息。

实际的测试系统,根据测试的目的和具体要求的不同,可能是很简单的系统,也可能是一个复杂的系统。例如,温度测试系统可以由被测对象和一个液柱式温度计构成,也可以组成复杂的自动测温系统。上述测试系统中的各种装置,具有各自独立的功能,是构成测试系统的子系统。信号从发生到分析结果的显示,流经各子系统中的某个子系统甚至是子系统中的某个组成环节,测量装置或测量装置的组成部分如传感器、放大器、中间变换器、电器元件、芯片、集成电路等,都可以视为研究对象。因此,测试系统的概念是广义的,在信号流传输通道中,任意连接输入、输出并有特定功能的部分,均可视为测试系统。

一、测试系统的一般组成

测试的基本任务是获取有用的信息,而信息又是蕴涵在某些随时间或空间变化的物理量(即信号)之中的。因此,首先要检测出被测对象所呈现的有关信号,再加以分析处理,最后将结果提交给观察者或其他信息处理装置或控制装置等。

信号,就其具体的物理性质而言,有位移信号、速度信号、加速度信号、力信号、光信号和电信号等。从信息的提取和信息的采用来看,目前以电信号最为方便。因此,各种非电信号多被转换为电信号,再传输、处理或运用。

工程信号多随时间或空间而变化。为用数学工具对信号作准确、定量的描述、分析及研究,测试技术中将信号统一抽象为时间的函数。

一般情况下,一个测试系统的组成可用图1-1所示的框图来表示。

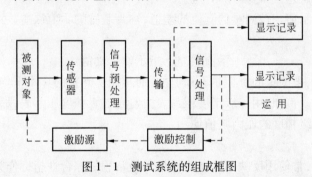

图1-1 测试系统的组成框图

1.激励源

激励源是向被测对象输入能量,激发出能充分表征有关信息又便于检测的信号的装置。在有些试验中,被测对象在适当的工作状态下可产生所需的信号;而在某些试验中,则需用外部激励装置对被测对象进行激励,如机床振动模态试验,需用专门的激振器对机床进行激振。

2.传感器

传感器是能感受规定的被测量并按一定规律转换成同一种或另一种输出信号的器件或装置。传感器通常由敏感元件和转换元件组成。敏感元件直接感受被测量,转换元件将敏感元件的输出转换为适于传输和测量的信号。在许多传感器中,这二者是合为一体的。

3.信号的中间变换

中间变换的作用是将传感器输出的信号转换成便于传输和处理的规范信号。因为传感器输出的信号一般是微弱且混有噪音的信号,不便于处理、传输或记录,一般要经过调制、放大、解调和滤波等调理,或作进一步的变换,如将阻抗的变化转换为电压或频率的变化,将模拟信号转换为数字信号等。

对一些重要的测试项目,需要将变换后的信号记录下来,作为原始资料保存,或显示出来供测试者观察。

4.信号处理

将中间变换的输出信号作进一步处理、分析,提取被测对象的有用信息。

5.显示记录或应用

将处理结果显示或记录下来,供测试者作进一步分析。若该测试系统就是某一控制系统中的一个环节,处理结果将直接被应用。

测试系统的组成与研究任务有关,不一定都包含图1-1所示的所有环节。

二、有关测试装置的常用术语

在下面的章节中,将会遇到一些常用术语,在此作简单介绍。此处所指的测试装置,是一个广义的概念,包括图0-5所示测试系统或环节。

(一)量程和测量范围

量程是指测试装置示值的上、下范围之差;测量范围是指在该装置规定的极限误差范围内所能测量的被测量的范围,对于动态测试装置,要给出频率的测量范围。

(二)测试装置的误差

1.测试装置的误差

测试装置的指示值与被测量的真值的差值,称为装置的示值误差,可简称为测试装置的误差,即

$$示值误差 = 指示值 - 真值 \tag{1-1}$$

在实际测量中,被测量的真值是不知道的,通常用实测量的算术平均值或满足规定精度的测量值作为真值。例如,用一级精度压力表去鉴定二级精度压力表,那么一级精度压力表的测量值就作为二级精度的压力真值使用。

2.引用误差

在实际工作中,常使用反映测试装置质量的最常用的综合性指标作为装置的引用误差,

即

$$\text{引用误差} = \frac{|\text{指示值} - \text{真值}|_{\max}}{\text{装置的满量程}} \times 100\% \qquad (1-2)$$

（三）测量误差

反映测量工作的最常用的一个指标是测量误差，即

$$\text{测量误差} = \frac{\text{装置指示值} - \text{真值}}{\text{真值}} \times 100\% \qquad (1-3)$$

若有相同的示值误差，指示值愈小，相应的测量误差愈大。例如，测量 100 mm 和 10 mm 的长度，如果示值误差都是 0.01 mm，显然 10 mm 的测量误差大，也就是说，它的测量精度低。因此，在选用测试装置时应注意使它的量程与被测量的大小相适应，最好是被测量接近满量程处，至少也要在满量程的 1/3 以上，才能得到较好的测量精度。

（四）信噪比

信噪比是信号功率 P_s 与噪声功率 P_n 之比，用 SNR（单位为 dB，分贝）表示：

$$\text{SNR} = 10\lg\left(\frac{P_s}{P_n}\right) \qquad (1-4)$$

也常用信号电压 V_s 和噪声电压 V_n 来表示信噪比：

$$\text{SNR} = 20\lg\left(\frac{V_s}{V_n}\right) \qquad (1-5)$$

（五）准确度

准确度表示测量结果与被测量真值之间的一致程度。误差越小，测量结果愈准确。

三、测试装置的基本特性

为从测试装置的输出中识别其输入，必须研究测试装置输出、输入及测试装置三者之间的关系，如图 1-2 所示。图中 $x(t)$ 为输入量（即被测信号），$y(t)$ 为对应的输出（即测出信号），$h(t)$ 表示测试装置的传输

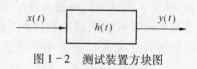

图 1-2　测试装置方块图

特性。工程测试一般总是希望测试装置的测出信号能不失真地反映被测的信号，为此对测试装置的传输特性提出了一些基本要求。

理想测试装置的传输特性应该具有单值的、确定的输入—输出关系，并以输入—输出呈线性关系为最佳。对于静态测试，一般只要求测试装置的静态特性是单值函数，不一定是线性关系；而对于动态测试，则要求测试装置传输特性必须是线性的，否则输出信号会产生畸变。

然而，实际的测试装置只能在允许误差范围内和一定的工作范围内满足这一要求。为评定测试装置的传输特性，需在静态特性和动态特性两方面对测试装置提出性能指标要求。

（一）测试装置的静态特性

测试装置的静态特性是指被测信号 $x(t)$ 为常值时，其测出信号与被测信号之间所呈现的关系。工程中常用线性度、灵敏度和回程误差等指标来描述，它们能从不同的方面反映实际测试装置的静态特性。

1. 线性度

线性度是指测试装置的输出与输入的比值保持常值比例关系的程度。

在进行测试装置静态标定时，一般用实验来确定其输出—输入的对应关系。由此所绘制的曲线称为标定曲线。对该曲线可用多种方法（如端直法、最小二乘法等）拟合出一直线，如图 1-3 所示。若在测试装置输出满量程范围 A 内，标定曲线与拟合直线的最大偏差为 B，则线性误差可表示为

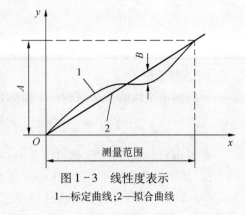

图 1-3　线性度表示
1—标定曲线；2—拟合曲线

$$线性误差 = \frac{|B|}{A} \times 100\% \qquad (1-6)$$

2. 灵敏度和灵敏度阈

灵敏度是测试装置输出变化量 Δy 与输入变化量 Δx 的比值，即

$$S = \frac{\Delta y}{\Delta x} \qquad (1-7)$$

它表征测试装置对输入量变化的反应能力。显然，测试装置的标定曲线的斜率就是其灵敏度。理想测试装置的灵敏度为常数；而一般测试装置的灵敏度是一个变量，此时常用拟合直线的斜率作为该测试装置的灵敏度。

灵敏度的量纲由输入和输出的量纲决定。当它们的量纲相同时，灵敏度又称"放大倍数"或"增益"。

有些测试装置还使用灵敏度阈，它是测试装置输出值产生一可察变化的最小输入量变化值，描述了测试装置对输入微小变化的响应能力。

有指示装置的测试装置使用"分辨率"，它是指示装置有效地辨别紧密相邻量值的能力，一般认为数字装置的分辨率是最后两位数的一个字，模拟装置的分辨率是指示标尺分度值的一半。

3. 回程误差

许多测试装置，输入量增加时（正行程）的标定曲线与输入量减少时（反行程）所得的标定曲线往往不重合，如图 1-4 所示。为表征测试装置在全量程范围内正、反行程静态特性的不一致程度，

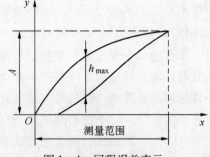

图 1-4　回程误差表示

用回程误差来度量，其值可用同一输入量相对应的正、反行程两输出量值的最大差值 h_{max} 与满量值 A 之比的百分数表示，即

$$回程误差 = \frac{h_{max}}{A} \times 100\% \qquad (1-8)$$

（二）测试装置的动态特性

本书讨论测试装置的动态特性，仅限于它是线性定常系统这种情况。对于图 1-2 所示的测试装置，若用线性常微分方程来描述其输入、输出关系，即

$$a_n \frac{\mathrm{d}^n y(t)}{\mathrm{d}t^n} + a_{n-1} \frac{\mathrm{d}^{n-1} y(t)}{\mathrm{d}t^{n-1}} + \cdots + a_1 \frac{\mathrm{d}y(t)}{\mathrm{d}t} + a_0 y(t)$$

$$= b_m \frac{\mathrm{d}^m x(t)}{\mathrm{d}t^m} + b_{m-1} \frac{\mathrm{d}^{m-1} x(t)}{\mathrm{d}t^{m-1}} + \cdots + b_1 \frac{\mathrm{d}x(t)}{\mathrm{d}t} + b_0 x(t) \tag{1-9}$$

式中，a_n，a_{n-1}，$\cdots$，a_1，a_0 和 b_m，b_{m-1}，$\cdots$，b_1，b_0 是由测试装置参数决定的常数。对线性定常系统，它具有表 1-1 所示的特性。

表 1-1　线性定常系统的基本特性

性　质	输入信号	输出信号
叠加、比例性质	$ax_1(t) + bx_2(t)$	$ay_1(t) + by_2(t)$
微分特性	$\dfrac{\mathrm{d}x(t)}{\mathrm{d}t}$	$\dfrac{\mathrm{d}y(t)}{\mathrm{d}t}$
积分特性	$\displaystyle\int_0^t x(\tau)\,\mathrm{d}\tau$	$\displaystyle\int_0^t y(\tau)\,\mathrm{d}\tau$
频率保持性	$Ae^{\mathrm{j}\omega t}$	$Be^{\mathrm{j}(\omega t + \varphi_0)}$

注：表中 $x(t)$、$x_1(t)$、$x_2(t)$ 是系统的输入，而 $y(t)$、$y_1(t)$、$y_2(t)$ 分别是与输入 $x(t)$、$x_1(t)$ 和 $x_2(t)$ 对应的系统输出。

严格地说，实际的测试装置往往是时变的，因为构成物理系统的材料、元件等特性并非稳定，它们会随工作环境状况而改变。但在工程上，在允许的精度范围内，可以把时变线性系统当作线性定常系统处理。

测试装置的动态特性可以从时域（微分方程或脉冲响应函数）、复数域（传递函数）和频域（频率特性）三个不同角度来描述。而时域分析（微分方程的解）一般比较复杂，使用不方便；用传递函数求输出，其输出包括了稳态解和瞬态解，而瞬态解与输入无关，只取决于测试装置的结构和参数，可见它达不到测试的目的；用频率特性求输出，其输出只有与输入有关的稳态解。脉冲响应函数和频率特性是傅里叶变换对，它们的作用有共同之处。因此，在测试技术中，常使用脉冲响应函数和频率特性来描述测试装置的动态特性。

1. 频率特性

由控制理论可知，对式（1-9）描述的线性系统，当输入 $x(t) = x_i \sin 2\pi f t$ 时，其稳态输出

$$y(t) = Y(f) \sin[2\pi f t + \phi(f)] \tag{1-10}$$

$y(t)$ 称为频率响应。显然它是时域响应的一个特例。而幅值 $Y(f)$ 和相位 $\phi(f)$ 随输入信号频率 f 而变，这恰好提供了该系统自身特性的重要信息。

输出信号与输入信号幅值比是频率 f 的函数，称为系统幅频特性，记为 $A(f)$。它描述了在稳态情况下，测试装置对不同频率谐波的被测信号的幅值进行衰减或放大的特性，即

$$A(f) = \frac{Y(f)}{X_i} \tag{1-11}$$

因此，幅频特性又称动态灵敏度。

输出信号与输入信号的相位差 $\phi(f)$ 也是频率 f 的函数，称为系统相频特性。它描述了在稳态情况下，测试装置对不同频率谐波的被测信号的相位超前 $\left[\varphi(f) > 0\right]$ 或滞后 $\left[\varphi(f) < 0\right]$ 的特性。

幅频特性 $A(f)$ 和相频特性 $\phi(f)$ 总称为系统频率特性。

由控制理论可知,对式(1-9)描述的线性系统,其频率特性

$$H(f) = \frac{Y(f)}{X(f)} = \frac{b_m(j2\pi f)^m + b_{m-1}(j2\pi f)^{m-1} + \cdots + b_1(j2\pi f) + b_0}{a_n(j2\pi f)^n + a_{n-1}(j2\pi f)^{n-1} + \cdots + a_1(j2\pi f) + a_0} \qquad (1-12)$$

式中, $H(f)$ 是 f 的复变函数,其幅值和相位分别为 $|H(f)|$ 和 $\angle H(f)$,是系统的幅频特性和相频特性,即

$$\begin{cases} |H(f)| = A(f) \\ \angle H(f) = \phi(f) \end{cases} \qquad (1-13)$$

在测试技术中,常用对数坐标图(即 Bode 图)或线性坐标图表示幅频特性与相频特性,这在第三章第五节可见到。

读者在分析测试装置的频率特性时,切记测试目的,这也是与控制理论讨论频率特性的区别。

2. 单位脉冲响应函数

当被测信号 $x(t) = \delta(t)$,由控制理论可知, $y(t) = \mathscr{F}^{-1}\left[H(f)\right]$,一般记为 $h(t)$,即

$$h(t) = \mathscr{F}^{-1}\left[H(f)\right] \qquad (1-14)$$

可见,频率特性是脉冲响应函数的频谱,它们分别在频域和时域描述系统的特性。读者在了解 δ 函数的频谱后,对单位脉冲响应函数会有更深入的理解。

3. 一阶系统和二阶系统的频率响应函数及频率响应特性

对于前面所列举的一阶系统,如无质量的弹簧质量系统、RC 积分变换电路等,其运动微分方程的一般形式为

$$a_1 \frac{dy(t)}{dt} + a_0 y(t) = b_0 x(t) \qquad (1-15)$$

对于以上的微分方程,总可以将其改写成标准归一化的形式

$$\tau \frac{dy(t)}{dt} + y(t) = Sx(t) \qquad (1-16)$$

式中, $\tau = a_1/a_0$,具有时间的量纲,称为时间常数; $S = b_0/a_0$ 是一阶系统的静态灵敏度常数,由具体的系统参数决定,在线性系统中 S 为常数,在对系统的特性作动态分析时,它仅仅使系统的传递特性放大 S 倍,而不会改变特性曲线的变化规律。因此,为了讨论和分析的方便,突出系统的特性,约定 $S = 1$,则式(1-16)可写成

$$\tau \frac{dy(t)}{dt} + y(t) = x(t) \qquad (1-17)$$

对上式作拉氏变换得

$$\tau sY(s) + Y(s) = X(s) \qquad (1-18)$$

一阶系统的传递函数为

$$H(s) = \frac{Y(s)}{X(s)} = \frac{1}{\tau s + 1} \qquad (1-19)$$

令 $s = j\omega$,其频率响应函数为

$$H(\omega) = \frac{1}{1 + j\tau\omega} = \frac{1}{1 + (\tau\omega)^2} - j\frac{\tau\omega}{1 + (\tau\omega)^2} \qquad (1-20)$$

则其幅频特性和相频特性函数分别为

$$A(\omega) = |H(\omega)| = \frac{1}{\sqrt{1 + (\tau\omega)^2}} \qquad (1-21)$$

$$\varphi(\omega) = \angle H(\omega) = -\arctan\omega\tau \qquad (1-22)$$

根据式(1-21)和式(1-22)绘出幅频特性曲线和相频特性曲线,如图1-5所示,其Bode图和Nyquist图如图1-6和图1-7所示。

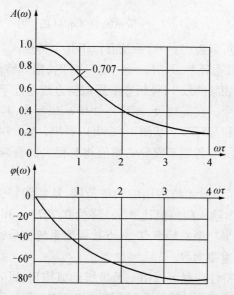

图1-5 一阶系统的幅频特性曲线和相频特性曲线

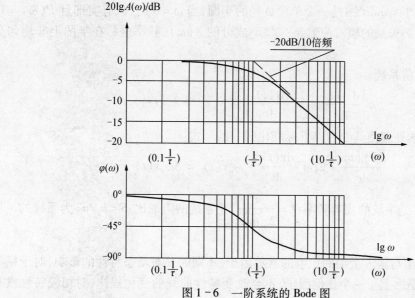

图1-6 一阶系统的Bode图

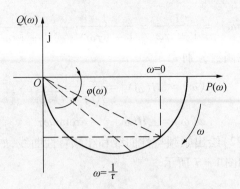

图 1-7　一阶系统的 Niquist 图

从频率响应特性图上可以看出,一阶系统有以下几个特点:

(1)一阶系统是一个低通环节,只有 ω 远小于 $1/\tau$ 时,幅频特性 $A(\omega)$ 才近似为图 1-5 中一阶系统的幅频曲线和相频曲线 1,且相差沿近似斜直线趋近于 0,信号通过系统后,各频率成分的幅值基本保持不变。在高频段,幅频特性与 ω 成反比,其水平渐近线为 $A(\omega)=0$,此时的一阶系统演变成为积分环节。从图 1-6 可以看出,当 $\omega>4/\tau$ 时,$A(\omega)<0.25$,且存在较大的相差,信号通过系统,各频率成分的幅值将有很大的衰减。因此,一阶装置只适用于测量缓变或低频信号。

(2)时间常数 τ 决定了一阶系统适用的频率范围,从幅频特性曲线和相频特性曲线可以看到,当 $\omega=1/\tau$ 时,输出输入的幅值比 $A(\omega)$ 降为 0.707(-3dB),此点对应着输出信号的功率衰减到输入信号的半功率的频率点,此点被视为系统信号通过的截止点。因此,τ 是反映一阶系统动态特性的重要参数。

(3)Bode 图中的幅频特性曲线可以用一条折线近似描述:以 $\omega=1/\tau$ 为转折频率,左侧以 $A(\omega)=0$ 的直线代替,其右侧的特性曲线用" -20dB/10 倍频"的斜直线代替,经简化后的幅频特性曲线与实际幅频特性曲线之间的最大误差出现在转折频率点,其误差为 -3dB。

(4)一阶系统的 Nyquist 图是一个单位直径的半圆,当 $\omega=0$ 时,只有实部且 $P(\omega)=1$,过原点到特性曲线的矢量的模对应着某一频率成分的 $A(\omega)$,频率坐标在半圆上非均匀分布。

对于一般的二阶系统

$$a_2 \frac{\mathrm{d}^2 y(t)}{\mathrm{d}t^2} + a_1 \frac{\mathrm{d}y(t)}{\mathrm{d}t} + a_0 y(t) = b_0 x(t)$$

同样,可以通过数学处理使其变为以下标准化归一的形式:

$$\frac{\mathrm{d}^2 y(t)}{\mathrm{d}t^2} + 2\zeta\omega_\mathrm{n} \frac{\mathrm{d}y(t)}{\mathrm{d}t} + \omega_\mathrm{n}^2 y(t) = S\omega_\mathrm{n}^2 x(t)$$

式中,$\omega_\mathrm{n} = \sqrt{a_0/a_2}$ 是系统的固有频率;$\zeta = \dfrac{a_1}{2\sqrt{a_0 a_2}}$ 是系统的阻尼比;$S = b_0/a_0$ 为系统的灵敏度系数。

S 是取决于输出与输入量纲的比值的常数因子,不同的 S 对动态特性的影响,对于幅频特性而言,只不过是乘上了一个比例因子,不会改变特性曲线的变化规律,对相频特性没有影响,因此,约定取 $S=1$,则二阶系统的频率响应函数

$$H(\omega) = \frac{\omega_n^2}{(\omega j)^2 + 2\zeta\omega_n\omega j + \omega_n^2}$$

分子分母同除以 ω_n^2 并令 $\eta = \omega/\omega_n$，则

$$H(\omega) = H(\eta) = \frac{1}{(1 - \eta^2) + 2\zeta\eta j}$$

其幅频特性和相频特性分别为

$$A(\omega) = A(\eta) = |H(\eta)| = \frac{1}{\sqrt{(1 - \eta^2)^2 + 4\zeta^2\eta^2}}$$

$$\varphi(\omega) = \varphi(\eta) = \angle H(\eta) = -\arctan\frac{2\zeta\eta}{1 - \eta^2}$$

相应的幅频特性曲线、相频特性曲线如图 1-8所示。

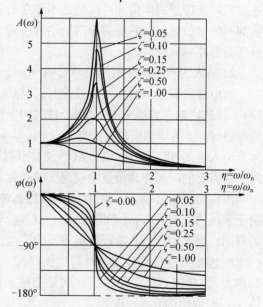

从幅频特性曲线、相频特性曲线上可以看到，当 η 远小于 1 时，$A(\omega) \approx 1$，而 $\varphi(\omega) \approx 0$，表明该频率段的信号通过系统后，其幅值将会以 1 的比率输出，相位基本上不受影响；当 η 远大于 1 时，$A(\omega) \approx 0$，系统将仅有微弱的信号输出，输出信号与输入信号的相差约为 $180°$，所以，二阶系统也是一个低通环节。当 $\eta = 1$（即 $\omega = \omega_n$）时，幅频特性曲线出现了一个很大的峰值，$A(\omega) \approx 12\zeta$，随 ζ 的减小而增大。该频率成分的信号通过系统后，其输出信号将可能成倍放大，此即所谓的"共振"现象。测试系统是不宜在共振区域工作的，但可以短时快速越过共振区，因为要使图 1-8所示的二阶系统的幅频特性曲线形成共振，需要一定的时间才能使相频特性曲线积聚共振能量。

图 1-8　二阶系统的幅频特性曲线和相频特性曲线

综上所述，一阶系统参数 S、τ，二阶系统参数 S、ω_n、ζ，是由系统的结构参数决定的，当测试系统制造、调试完毕后，以上参数也就随之确定。它们决定了测试系统的动态传递特性。

四、测试系统动态传递特性的时域描述

系统动态传递特性的时域描述，指的是用时域函数或时域特征参数来描述测试系统的输出量与变化的输入量之间的内在联系。通常是以一些典型信号（如脉冲信号、阶跃信号、斜坡信号、正弦信号等）作为输入加载到测试系统，以特定输入下的时域响应或时域响应的特征参数（如响应速度、峰值时间、稳态输出、超调量等）来描述系统的动态传递特性。

1. 输入为单位脉冲信号的响应

若输入信号为单位脉冲信号 $x(t) = \delta(t)$，根据 $\delta(t)$ 函数的筛选性质有

$$X(\omega) = \int_0^\infty \delta(t) e^{-j\omega t} dt = 1$$

根据测试系统的传递关系,则

$$Y(\omega) = H(\omega)X(\omega) = H(\omega)$$

对上式两边求傅氏逆变换可得

$$y(t) = \mathscr{F}^{-1}[H(\omega)] = h(t)$$

$h(t)$常被称为单位脉冲响应函数或权函数。

从以上推导可以看出,在单位脉冲信号输入的时候,时域响应函数$y(t)$就是脉冲响应函数$h(t)$,而系统输出的频域函数$Y(\omega)$就是系统的频率响应函数$H(\omega)$。同理,系统输出的拉氏变换就是系统的传递函数,所以,脉冲响应函数是测试系统动态传递特性的时域描述。实际上理想的单位脉冲函数是不存在的,当输入信号的作用时间小于0.1τ(τ为一阶系统的时间常数或二阶系统的振荡周期)时,可以近似地认为输入信号是脉冲信号,其响应则可视为脉冲响应函数。

2. 输入为单位阶跃信号的时域响应

当单位阶跃信号输入一阶系统时,其稳态输出的理论误差为零,系统的初始响应速率为$1/\tau$。若初始响应的速率不变,则经过时间τ后,其输出应等于输入。但实际上响应的上升速率随时间t的增加而减慢。当$t = \tau$时,其输出仅达到输入量的63%;当$t = 4\tau$时,其输出才为输入量的98.2%,所以τ越小,响应越快,动态性能越好。通常采用输入量的95% ~ 98%所需要的时间作为衡量响应速度的指标。

单位阶跃信号输入二阶系统时,其稳态输出的理论误差也为零。响应在很大程度上取决于系统的固有频率ω_n和阻尼比ζ。ω_n越高,系统的响应越快。阻尼比将影响超调量和振荡周期。当$\zeta \geqslant 1$时,其阶跃输出将不会产生振荡,但需要经过较长时间才能达到稳态输出,ζ越大,输出接近稳态输出的时间越长;当$\zeta < 1$时,系统的输出将产生振荡,ζ越小,超调量会越大,也会因振荡而使输出达到稳态输出的时间加长。显然,ζ存在一个比较合理的取值,ζ一般取值为0.6 ~ 0.7。

3. 输入为单位斜坡信号时的响应

对系统输入随时间成线性增大的信号,即为斜坡信号输入。由于输入量的不断增大,一、二阶系统的输出总是滞后于输入一段时间,存在一定的误差。随时间常数τ、阻尼比ζ的增大和固有频率ω_n的减小,其稳态误差增大,反之亦然。

4. 输入为单位正弦信号时的响应

当输入为正弦信号时,一、二阶系统的稳态输出是与输入信号同频率的正弦信号,只是输出的幅值发生了变化,相位产生了滞后。由于标准正弦信号容易获得,用不同的正弦信号激励系统,观察稳态时响应的幅值和相位,就可以较为正确地测得幅频和相频特性,这一方法准确可靠,但需要花费较长的时间。

5. 任意输入作用下的响应

对于任意输入$x(t)$,如果系统的脉冲响应函数为$h(t)$,则响应$y(t)$为

$$y(t) = \int_0^t x(\tau) \cdot h(t - \tau) d\tau = x(t) * h(t) \qquad (1-23)$$

表明测试系统的时域响应等于输入信号$x(t)$与系统的脉冲响应函数的卷积。

五、测试系统动态特性的识别

在通常情况下,测试系统动态特性的识别,是通过试验的方法实现的,最常用的方法有频率响应法、阶跃响应法和脉冲响应法。这里,主要介绍频率响应法和阶跃响应法。如前所述,一阶系统的主要动态特性参数是时间常数τ,而二阶系统的主要动态特性参数是固有频率ω_n和阻尼比ζ。对测试系统的动态特性识别,是测试系统可靠性和准确度保证的前提,一方面,新的测试系统的动态特性参数,除了理论计算外,必须通过试验验证以最终确定;另一方面,任何测试系统的动态特性都会发生变化,为了确保测试的可靠性,也应该定期或在测试之前校准测试系统。另外,对于未知特性的系统,有必要通过试验以了解系统的动态特性。

（一）频率响应法

图 1-9 所示是系统动态特性识别试验原理框图。基于正弦信号通过线性系统的理论,对系统施加某一频率的正弦激励,对于电路系统施加正弦电压信号,对于机械系统则施以正弦力,测出稳态时相应的正弦输出与输入的幅值比和相位差,便是该激励频率下测试装置的传递特性。在一定的频率范围内作离散的或连续的频率扫描,就可以得出系统的幅频特性曲线和相频特性曲线。

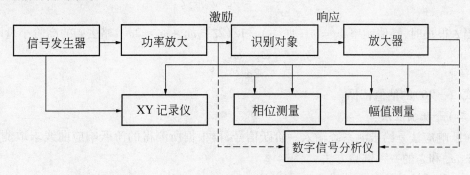

图 1-9　系统动态特性识别试验原理框图

对于一阶系统,根据系统幅频特性与相频特性的关系,可以直接由试验得到幅频特性曲线和相频特性曲线的对应点确定τ值,由式(1-21),$A(\omega)$为 0.707 时,对应的$1/\omega = \tau$即为所求。

对于二阶系统,理论上根据试验所得到的相频特性曲线,就可以直接估计其动态特性参数ω_n和ζ,因为输出相位角滞后于输入相位角90°时,频率比$\omega/\omega_n = 1$,即$\omega = \omega_n$,特性曲线上对应点的斜率为阻尼比ζ。但是,该点曲线陡峭,准确的相位角测试比较困难,所以,通常利用幅频特性曲线来估计系统的动态特性参数:对于$\zeta < 1$的欠阻尼二阶系统,其幅频特性曲线的峰值处于稍微偏离ω_n的ω_r处(参见图 1-8),两者之间的关系式为

$$\omega_r = \omega_n \sqrt{1 - 2\zeta^2} \qquad (1-24)$$

欠阻尼二阶系统峰值频率ω_r处的输出和 0 频率处的输出的幅频特性比为

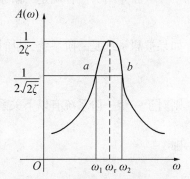

图 1-10　二阶系统的阻尼比的估计

$$\frac{A(\omega_{\mathrm{r}})}{A(0)} = \frac{1}{2\zeta\sqrt{1 - 2\zeta^2}} \qquad (1-25)$$

由式(1-24)和式(1-25)可以解出 ω_{n} 和 ζ。另外，ζ 的估计常采用以下方法：由试验得到的幅频特性曲线如图 1-10 所示，在峰值的 1/2 处，作一根水平线交幅频特性曲线于 a、b 两点，其对应的频率为 ω_1、ω_2，则阻尼比的估计值为

$$\zeta = \frac{\omega_2 - \omega_1}{2\omega_{\mathrm{n}}} \qquad (1-26)$$

此法称为半功率点法。根据式(1-25)，峰值的 1/2 处对应的频率可以由以下两个方程确定：

$$\left(\frac{\omega_1}{\omega_{\mathrm{n}}}\right)^2 = 1 - 2\zeta^2 - 2\zeta\sqrt{2 - \zeta^2} \qquad (1-27)$$

$$\left(\frac{\omega_1}{\omega_{\mathrm{n}}}\right)^2 = 1 - 2\zeta^2 + 2\zeta\sqrt{2 - \zeta^2} \qquad (1-28)$$

式(1-27)与式(1-28)相减并化简得

$$\frac{\omega_2^2 - \omega_1^2}{\omega_{\mathrm{n}}^2} = 4\zeta\sqrt{1 - \zeta^2}$$

当 ζ 很小时，峰值频率 $\omega_{\mathrm{r}} = \omega_{\mathrm{n}}$，$A(\omega_{\mathrm{n}}) = 1/(2\zeta)$，$\omega_1 + \omega_2 \approx 2\omega_{\mathrm{n}}$，略去 ζ 的高阶小量即得

$$\frac{\omega_2 - \omega_1}{2\omega_{\mathrm{n}}} = \zeta$$

此即式(1-26)的估值依据。

(二)阶跃响应法

阶跃响应法是给被测系统输入一阶跃信号，再根据所测得的阶跃响应曲线求取测试系统的 τ、ω_{n} 和 ζ 的一种试验方法。

1. 一阶系统特性参数的确定

确定一阶系统时间常数 τ 的最简单的方法，是在输入阶跃信号后，测其阶跃响应，取输出值达到稳态值的 63.2% 所需的时间即为系统的时间常数。此法是根据一阶系统的单位阶跃响应的特点，在 $t = \tau$ 时，$y(t) = 0.632$。但是，如此求取的 τ 值，一方面没有事先检查被测系统是否真为一阶系统，另一方面测试仅仅依赖于起点和终点两个瞬时值，而没有涉及阶跃响应的全过程，因此，其可靠性不高。

下面介绍另一种确定一阶系统时间常数 τ 的方法：一阶系统的阶跃响应函数为

$$y_{\mathrm{n}}(t) = 1 - \mathrm{e}^{\frac{1}{\tau}}$$

如果被测系统是一阶系统，其阶跃响应必将满足该方程。因此，如果构造线性的函数

$$Z = -\frac{t}{\tau}$$

则对于一个一阶系统有以下关系存在：

$$1 - y_{\mathrm{n}}(t) = \mathrm{e}^z \qquad (1-29)$$

即

$$Z = \ln[1 - y_{\mathrm{n}}(t)] \qquad (1-30)$$

据此确定的 Z 和时间 t 应呈线性关系，否则被测系统将不属于一阶系统。由此，对于满足线

性关系的被测系统,可由下式确定 τ 值:

$$\tau = -\frac{\Delta t}{\Delta Z} \qquad (1-31)$$

显然,这种方法考虑到了阶跃响应的全过程。如果各数据点的分布近似地在一条直线上,我们将确信该系统为一阶系统。由于利用的是通过各数据点的最佳直线,因此得到的 τ 值有较高的精度。

2. 二阶系统特性参数的确定

二阶系统的阻尼比,通常取值范围在 $\zeta = 0.6 \sim 0.8$,这种典型的欠阻尼二阶系统,其阶跃响应是以 $\omega_d = \omega_n \sqrt{1-\zeta^2}$ 为圆频率的衰减振荡,如图 $1-11$ 所示,ω_d 称为有阻尼固有频率。

欠阻尼二阶系统的阶跃响应函数为

$$y_n = 1 - \frac{e^{-\zeta\omega_n t}}{\sqrt{1-\zeta^2}}\sin(\omega_d t + \varphi) \qquad (1-32)$$

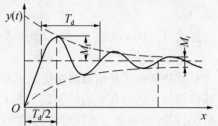

图 $1-11$　二阶系统的阻尼比估计

式中,$\varphi = \arctan\dfrac{\sqrt{1-\zeta^2}}{\zeta}$。

分析阶跃响应曲线可知,曲线的极值发生在 $t = t_p = 0, \pi/\omega_d, 2\pi/\omega_d, \cdots$ 最大超调量 M_1 出现在 $t_p = T_d/2 = \pi/\omega_d$。将 t_p 代入式($1-32$),可以求得最大超调量和阻尼比之间的关系

$$M_1 = \exp\left(-\frac{\zeta\pi}{\sqrt{1-\zeta^2}}\right) \qquad (1-33)$$

$$\zeta = \sqrt{\frac{1}{\left(\dfrac{\pi}{\ln M_1}\right)^2 + 1}} \qquad (1-34)$$

$$\omega_n = \frac{\omega_d}{\sqrt{1-\zeta^2}} \qquad (1-35)$$

如果测得的阶跃响应是较长的瞬变过程,即记录的阶跃响应曲线有若干个超调量出现时,则可以利用任意两个超调量 M_i 和 M_{i+n} 来求取被测系统的阻尼比。

设相隔周期数为 n 的任意两个超调量 M_i 和 M_{i+n},其对应的时间分别是 t_i 和 t_{i+n},则

$$t_{i+n} = t_i + \frac{2n\pi}{\omega_d} \qquad (1-36)$$

注意到二阶系统阶跃响应的任一波峰所对应的超调量 M_i 为

$$M_i = e^{-\zeta\omega_n t_i} \qquad (1-37)$$

所以

$$\frac{M_i}{M_{i+n}} = e^{-\zeta\omega_n(t_i - t_{i+n})} = e^{\zeta\omega_n 2n\pi/\omega_d} \qquad (1-38)$$

令

$$\delta_n = \ln\frac{M_i}{M_{i+n}} \qquad (1-39)$$

则化简可得

$$\delta_n = \frac{2n\pi\zeta}{\sqrt{1-\zeta^2}} \qquad (1-40)$$

整理后可得

$$\zeta = \sqrt{\frac{\delta_n^2}{\delta_n^2 + 4\pi^2 n^2}} \qquad (1-41)$$

根据式(1-10)和式(1-41),即可求得 ζ。

（三）脉冲响应法

脉冲响应法是给被测系统施以脉冲激励,然后通过计算输入输出的互谱和输入的自谱,即可得到系统的频率响应函数。图1-12所示为脉冲激振试验原理框图,被测系统是机械系统,用脉冲锤敲击被测对象,给系统以脉冲输入,然后通过对输入、输出信号的频谱分析,得到系统的频率响应函数。由于脉冲输入信号具有很宽的频带,因此,识别的频带宽,有很高的识别效率。

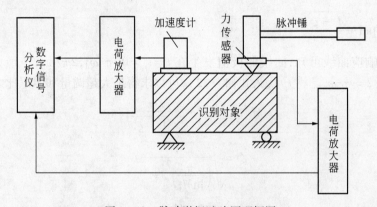

图1-12　脉冲激振试验原理框图

六、不失真测试装置的数学模型

工程测试的目的是从测试装置的输出信号 $y(t)$ 中确定输入信号 $x(t)$ 或获取它的有关信息。因此,不失真测试装置的输入与输出应满足方程

$$y(t) = sx(t-\tau) \qquad (1-42)$$

式中, s 和 τ 均为常数。

由式(1-42)求得不失真测试装置的频率特性

$$H(f) = se^{-j2\pi f\tau} \qquad (1-43)$$

其幅频特性 $A(f) = s = \text{const}$,即对所有频率分量的幅值放大倍数相同,动态灵敏度是一常数,否则输出信号幅值失真;相频特性是一条过坐标原点的直线, $\varphi(f) = -2\pi f\tau$,即输出各频率信号的相移与频率成正比,否则输出信号相位失真。时域不失真测试系统的输入和输出信号如图1-13所示。图中的 $x(t) = x_1(t) + x_2(t)$, $y(t) = y_1(t) + y_2(t)$,且 $x_1(t)$ 和 $y_1(t)$ 的频率为 f_0 , $x_2(t)$ 和 $y_2(t)$ 的频率为 $2f_0$ 。从图中可找出 $y_1(t)$ 和 $y_2(t)$ 的相移,并讨论它们之间的关系。

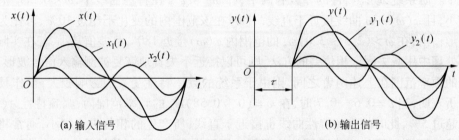

图 1 - 13　时域不失真测试系统的输入与输出信号

　　输入信号通过具有不失真或失真频率特性的系统,其输出变化如图 1 - 14 所示。应该指出,对于图 1 - 14b 系统,若输入信号是单一频率信号,其输出也不会失真。可见,要使输出信号不失真,一方面可选择测试装置频率特性,另一方面可选择输入信号的频率范围。

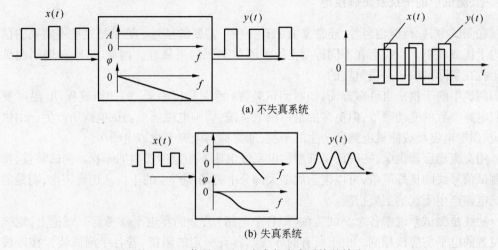

图 1 - 14　信号通过不失真与失真系统的输出

　　应该指出,理想的不失真测试装置是不存在的,因此,在设计或选择测试装置时,只能在满足测试精度(测试误差一般在 2%～5% 之间)的前提下,在有限的频率范围内(此频率范围又称不失真测试装置的可用频率范围)接近理想测试装置的数学模型,同时也用它们之间的差距来评价测试装置不失真传输的质量。

　　实际的测试系统不可能在很宽的频带范围内满足不失真传递的两个条件,一般情况下,通过测试系统传递的信号既有幅值失真又有相位失真,即使只在某一段频带范围内,也难以完全理想地实现不失真传递信号。为此,在实际测试时,首先应根据被测对象的特征,选择适当特性的测试系统,使其幅频特性和相频特性尽可能接近不失真传递的条件并限制幅值失真和相位失真在一定的误差范围内;其次,应对输入信号做必要的前置处理,及时滤除非信号频带的噪声,以避免噪声进入测试系统的共振区,造成信噪比降低。

　　从系统不失真传递信号的条件和其他工作性能要求综合考虑,对于一阶系统来说,时间常数 τ 愈小愈好。τ 越小,系统对输入的响应就越快,如对于斜坡输入的响应,τ 越小,其时间滞后和稳态误差就越小。一阶系统的时间常数 $\tau = a_1/a_0$,一般来说,a_0 取决于灵敏度,所以只能调节 a_1 来满足时间常数的要求。

对于二阶系统,动态特性的参数有两个,即 ω_n 和 ζ。在特性曲线中,$\omega < 0.3\omega_n$ 范围内的值较小,且 $\varphi(\omega)$—ω 曲线接近于直线,$A(\omega)$ 在该范围内的变化不超过 10%,可作为不失真的波形输出;在 $\omega > (2.5 \sim 3.0)\omega_n$ 的范围内 $\varphi(\omega)$ 接近 180°,且差值甚小,若在实际测量或数据处理中用减去固定相位差的方法,则可以接近不失真地恢复被测输入信号波形;若输入信号的频率范围在上述两者之间,则由于系统的频率特性受 ζ 的影响较大,须作具体分析。分析表明,当 $\zeta = 0.6 \sim 0.7$ 时,在 $\omega = (0 \sim 0.58)\omega_n$ 的频率范围内,幅频特性 $A(\omega)$ 的变化不超过 5%,此时的相频特性曲线也接近于直线,所产生的相位失真很小,通常将上述数值作为实际测试系统工作范围的依据。分析可知,ζ 愈小,对斜坡输入响应的稳态误差 $2\zeta/\omega_n$ 也愈小,但随着 ζ 的减小,超调量增大,回调时间加长。只有 $\zeta = 0.6 \sim 0.7$ 时,才可以获得最佳的综合特性。系统的 ω_n 与 a_0、a_2 有关,而 a_0 与灵敏度有关,在设计中应该考虑其综合性能。

七、测试中的干扰及正确接地

在测试中,除待测信号外,还常常叠加有一些不需要的信号。通常把这些不需要的信号称为干扰或噪声。干扰会在不同程度上影响测试结果的可靠性。因此,消除和抑制测试中的干扰在实际测试中是很重要的。

测试中的干扰来自许多方面,如对测试装置(特别是传感器)的冲击或振动、温度变化引起电路参数的变动等等,但更多的是由供电系统、周围电磁场或测试电路所产生。由供电系统、周围电磁场或测试电路所产生的干扰,通常称为电磁干扰或电噪声。

用交流稳压器供电,一般已可抑制供电系统电压不稳定所产生的干扰。测试装置,特别是测试信号线的良好屏蔽,可以消除周围大部分电磁场所产生的干扰。正确接地,则是消除测试电路产生干扰的主要措施。

地线是测试系统中各个测试装置(即各个电路)公共的零电平参考点。理论上,地线所有位置的电平均应该相同。由于所有的导线都具有一定的阻抗,若各个测试装置在地线的不同位置接地,在地电流作用下,各个测试装置的接地点的电位可能会不等。各个测试装置在地线的不同位置接地,也可能会产生环路电流并与其他电路产生耦合。另外,地线是所有信号电流都要流经的公共点,这可能引起公共地电阻的耦合干扰。

下面介绍几种常用的接地方式。

1. 单点(并联)接地

如图 1 – 15 所示,将各电路分别用导线在一点与地相连,此时 $V_A = i_1 R_1$,C 点的电位 $V_C = i_3 R_3$,各电路的接地电位只与本电路的电源和电线阻抗有关,相互干扰小。

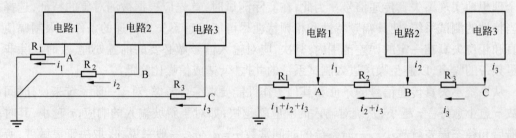

图 1 – 15　单点(并联)接地　　　　　　　　图 1 – 16　串联接地

2. 串联接地

一般形式如图 1-16 所示,各单元的电路顺序连接在一条公共地线上。$R_1 \sim R_3$ 是各电路接地线的等效电阻,它们是串联的。i_1、i_2 和 i_3 是电路 1、2 和 3 的地电流,A 点电位不为零,且 $V_A = (i_1 + i_2 + i_3)R_1$,C 点电位 $V_C = (i_1 + i_2 + i_3)R_1 + (i_2 + i_3)R_2 + i_3R_3$。可见,这种串联接地方式将由接地线阻抗造成各电路相互间干扰。

从抑制干扰角度看,这种接地方式不合理。但由于接地方式布线比较简单,在各电路的电平相差不大时仍常采用。显然,应注意把低电平的电路放在距接地点最近的地方,所有地线截面积都应尽可能大。

3. 低频接地方式

如图 1-17 所示,将功率相差不多、噪声电平相差不大的电路分为一组,然后把低电平电路一组采用串联接地方式经共同地线接地;把高电平电路一组采用串联方式经共同地线接地,各组间采用并联接地方式。采用图 1-17 所示方式,低频测量系统至少要分三组并以串并联一点接地。

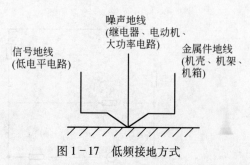

图 1-17　低频接地方式

采用这种接地方式,它兼有串联、并联接地方式特点,对复杂测试系统可以解决大部分接地问题。

4. 模拟地和数字地

信号地线中,同时有模拟信号地线和数字信号地线。模拟信号一般较弱,对地线要求较高,各种干扰应尽量小。数字电路在开关状态下工作,电流起伏波动大,很可能通过地线干扰模拟电路。一般将模拟地和数字地分开,模拟电路与数字电路之间采用光电耦合器耦合,如图 1-18 所示。

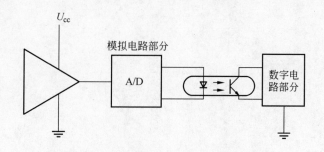

图 1-18　模拟信号与数字信号接地方式

不管何种接地方式,接点均应可靠。最好用电焊、气焊、铜焊或锡焊等连接接点。

习　题　1

1-1　线性定常系统有哪些基本特性?试述频率保持性在动态测试中的重要意义。

1-2　已知某测试系统传递函数 $H(s) = \dfrac{1}{1 + 0.5s}$,当输入信号分别为 $x_1 = \sin\pi t$,$x_2 = \sin 4\pi t$ 时,试分别求系统稳态输出,并比较它们的幅值变化和相位变化。

1-3　用时间常数为 0.5 的一阶装置进行测量,若被测参数按正弦规律变化,要求装置指示值的幅值误差小于 2%,则被测参数变化的最高频率是多少? 若被测参数的周期是 2s 和 5s,则幅值误差是多少?

1-4 用一阶测量仪器测量 100 Hz 的正弦信号,如果要求振幅的测量误差小于 5%,试求仪器的时间常数 T 的取值范围。若用该仪器测 50 Hz 的正弦信号,相应的振幅误差和相位滞后是多少?

1-5 试举例说明理想的不失真测试系统,要求 $A(f) = \text{const},\varphi(f) = -2\pi f t_0$。

1-6 测量系统两点接地,如题图 1-1a 所示,由于两点电位不同,形成地电流 I_S。设两点之间地电阻 $R_E = 0.1\,\Omega$。干扰电压 $U_E = 100\,\text{mV}$,导线电阻 $R_{L1} = R_{L2} = 1\,\Omega$,信号源内阻 $R_i = 500\,\Omega$。若负载电阻 $R_L = 10$ kΩ。试求加在 R_L 上的干扰电压。若按题图 1-1b 的方法接地,即信号源一端接地,系统另一端与地隔离,绝缘电阻 $R_G = 1\,\text{M}\Omega$,此时 $R_E = 0$,若干扰电压不变,问加在 R_L 上的干扰电压是多少?

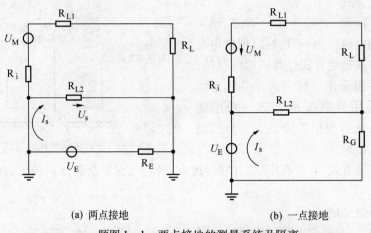

(a) 两点接地   (b) 一点接地

题图 1-1 两点接地的测量系统及隔离

第二章　信号的获取

本章简单介绍检测仪器中传感器的含义和分类方法,重点讨论工程中常见传感器的工作原理及一些重要的传感检测方法。

第一节　传感器的分类

绪论中已指出,传感器是能感受规定的被测量并按一定规律转换成可用输出信号的器件或装置,通常由敏感元件和转换元件组成。其中,敏感元件是指传感器中能直接感受或响应被测量的部分,而转换元件是指传感器中能将敏感元件感受或响应的被测量转换成适于传输或测量的电信号部分。可见,传感器应有两个重要功能,一是感受被测量,二是把感受到的被测量进行变换,变换成一种与被测量有确定函数关系的、而且便于传输和处理的信号,一般是电信号。

有时,人们往往把传感器、换能器及敏感元件的概念等同起来。在非电量电测技术中,把能将非电量转换成电量的器件称为传感器;在超声波等技术中强调的是能量转换,所以把能够实现能量转换的器件称为换能器;在电子技术领域,常把能感受信号的电子元件称为敏感元件。这些不同提法,只是在不同技术领域中对同一类型的器件使用不同的术语而已。本书从广义角度出发,对上述概念不加区别。

传感器品种繁杂,分类方法也很多。表2-1列出了工程中常见传感器的分类方法、类型和示例。

表2-1　工程常用传感器类型

分类方法	类　　型		示　　例
按被测物理量	位移、速度、加速度、力、力矩、压力、温度传感器等		位移传感器、测力仪、点温计
按工作原理	机械式、应变式、电学式、磁学式、光电式传感器等		离心转速表、闪光转速表
按输出信号特征	模拟式传感器、数字式传感器		模拟式光电传感器、光码盘
按信号变换效应	物理型	结构型	电容传感器、电感传感器
		物性型	电阻式位移传感器、压电加速度计、光敏管
	化学型		气敏传感器、味敏传感器、酸度计
	生物型		荧光生物传感器

　　表中前两种分类方法最常用。生产厂家和用户都习惯使用按被测物理量来分类,它能体现传感器的功能;而按工作原理分类,则便于学习和研究。

　　在传感器按信号变换效应的分类中,物理型传感器是利用某些变换元件的物理性质或某些功能材料的特殊性能制成的传感器,又可进一步分为结构型(依靠传感器结构参数变化来实现信号转换)和物性型(依靠敏感元件物理性质变化来实现信号转换)。前者如变极距型电容传感器,后者如光敏电阻。机械工程中广泛使用物理型传感器。

　　化学型传感器是利用电化学反应原理,把无机物或有机物的成分、浓度等转换成电量的传感器。该类传感器主要应用于化学工业、化学分析和环境监测中。

　　生物型传感器是利用生物功能识别物质来识别和测定生物化学物质的传感器。功能识别物质在与某些特定被测分子产生作用后,可利用电化学或光学方法进行电信号或光信号的转换,从而可分析判断被测物质的存在及其浓度。生物传感器用于生物医学工程和生物化学工程中。

第二节　电阻式传感器

　　电阻式传感器是一种能将非电物理量(如位移、力、压力、加速度、扭矩等)的变化转换成与之有确定对应关系的电阻阻值的变化,再经过测量电桥等电路将电阻变化量转换成便于传送和处理的电压信号或电流信号的装置。

　　电阻式传感器具有一系列的特点,例如,精度较高,结构简单,频率响应特性较好等,已成为目前非电量检测技术中非常重要的检测手段,广泛地应用于工程检测和科学实验中。但是,电阻式传感器也存在一定的缺点,例如,在大应变状态下具有较明显的非线性;传感器输出信号微弱,受环境条件影响较大,且分辨率不高等。尽管电阻式传感器具有上述缺点,但可以采取一定的补偿措施加以改善,因此它仍不失为非电量测试技术中应用最广和最有效的传感器。

　　电阻式传感器主要有变阻器式、电阻应变式以及压阻式等三种类型。前两种电阻式传感器采用的敏感元件一般是弹性敏感元件,传感元件分别是电位器和金属应变片;而压阻式传感器的敏感元件和传感元件均为半导体。变阻器式传感器结构简单、价格低廉、输出信号功率大、被测量与转换量之间容易实现线性或其他所需的函数关系。但由于电位器可靠性差、干扰大、使用寿命短,比其他类型的电阻式传感器的性能差一些,故其应用范围在逐步减小。

一、工作原理

　　由欧姆定律知,对于长为 λ 、截面积为 A 、电阻率为 ρ 的导体,其电阻为

$$R = \rho \frac{\lambda}{A} \tag{2-1}$$

若 λ 、A 或 ρ 发生变化,其电阻也会随着变化。对上式全微分,有

$$dR = \frac{\rho}{A}d\lambda - \frac{\rho\lambda}{A^2}dA + \frac{\lambda}{A}d\rho \tag{2-2}$$

设其为半径为 r 的圆导体,$A = \pi r^2$,代入上式,电阻的相对变化为

$$\frac{\mathrm{d}R}{R} = \frac{\mathrm{d}\lambda}{\lambda} - \frac{2\mathrm{d}r}{r} + \frac{\mathrm{d}\rho}{\rho} \tag{2-3}$$

由材料力学可知，$\frac{\mathrm{d}\lambda}{\lambda} = \varepsilon$，$\frac{\mathrm{d}r}{r} = -\nu\frac{\mathrm{d}\lambda}{\lambda}$，$\frac{\mathrm{d}\rho}{\rho} = \lambda\sigma = \lambda E\varepsilon$，代入上式得

$$\frac{\mathrm{d}R}{R} = (1 + 2\nu + \lambda E)\varepsilon \tag{2-4}$$

式中，ε 为导体的纵向应变。其数值一般很小，常以微应变 $\mu\varepsilon$ 度量，$1\mu\varepsilon = 10^{-6}\varepsilon$；$\nu$ 为材料泊桑比，一般金属 $\nu = 0.3 \sim 0.5$；λ 为压阻系数，与材质有关；E 为材料的弹性模量。

式（2-4）中，$(1 + 2\nu)\varepsilon$ 表示几何尺寸变化而引起的电阻相对变化量；$\lambda E\varepsilon$ 表示由于材料电阻率的变化而引起电阻的相对变化量。不同属性的导体，这两项所占的比例相差很大。

若定义导体产生单位纵向应变时，电阻值相对变化量为导体的灵敏度系数，则

$$S_s = \frac{\mathrm{d}R/R}{\varepsilon} = (1 + 2\nu) + \lambda E \tag{2-5}$$

显然，S_s 愈大，单位纵向应变引起的电阻值的相对变化也愈大，说明应变片愈灵敏。

可用不同的导体材料制作应变片，目前主要有金属电阻应变片和半导体应变片两类。

二、金属电阻应变片

金属电阻应变片的基本结构大体相同，使用最早的是金属丝回线式结构（又称电阻丝应变片），如图 2-1 所示。它用直径为 0.025 mm 左右的高电阻率的合金电阻丝 2 绕成栅状，粘结在绝缘基片 1 和覆盖层 3 之间，由引线 4 与外接电路相连。

金属电阻应变片的材料电阻率随应变产生的变化很小，可忽略。由式（2-4）可得

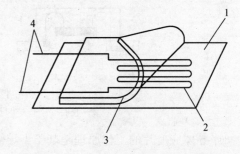

图 2-1　电阻丝应变片的基本结构
1—基片；2—电阻丝；3—覆盖层；4—引线

$$\frac{\mathrm{d}R}{R} \approx (1 + 2\nu)\varepsilon = S\varepsilon \tag{2-6}$$

由此可见，应变片电阻的相对变化与其轴向应变成正比。并且对同一电阻材料，$S = 1 + 2\nu$ 是常数。一般用于制造金属丝电阻应变片的金属丝灵敏度系数多在 $1.7 \sim 3.6$ 之间。

常用金属电阻应变片除电阻丝式外，还有箔式应变片（见图 2-2）和薄膜应变片等。

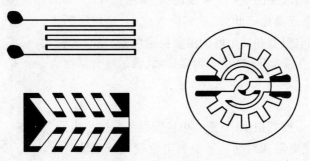

图 2-2　箔式应变片

箔式应变片是利用照相制版或光刻腐蚀技术将电阻箔材（厚 $1 \sim 10\,\mu\mathrm{m}$）做在绝缘基底上而制成各种图形的应变片。它尺寸准确、线条均匀,适应不同的测量要求,传递试件应变性能好、横向效应小和散热性能好,因此得到了广泛应用,现已基本上取代金属丝电阻应变片。

薄膜应变片是用薄膜技术制成的应变片,它灵敏系数高,易实现工业化生产,是一种很有前途的新型应变片。

选用应变片时,要考虑应变片的性能参数,主要有:应变片的电阻值、灵敏度、允许电流和应变极限等。市售金属电阻应变片的电阻值已趋于标准化,主要规格有 $60\,\Omega$、$120\,\Omega$、$350\,\Omega$、$600\,\Omega$ 和 $1000\,\Omega$ 等,其中 $120\,\Omega$ 用得最多。应变片产品包装上标明的"标称灵敏系数",是出厂时测定的该批产品的平均灵敏度系数值。

三、半导体应变片

半导体应变片最简单的结构如图 2-3 所示。其半导体片是由锗或硅等单晶锭沿特定的晶轴方向(晶体取向)切片制成的。

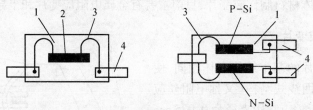

图 2-3　半导体应变片的结构

1—胶底衬片;2—半导体片;3—内导线;4—接线柱

半导体应变片的工作原理是基于半导体材料的压阻效应,即单晶半导体材料在沿某一轴向受外力作用时,其电阻率会发生很大变化的现象。压阻效应与材料类型、晶体取向、掺杂浓度及温度有关。

对于半导体应变片,几何尺寸变化引起的电阻变化远小于由材料电阻率变化引起的电阻变化,前者可忽略不计。由式(2-4)可得

$$\frac{\mathrm{d}R}{R} \approx \lambda E\varepsilon \tag{2-7}$$

从而可得半导体应变片灵敏度系数为

$$S = \lambda E \tag{2-8}$$

半导体应变片的最突出优点是灵敏度大,S 可达 $60 \sim 150$,能直接与记录仪器连接而不需放大器,使测量系统简化。此外,其横向效应小,机械滞后小,体积小。其缺点是电阻值和灵敏度的温度稳定性差;当应变较大时,非线性严重;由于受晶向、杂质等因素影响,灵敏度分散度大。

四、测量电路

由于机械应变一般都很小,要把微小应变引起的微小电阻变化检测出来,同时把电阻相对变化转换为电压变化或电流变化,需要有专用测量电路。通常采用惠斯登电桥电路作为应变测量

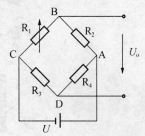

图 2-4　测量电桥

电路,如图 2-4 所示。图中,U 为电源,R_1、R_2、R_3、R_4 为四个桥臂电阻。由图中测量电桥可知,电桥输出电压 U_o 与桥臂参数之间的关系为

$$U_o = \frac{U}{(R_1 + R_2)(R_3 + R_4)}(R_1R_4 - R_2R_3) \tag{2-9}$$

由上式可知,当 $R_1R_4 = R_2R_3$ 时,电桥输出电压 U_o 为零,即电桥处于平衡状态。

设 R_1 为应变片的电阻,工作时试件受力产生应变,应变片 R_1 的值随之变化,变化量为 ΔR。当应变片为拉伸应变时,ΔR 为正;当应变片为压缩应变时,ΔR 为负,则式(2-9)可写为

$$\Delta U_o = U \frac{(R_1 + \Delta R)R_4 - R_2R_3}{(R_1 + \Delta R + R_2)(R_3 + R_4)} \tag{2-10}$$

假设 $R_1 = R_2 = R_3 = R_4 = R$,并考虑一般情况下 $\Delta R \ll R$,可略去分母中的 ΔR 项,则上式可化简为

$$\frac{\Delta U_o}{U} \approx \frac{1}{4} \cdot \frac{\Delta R}{R} \tag{2-11}$$

由上式可知,当应变片受力产生应变时,其电阻的相对变化与电桥输出电压的相对变化为线性关系。设电桥各桥臂均有相应的电阻变化量,分别为 ΔR_1、ΔR_2、ΔR_3、ΔR_4,由式(2-10)得

$$\Delta U_o = U \frac{(R + \Delta R_1)(R + \Delta R_4) - (R + \Delta R_2)(R + \Delta R_3)}{(R + \Delta R_1 + R + \Delta R_2)(R + \Delta R_3 + R + \Delta R_4)} \tag{2-12}$$

将上式化简,并略去高次项以及分母中的电阻变化项,得

$$\Delta U_o = \frac{U}{4}\left(\frac{\Delta R_1}{R} - \frac{\Delta R_2}{R} - \frac{\Delta R_3}{R} + \frac{\Delta R_4}{R}\right) \tag{2-13}$$

由以上分析可得,惠斯登电桥电路的特性如下:

(1)当电桥的应变片未产生应变时,电桥处于平衡状态,其输出电压为零。

(2)当应变片产生应变,且 $\Delta R_i \ll R$ 时,电桥输出电压与应变成线性关系。

(3)当相邻两桥臂的应变极性一致,即同为拉应变或压应变时,输出电压为两者之差;当相邻两桥臂的极性不同,即一个为拉应变、一个为压应变时,输出电压为两者之和。

(4)当相对两桥臂的应变极性一致时,输出电压为两者之和;当相对两桥臂的极性相反时,输出电压为两者之差。

根据电桥电路的上述特性,可以利用电桥来提高应变片测量的灵敏度,并起到温度补偿的作用。例如,利用半差动电桥(R_1、R_2 或 R_3、R_4 为工作应变片,且其应变极性相反;或者 R_1、R_4 或 R_2、R_3 为工作应变片,且其应变极性相同),测量的灵敏度提高 1 倍。利用全差动电桥(R_1、R_2、R_3、R_4 均为工作应变片),其测量灵敏度为单桥的 4 倍。半差动电桥和全差动电桥均能起到温度补偿作用。

第三节　电感式传感器

电感式传感器是把被测量的变化量转换成线圈自感或互感变化量的一种装置,它以电与磁作为媒介,利用磁场的变化引起线圈的自感或互感变化,将非电量转换为电量。电感式传感器可以用来测量位移、振动、加速度、力、压力、扭矩以及液位等参数,是非电量检测中应

用比较广泛的一类传感器。

电感式传感器与其他类型传感器相比,具有其显著的特点:结构简单,输出功率大,输出阻抗小,抗干扰能力强,灵敏度高(电压灵敏度一般可达数百 mV/mm),分辨率高(能测量 0.1 μm 甚至更小的机械位移,能感受 0.1″的微小角位移),重复性好及输出的线性度好且稳定。其缺点主要在于动态响应慢,不适合快速动态测试。

电感式传感器根据转换原理的不同,可分为自感式和互感式两种;根据结构型式不同,可分为气隙型和螺管型两种。

一、自感型传感器

自感型传感器又有变磁阻式(改变磁路磁阻)和涡流式(利用涡电流效应)两种。

(一)变磁阻式传感器

变磁阻式传感器的结构原理图如图 2－5a 所示。它由线圈、铁心和衔铁三部分组成。设铁心和衔铁之间的气隙为 δ ,由电工学分析得知,线圈的自感系数 L 与线圈匝数 N 的平方成正比,与磁路的总磁阻 R_m 成反比,即

$$L = \frac{N^2}{R_m} \qquad\qquad (2-14)$$

如果气隙 δ 较小,且不考虑磁路的铁损,总磁阻为磁路中铁心、气隙和衔铁的磁阻之和,即

$$R_m = \frac{\lambda}{\mu A} + \frac{2\delta}{\mu_0 A_0} \qquad (2-15)$$

式中:λ 为铁心(包括衔铁)的导磁长度,m;μ_0、μ 分别为空气磁导率和铁心相对磁导率,其中 $\mu_0 = 4\pi \times 10^{-7} \mathrm{H/m}$;$A_0$、$A$ 分别为气隙截面积和铁心导磁截面积,m^2。

因为铁心由铁磁材料制成,其磁阻与气隙磁阻相比很小,式(2－15)中右边第一项可忽略。将 R_m 表达式代入式(2－14),得

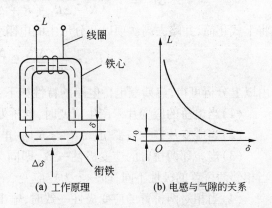

(a) 工作原理　　(b) 电感与气隙的关系

图 2－5　变磁阻式传感器原理

$$L = \frac{N^2 \mu_0 A_0}{2\delta} \qquad\qquad (2-16)$$

可见,自感系数 L 与气隙 δ 成反比,与气隙导磁面积 A_0 成正比。若固定 A_0,改变 δ,这就是常用的变气隙电感式传感器。此时,L 与 δ 为非线性关系,其曲线如图 2－5b 所示。

传感器的灵敏度可写为

$$S = -\frac{N^2 \mu_0 A_0}{2\delta^2} \qquad\qquad (2-17)$$

由上式可知,气隙 δ 愈小,灵敏度 S 愈高。由于 S 不是常数,故会出现线性误差。为减小这一误差,通常规定 δ 在较小范围 $\pm \Delta\delta$ 内变化。设初始间隙为 δ_0,一般取 $\frac{\Delta\delta}{\delta_0} \leqslant 0.1$,此时 S

可近似为常数。因此,这种传感器一般只适用于 $0.001 \sim 1\,mm$ 范围的小位移测量。

实际应用中,常采用图 2-6a 所示的差动结构。当衔铁移动 $\Delta\delta$ 时,一个线圈的气隙变为 $\delta_0 + \Delta\delta$,其自感减少;另一个线圈的气隙变为 $\delta_0 - \Delta\delta$,其自感增加。若将两线圈接在电桥的相邻臂时,其输出灵敏度可提高 1 倍,且可改善其非线性特性。

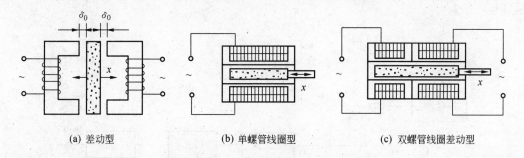

(a) 差动型　　　　　(b) 单螺管线圈型　　　　　(c) 双螺管线圈差动型

图 2-6　变磁阻式传感器典型结构

若保持气隙 δ_0 不变,而改变气隙导磁面积 A_0,称为变面积型传感器。由式(2-16)可知:L 与 A_0 呈线性特性,但灵敏度较低,常用于角位移测量。

图 2-6b 所示为单螺管线圈型。当衔铁在线圈中运动时,磁阻将发生变化,导致自感 L 变化。由于有限长度线圈的轴向磁场强度分布不均匀,只有在线圈中段才有较好的线性关系。单螺管线圈型结构简单、灵敏度较低,适用于较大位移(mm 量级)的测量。

图 2-6c 所示为双螺管线圈差动型。差接后,总电感的变化是单一螺管电感变化量的两倍,它能部分地消除磁场不均匀所造成的非线性影响。测量范围在 $0 \sim 300\,\mu m$,最高分辨率可达 $0.5\,\mu m$。

(二)涡流式传感器

涡流式传感器的变换原理是利用金属导体在交变磁场中产生的涡电流效应。较常用的高频反射式涡流传感器的工作原理示意图如图 2-7 所示。

通以高频交流电流 i_1 的线圈,在其周围会产生交变磁场 H_1,当把该线圈放到一块金属导体附近,则在金属导体表面感应出交变电流 i_2,该电流在金属导体表面是闭合的,称为"涡电流"。同样,此交变涡电流也会产生交变磁场 H_2,其方向总是与线圈产生的磁场 H_1 变化的方向相反。由于涡电流磁场 H_2 的作用,使原线圈等效阻抗 Z 发生变化。实验分析得出 Z 值大小与金属导体的电导率 ρ、磁导率 μ、厚度 h、线圈与金属导体距离 δ 以及线圈激励电流的频率 f 等参数有关。实际应用中,可只改变其中某一参

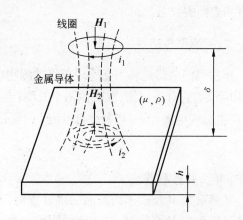

图 2-7　高频反射式涡流传感器的工作原理示意图

数,而其他参数固定,阻抗就只与某参数成单值函数关系了。根据该原理可制成不同用途的传感器,如位移计、振动计和探伤仪等。

电涡流传感器的测量电路,通常采用电桥和谐振电路。电桥电路是把线圈的阻抗作为

电桥的一个桥臂,或用两个电涡流线圈组成差动电桥。

谐振电路有调幅电路和调频电路。图2-8为分压式调幅电路原理图,图2-9为调频测量电路的工作原理图。它们都是将传感器线圈接入LC调谐电路,使其谐振频率随被测量δ而改变。而调谐电路的输出分别控制着外接振荡器的幅值或频率,以实现被测量的信号转换。

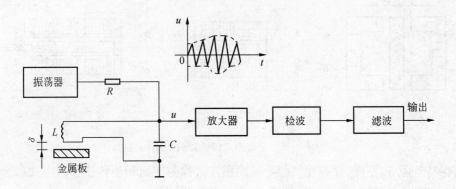

图2-8　分压式调幅电路原理图

图2-9　调频测量电路的工作原理图

电涡流传感器结构简单,灵敏度高,测量范围大(在 ±1 ～ ±10 mm),分辨率高(可达1 μm),动态特性好,抗干扰能力强,可用于非接触动态测量。常用它测量位移、振动、零件厚度和表面裂纹等。

二、互感型传感器

互感型传感器是利用互感现象将被测物理量转换成线圈互感变化来实现检测的,如图2-10所示,它有一次侧、二次侧两个线圈,当一次侧线圈 W 输入交变电流 i 时,二次侧线圈 W_1 产生感应电动势 e,其大小与电流 i 的变化率成正比,即

$$e = - M \frac{\mathrm{d}i}{\mathrm{d}t} \tag{2-18}$$

式中,M 为互感系数。

互感系数 M 反映了两线圈的耦合程度,与衔铁位置、线圈结构等因素有关。当被测参数使互感系数 M 变化时,二次侧线圈输出电动势也会随之产生相应变化。实际应用中,基本上采用两个二次侧线圈组成差动形式,故被称为差动变压器。而其应用最多的是螺管式差动变压器,如图2-11a所示,它由一次侧线圈 W 和两个参数相同的二次侧线圈 W_1、W_2 组成。

当一次侧线圈 W 被交流电
压激励时,两个二次侧线圈 W_1
和 W_2 将产生感应电势 e_1 和 e_2,
如图2-11b 所示。当铁心处于
两个二次侧线圈中间位置时,两
线圈的感应电势相等,即 $e_1 =
e_2$。因两线圈反向串接,此时输
出电压 $e = e_1 - e_2 = 0$;当衔铁
向上运动时,线圈 W_1 的互感系

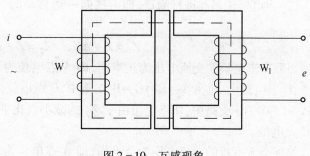

图2-10 互感现象

数比线圈 W_2 大,因此,$e_1 > e_2$;当衔铁向下运动时,$e_1 < e_2$。其输出特性如图2-11c 所示。

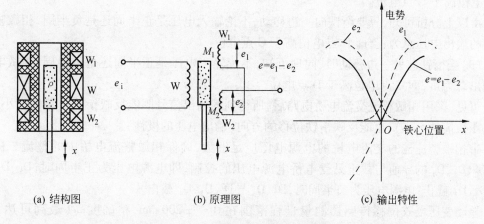

(a) 结构图　　　　(b) 原理图　　　　(c) 输出特性

图2-11 差动变压器结构原理及特性

差动变压器的输出 e 为交流电压,其幅值与铁心位移 x 成正比,能反映铁心位移的大小,但还不能直接判定铁心移动的方向。此外,实际应用中,还存在零位残余电压输出,即铁心处于中间位置时,输出不为零,这使得零位附近的小位移很难检测。因此,差动变压器的后接测量电路,一般应是能反映铁心位移方向,又能补偿零位残余电压的差动直流输出电路。这种形式的测量电路很多,通常可采用相敏整流交流电桥(见图2-12)来解决。在交流信号转换成直流信号后,利用直流信号的大小和极性可反映位移的大小和方向。

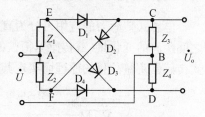

图2-12 相敏整流交流电桥

图中 $\dot{U}$、$\dot{U}_o$ 分别为交流电桥的电源电压与输出电压。差动电感传感器的两个线圈的阻抗分别为 Z_1 和 Z_2,它们接入交流电桥相邻的两个工作桥臂;另外两个阻抗相等的 Z_3 和 Z_4 作为电桥的两个平衡桥臂;D_1、D_2、D_3、D_4 为四只型号特性相同的二极管,它们构成相敏整流器。

相敏整流电桥的工作原理如下:

(1)未测量时,传感器的衔铁处于中间位置,$Z_1 = Z_2 = Z$,电桥处于平衡状态,输出为零。

（2）当电感传感器进行测量，即衔铁向一边移动时，传感器的两个线圈阻抗发生变化，设

$$Z_1 = Z + \Delta Z, \quad Z_2 = Z - \Delta Z$$

如果交流电桥的交流电压为正半周，即 A 点电位为正、B 点电位为负时，二极管 D_1、D_4 导通，D_2、D_3 截止，则在 A→E→C→B 支路中，C 点电位由于 Z_1 的增大而比平衡时降低；而在 A→F→D→B 支路中，D 点电位由于 Z_2 的减小而比平衡时增高。因此，得到 D 点电位高于 C 点电位。

如果交流电桥的交流电压为负半周，即 A 点电位为负、B 点电位为正时，二极管 D_2、D_3 导通，D_1、D_4 截止，则在 B→C→F→A 支路中，C 点电位由于 Z_2 的减小而比平衡时降低（因为平衡时，输入电压若为负半周，则 C 点相对于 B 点为负电位，Z_2 的减小使 C 点电位减小）；而在 B→D→E→A 支路中，D 点电位由于 Z_1 的增加而比平衡时增高。因此，仍然得到 D 点电位高于 C 点电位。

由以上分析可知，只要衔铁向一边移动，不论输入电压是正半周还是负半周，相敏整流电桥的输出电压总为正，即 D 点电位高于 C 点电位。

（3）当衔铁向另一边移动时，同理可知，不论输入电压是正半周还是负半周，相敏电桥的输出总为负，即 C 点电位高于 D 点电位。

可见，采用相敏整流交流电桥电路后，所得到的输出信号既能反映衔铁位移的大小（输出电压数值的大小），也能反映衔铁位移的方向（输出电压的极性）。

带相敏整流器的交流电桥的电源电压应足够大，确保相敏整流电桥中的整流二极管 D_1、D_2、D_3、D_4 的导通与截止只受电桥电源电压的控制，即电源电压为正半周时，D_1、D_4 导通，D_2、D_3 截止；电源电压为负半周时，D_2、D_3 导通，D_1、D_4 截止。

差动变压器式位移传感器测量量程范围在 $0 \sim \pm 200$ mm，精确度高（最高可达 0.1 μm）、灵敏度（在单位电压激磁下，铁心移动单位距离时，其输出电压值）大于 50mV，性能稳定，在生产中得到广泛应用。

三、传感器应用实例

电感式传感器的应用可分为直接应用和间接应用。直接应用即为根据传感器与被测量之间距离的变化量（或传感器衔铁的移动量）直接对位移进行测量；间接测量就是利用电感式传感器测量位移的原理而实现其他参数的测量，如测量水位、倾斜度等。

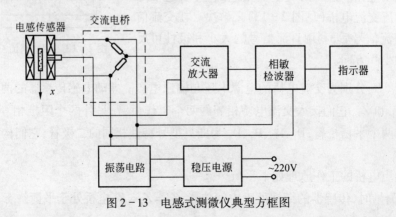

图 2-13　电感式测微仪典型方框图

　　应用变磁阻原理做成的电感式测微仪典型方框图如图 2-13 所示。当传感器铁心处于中间位置时,交流电桥平衡,此时无电压输出;当衔铁位移时,两线圈的电感发生变化,使交流电桥有电压输出,经放大、检波后显示。它适用于精密微小位移测量。

　　电感式压力传感器结构如图 2-14 所示。中间膜片 4 在压差 $\Delta p = p_1 - p_2$ 的作用下产生位移。通过连杆 3 带动差动变压器中的铁心 2 移动,从而将压差 Δp 转换成变压器的电压输出。

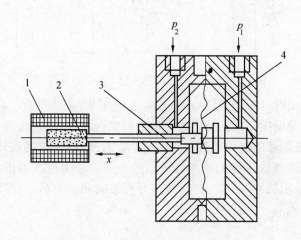

图 2-14　电感式压力传感器结构图
1—差动变压器;2—铁心;3—连杆;4—中间膜片

　　电涡流式传感器具有测量范围大、灵敏度高、结构简单以及非接触测量等优点,因此广泛应用于测量位移、厚度、振动、转速、温度、应力以及探伤等方面。

　　在金属导体和通电线圈组成的电涡流系统中,线圈的阻抗是一个多元函数,当线圈和导体材料确定后,线圈阻抗即为距离 x 的单值函数。通过适当的测量电路,可以得到输出电压与距离 x 的关系如图 2-15 所示。由图可以看出,在曲线中间部分呈线性关系,一般其线性范围为平面线圈外径的 $1/3 \sim 1/5$,线性误差为 $3\% \sim 4\%$。

　　根据上述原理,电涡流式传感器可用来测量位移,如汽轮机主轴的轴向窜动(见图 2-16)、金属材料的热膨胀系数、钢水液位等。其量程范围可从 $0 \sim 1\,mm$ 到 $0 \sim 30\,mm$,国外甚至可测量 $80\,mm$。电涡流式传感器的分辨率约为满量程的 0.1%。

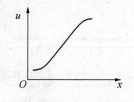

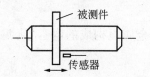

图 2-15　电涡流传感器的　　　图 2-16　轴向窜动测量　　　图 2-17　测量轴的振动分布
　　　　　位移—电压曲线

　　电涡流式传感器可以无接触地测量各种振动的振幅。图 2-17 为利用电涡流式传感器测量轴的振动分布的示意图,用多个电涡流式传感器组成传感器阵列,并排安放在轴的附近,传感器阵列各传感器输出的反映位移的信号经测量电路处理后,用多通道记录仪表可记录各电涡流式传感器所在处轴的瞬时振幅,因而由电涡流式传感器组成的阵列可以测量轴的瞬时振动分布情况。

电涡流式转速传感器的工作原理如图 2-18 所示。在软磁材料制成的输入轴上加工一个键槽,靠近输入轴表面安装电涡流式传感器,其中输入轴与被测旋转轴相连。

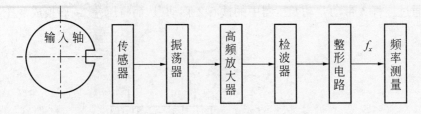

图 2-18 电涡流式转速传感器的工作原理

当被测旋转轴转动时,传感器与输入轴表面之间的间隙发生变化。由于电涡流效应,这种距离变化将导致振荡谐振回路的品质因素发生改变,使电涡流式传感器线圈电感随之变化,它们将直接影响振荡器的电压幅值和振荡频率。因此,随着被测旋转轴的旋转,振荡器输出的信号中包含与转速成正比的脉冲频率信号。该信号由检波器得出电压幅值的变化量,然后经整形电路输出脉冲频率信号 f_x,该信号经放大和整形后,通过频率测量电路即可得到被测旋转轴的转速。

第四节 电容式传感器

电容式传感器是以各种类型的电容器作为传感元件,将被测物理量的变化转换为电容量变化的装置。它可以用来检测压力、力、位移、液位、厚度以及振动等非电参量,是一种应用广泛且有发展前途的传感器。

电容式传感器与电阻式、电感式传感器相比,其优点是结构简单、动态响应好、灵敏度高以及分辨率高等。然而由于电容式传感器本身的电容量一般很小,因此带来了一系列问题,诸如寄生电容影响较大,容易受外界环境干扰等,这就限制了电容式传感器的推广应用。近些年来,随着材料、工艺,特别是集成电路技术的发展,电容式传感器的这些缺点不断得到克服,其优点得以充分表现出来,从而使电容式传感器得到了越来越广泛的应用。

一、工作原理与类型

由物理学可知,两块平行金属板构成的电容器(见图 2-19),其电容量为

$$C = \frac{\varepsilon_0 \varepsilon A}{\delta} \qquad (2-18)$$

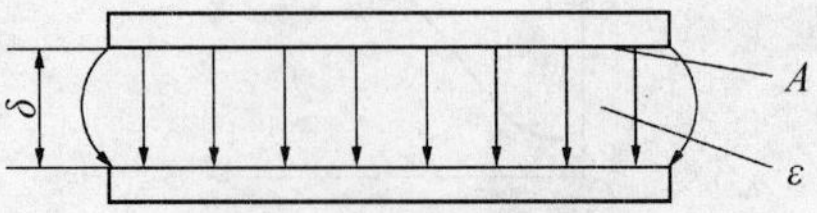

图 2-19 平板式电容器

式中,ε_0 为真空介电常数,$\varepsilon_0 = 8.85 \times 10^{-12}$,F/m;$\varepsilon$ 为极板间介质的相对介电常数,空气介质 $\varepsilon = 1$;A 为极板相互遮盖的面积,m^2;δ 为极板间距离,m。

式(2-18)表明,当 δ、A 或 ε 任一参数发生变化时,都将引起电容量 C 的变化。根据电容变化的参数,可将电容式传感器分为变极距型、变面积型和变介质型三类。

（一）变极距型

如果两极板相互遮盖的面积 A 及极板间介质不变，而改变极板间距离 δ 时，该电容传感器属于变极距型，其结构原理如图 2-20a 所示，其电容量 C 与极板间距 δ 呈非线性关系，如图 2-20b 所示。

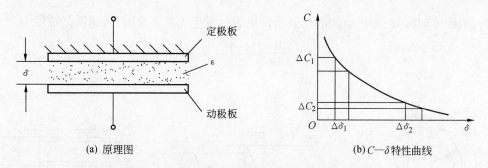

(a) 原理图

(b) C—δ 特性曲线

图 2-20 变极距型电容传感器原理图与特性曲线

当极板距离有一微小变化量 $\mathrm{d}\delta$ 时，引起电容的变化量为

$$\mathrm{d}C = -\frac{\varepsilon_0 \varepsilon A}{\delta^2}\mathrm{d}\delta \tag{2-19}$$

由此可得到传感器的灵敏度

$$S = \frac{\mathrm{d}C}{\mathrm{d}\delta} = -\frac{\varepsilon_0 \varepsilon A}{\delta^2} \tag{2-20}$$

可以看出，灵敏度 S 与极板间距 δ 的平方成反比，δ 愈小，灵敏度 S 愈高。显然，由于灵敏度 S 随极距 δ 而变化，将引起线性误差。为减小此误差，通常限定极间距在较小范围内变化，一般取极距变化范围约为 $\dfrac{\Delta \delta}{\delta_0} \approx 0.1$，这样可获得近似的线性关系。

实际应用中，为了改善非线性，常采用差动结构，如图 2-21 所示，它有三个极板，其中两个极板固定不动，只有中间极板能产生移动。这种结构能够将传感器灵敏度提高 1 倍，并且线性误差也可大大减小，同时还能克服如电源电压、环境温度等变化对测量精度的影响。

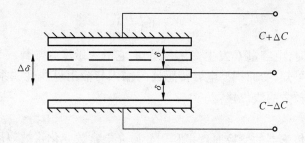

图 2-21 差动电容结构原理图

变极距型电容传感器可用于动态非接触式测量，对被测系统的影响小、灵敏度高，适用于测量小位移（0.01 μm 至数百 μm）。但必须注意，传感器本身及测量电路的杂散电容对灵敏度和测量精度有影响。

（二）变面积型

变面积型电容传感器的结构型式如图2-22所示。图2-22a所示是角位移型,若设两扇形板极间距为δ,极板半径为r,两极板相互遮盖区圆心角为θ,则其电容量为

$$C = \frac{\varepsilon_0 \varepsilon r^2 \theta}{2\delta} \tag{2-21}$$

显然,若旋转动板1,改变圆心角θ,就会使电容量发生改变。此时,传感器灵敏度

$$S = \frac{\mathrm{d}C}{\mathrm{d}\theta} = \frac{\varepsilon_0 \varepsilon r^2}{2\delta} = \mathrm{const} \tag{2-22}$$

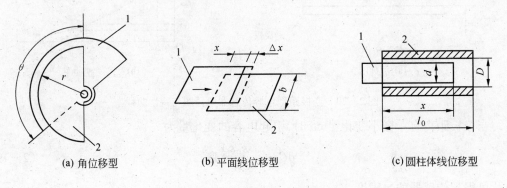

(a) 角位移型　　　　　(b) 平面线位移型　　　　　(c) 圆柱体线位移型

图2-22　变面积型电容传感器

1—动板;2—定板

图2-22b所示是平面线位移型。若设两极板有固定间距为δ,宽度为b,两极板覆盖长度x可变,则其电容量

$$C = \frac{\varepsilon_0 \varepsilon b x}{\delta} \tag{2-23}$$

电容量的大小随可变的覆盖长度x而线性变化,它的灵敏度也是常数。

图2-22c所示是圆柱体线位移型。动板和定板的圆柱面绝缘及相互覆盖,若设圆筒孔径为D,圆柱外径为d,当覆盖长度为x时,则其电容量

$$C = \frac{2\pi \varepsilon_0 \varepsilon x}{\ln\left(\dfrac{D}{d}\right)} \tag{2-24}$$

当覆盖长度x变化时,电容量C发生变化。易知,它的灵敏度为常数。

综合以上分析可知,变面积型电容传感器的输入与输出呈线性关系,灵敏度为常数,可用于测量角位移或较大的线位移。

（三）变介质型

变介质型电容传感器的变换原理是利用介质介电常数变化将被测量转换为电容量的变化。其结构型式有很多,图2-23a所示是其中一种,可用于测量液体的液位或液量。图中,两同心圆柱状电极组成圆柱状电容器。当被测液体的液面高度变化时,将引起极间空气介质(介电常数$\varepsilon_1 = 1$)和液体介质(介电常数ε_2)的高度发生变化,因而导致圆柱状电容量变化。当液面高度为x时,电容器的电容量为

$$C = C_1 + C_2 = \frac{2\pi\varepsilon_0\varepsilon_1(h-x)}{\ln\left(\dfrac{D}{d}\right)} + \frac{2\pi\varepsilon_0\varepsilon_2 x}{\ln\left(\dfrac{D}{d}\right)}$$

$$= \frac{2\pi\varepsilon_0 h}{\ln\left(\dfrac{D}{d}\right)} + \frac{2\pi\varepsilon_0(\varepsilon_2-1)}{\ln\left(\dfrac{D}{d}\right)}x \qquad (2-25)$$

式中，h 为极板高度，m；d、D 分别为内电极外径和外电极内径，m。

当传感器结构一定时，h、d 和 D 均为常数，由式（2-25）可知，输出电容量 C 与液面高度 x 呈线性关系。

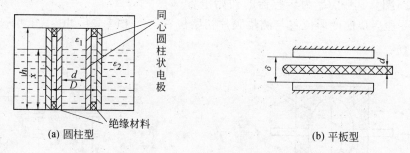

图 2-23　变介质型电容传感器

图 2-23b 所示为用于测量某些固体材料的温度、湿度或厚度变化的变介质型电容传感器。它是利用固体材料的相对介电常数随温度或湿度而变的特性，以及当固体介质厚度 d 发生变化时，会引起电容变化的检测原理来工作的。

二、测量电路

电容传感器将被测物理量转换为电容量的变化后，为便于测量，还需后接电路将之转换成相应的电压、电流或频率信号。常用测量电路有以下几种：电桥电路、调频电路、运算放大器电路和直流极化电路。请读者参考有关的手册。

三、传感器实例

将半导体膜片在压力作用下的形变与电容式传感器的电容量的变化联系起来，可以构成一种新型的传感器，即电容式压力传感器。电容式压力传感器具有结构简单、小型化、精度高等优点，目前已广泛应用于工业生产中。

电容式压力传感器的核心是一个对压力敏感的电容器，图 2-24 所示为硅膜片电容式压力传感器核心部件的示意图。该传感器为二室结构，由左右两室所组成。图中，1 为绝缘体，一般为凹形玻璃球面，其表面镀有一层金属膜作为电极 3 和 5；2 为测量膜片，也称感压膜片，该膜片左右两室中充满硅油；4 为不锈钢基座。其中，测量膜片 2 为可动电极，它与左右两室的固定电极 5 以及电极 3 构成差动式球-平面型电容传感器 C_L 和 C_H。

测量时，传感器左右两室分别承受低压 p_L 和高压 p_H，由于硅油的不可压缩性和流动性，它将差压 $\Delta p = p_H - p_L$ 传递到测量膜片 2 上。当左右两边的压力相等，即 $\Delta p = 0$ 时，测量膜片不发生形变，它与定极板 3 和 5 之间的电容量相等，即 $C_L = C_H$。当有差压时，测量膜片产生变形，在差压作用下动极板向低压极板靠近，使得 $C_L > C_H$，该电容量的变化通过引出线输出到测量电路,将电容量的变化转换为标准电压或电流信号输出。

由以上分析可知,电容式压力传感器中的球 – 平面型电容器的电容量 C_L 和 C_H 的变化反映了被测压力的变化,而 C_L 和 C_H 变化值可以用单元积分法以及等效电容法求得。

图 2 – 25 所示为电容压力式传感器在差压作用下,测量膜片产生挠曲变形时的球 – 平面型差动电容器的等效电路图。其中,C_0 为传感器的初始电容;C_A 为测量膜片受压后挠曲变形位置与测量膜片初始位置所形成的电容。

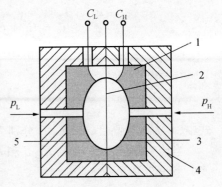

图 2 – 24　电容式压力传感器

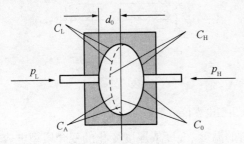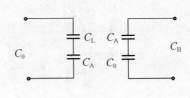

图 2 – 25　球 – 平面型差动电容器的等效电路图

由等效电路可得

$$C_L = \frac{C_A C_0}{C_A - C_0}, \quad C_H = \frac{C_A C_0}{C_A + C_0} \qquad (2-26)$$

因而,求得 C_A 和 C_0 的值以后,就可根据上式计算传感器的差动电容 C_L 和 C_H。

对于球 – 平面型电容器的 C_A 和 C_0 值,在忽略电场边缘效应情况下,可按单元积分法求得。最终可以得到 C_L 和 C_H 与被测压力 p_L 和 p_H 之间的关系式:

$$\frac{C_L - C_H}{C_L + C_H} = K(p_H - p_L) \qquad (2-27)$$

式中,K 为与电容式压力传感器的结构有关的常数。式(2 – 27)表明,$(C_L - C_H)/(C_L + C_H)$ 的值与被测压力差 $\Delta p = p_H - p_L$ 成正比。

电容式传感器由于几何尺寸的限制,电容值一般都很小,其容抗可高达几十甚至几百兆欧,因此,电容式传感器对绝缘电阻要求很高,并且寄生电容和分布电容的存在影响了传感器的稳定性和精度,这给电容式传感器的应用带来一定的难度。近年来由于电子技术的发展,集成电路得到广泛应用,电子线路紧靠传感器的极板,使寄生电容、分布电容、非线性等缺点不断得到克服,成功地解决了电容式传感器应用中存在的技术难题,为电容式传感器的应用开辟了广阔的前景。

目前电容式传感器不但广泛地应用于精确测量线位移、角位移、厚度、振动等机械量,还用于测量力、压力、流量、成分、液位等参量。下面就电容式传感器的主要应用做一些介绍。

电容式传感器可用来测量位移量(线位移和角位移)。如前所述,变极距型和变面积型以及变介质型电容传感器都可以直接用来测量被测物体位移的变化。下面介绍一种电容式测微仪。

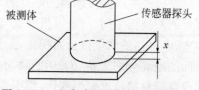

图 2-26　电容式测微仪结构原理图

如图 2-26 所示为电容测微仪的结构原理图，它采用非接触方式精确测量微位移。图中，电容传感器探头与被测体表面形成电容器，其电容值为

$$C = \frac{\varepsilon_0 A}{x} \tag{2-28}$$

式中，A 为传感器端面面积；x 为待测距离。

将待测电容接入高增益运算放大器的反馈电路中，构成如图 2-27 所示的运算放大器式检测电路。其中，高增益放大器（包括前置放大器和主放大器）与电容式传感器共同组成运算放大器式测量电路，其信号源电压 e 由正弦振荡器供给，所得的交流电压信号随被测位移变化而变化。该交流电压经精密整流器整流后可得到直流电压信号输出。

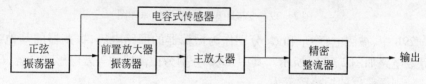

图 2-27　运算放大器式检测电路结构图

由前述的运算放大器式测量电路的理论分析可知，传感器的输出电压为

$$u_0 = -\frac{C_0 x}{\varepsilon_0 A} e = K_1 x \tag{2-29}$$

式中，$K_1 = -\dfrac{C_0 e}{\varepsilon_0 A}$ 为常数。可见，传感器的输出电压与待测距离 x 成线性关系。

电容式液位计可以连续测量水位和各种导电液体的液位，同时，它还可以用来测量容器内物料的高度。图 2-28 所示为电容式液位计的原理示意图，它所采用的是变介质型电容传感器。

图中，电容式液位计探头浸入水或其他被测导电液体中，导线心以绝缘层为介质与周围的液体构成圆柱形电容器，其电容值为

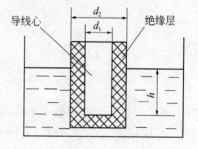

图 2-28　电容式液位计的原理示意图

$$C = \frac{2\pi\varepsilon h}{\ln(d_2/d_1)} \tag{2-30}$$

式中，ε 为导线绝缘层的介电常数；h 为待测液位高度；d_1、d_2 分别为导线心直径和绝缘层外径。

将被测电容接入由二极管组成的相敏整流交流电桥电路，可以得到与被测液位 h 成正比的直流电压信号。

电容式传感器可以用来测量物体厚度。根据测量物件及其应用条件的不同，其测量原理也多种多样，下面以变极距型电容传感器为例进行分析。

变极距型电容传感器测厚度的原理如图 2-29 所示。它是将被测金属板材放入平板电容器的两极板中间，两个极板分别与被测金属板材的上下表面构成了两个电容器 C_1 和 C_2。其中，电容器的两个极板面积相等，极板之间的间距固定为 d_0。两个极板与金属板材上下表面的距离分别为 d_1、d_2，初始时，$d_1 = d_2$，被测金属板材的厚度为 $\delta = d_0 - (d_1 + d_2)$；如果待测金属板材的厚度发生变化，将引起 C_1 和 C_2 的值变化，将电容 C_1 和 C_2 接入如图 2-29b 所示的测量电路经过转换和处理后，即可得到与被测板材厚度相关的电信号。

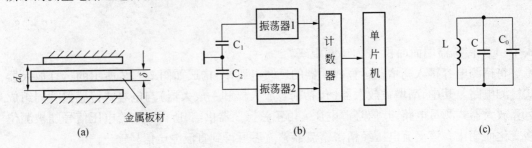

图 2-29　变极距型电容测厚仪原理图

图 2-29b 中，被测电容 C_1 和 C_2 分别作为振荡器的回路电容，振荡器的其他参数为固定值，其等效电路如图 2-29c 所示。其中，L、C 分别为振荡器的等效电感和电容，C_0 为耦合和寄生电容，则振荡器的振荡频率为

$$f = \frac{1}{2\pi \sqrt{L(C + C_0)}} \qquad (2-31)$$

式中，待测电容 C 的值为：$C = \dfrac{\varepsilon A}{d}$。将 C 代入上式，并化简得

$$d = \frac{\varepsilon A}{C} = \frac{4\pi^2 \varepsilon A L f^2}{1 - 4\pi^2 L f^2 C_0} \qquad (2-32)$$

由上式可得 d_1、d_2 的表达式：

$$d_1 = \frac{4\pi^2 \varepsilon A L f_1^2}{1 - 4\pi^2 L f_1^2 C_0}, \quad d_2 = \frac{4\pi^2 \varepsilon A L f_2^2}{1 - 4\pi^2 L f_2^2 C_0} \qquad (2-33)$$

式中，f_1、f_2 分别为振荡器 1、2 的振荡频率。由此可见，振荡器的振荡频率包含了电容传感器 d_1、d_2 的信息。f_1、f_2 分别经计数器计数，然后由单片机读入计数值，进行数据处理以及消除非线性频率变换产生的误差，最终可得精确的金属板材的厚度值。

第五节　压电式传感器

压电式传感器是一种典型的有源传感器(亦称自发电式传感器)，它是以具有压电效应的元件为基础，实现非电量电测的传感器。压电传感器具有响应频带宽、灵敏度高和信噪比高等优点，故被广泛应用于工程力学、生物医学以及电声学等领域。

一、压电效应

一些晶体材料，当沿着一定方向受到外力作用时，不仅几何尺寸会发生变化，晶体内部也会产生极化现象,同时在某两个表面上出现符号相反的电荷,形成电场;当外力去除后,又恢复到不带电状态;若改变作用力方向,电荷的方向也随着改变,这种现象称为正压电效应;反过来,若将这样的晶体材料放置在交流电场中,晶体本身则产生机械变形,这种现象称为逆压电效应。

用于力学参数测量的压电传感器,基本上是利用压电材料的正压电效应;在水声和超声技术中,则利用逆压电效应制作声波或超声波发射器。

二、压电材料

自然界中,大多数晶体材料都具有压电效应。作为敏感材料,要求压电晶体具有足够好的性能,包括:压电常数、介电常数和电阻率大,机械强度和刚度高,耐湿和耐高温,并且居里点(失去压电效应的温度)高和时间稳定性好。目前,有四类可供选用的压电材料:压电晶体、压电陶瓷、压电半导体和有机高分子压电材料。

压电晶体是一种单晶体,如石英、酒石酸钾钠等。其中最具代表性的是石英晶体,其介电常数和压电常数的温度稳定性好、居里点高、机械强度高和绝缘性能好。但石英晶体资源较少,价格较贵,且其压电常数远比压电陶瓷低,所以,石英晶体只是在校准用的标准传感器或精度要求很高的传感器中才使用。

压电陶瓷是一种人工制造的多晶体压电材料。通过将原料粉碎、碾磨和成型,在1000℃以上高温烧结而成。与石英晶体相比,压电陶瓷的压电常数很高,成本较低廉,但居里点普遍比石英晶体低,且性能没有石英晶体稳定。常用的压电陶瓷有钛酸钡、锆钛酸铅系列(PZT)和铌镁酸铅(PMN)等。钛酸钡的压电常数、介电常数和电阻率都高,但居里点仅为120℃,且机械强度差,目前已较少使用。锆钛酸铅系列性能稳定,居里点在300℃以上,有很高的介电和压电常数,是目前应用最广泛的压电材料。铌镁酸铅则是近几年出现的新压电陶瓷材料,其综合特性较好。

近年来出现多种压电半导体,如硫化锌(ZnS)等。这种材料既有压电特性又有半导体特性,便于制成新型集成压电传感器系统。

有机高分子压电材料具有质轻柔软、耐冲击、热稳定性好和很高压电灵敏度等独特优点,如聚偏氟乙烯,可以批量生产和制成较大面积的压电薄膜或阵列元件,是一种很有发展前途的压电材料。

三、压电传感器的等效电路

压电传感器的敏感元件是由压电材料按特定方向切成的长方体压电晶片,其上两个产生电荷的面上镀有金属膜,形成了两个金属平面电极,如图 2-30a 所示。因此,压电传感器可等效成一个极板间距等于晶片厚度的电容器,其电容量 C_a 可由式(2-18)计算,式中的 ε 为压电材料的相对介电常数。

当晶片受到外力作用时,晶片的上、下表面出现数值相等、极性相反的电荷,形成电场。因此,压电晶片可等效为一个电荷发生器。实验证明,晶片上积聚的电荷量 q 与作用力 F 成正比,即

$$q = dF \qquad\qquad (2-34)$$

式中,d 为压电常数,C/N,与压电材料及切片方向有关。

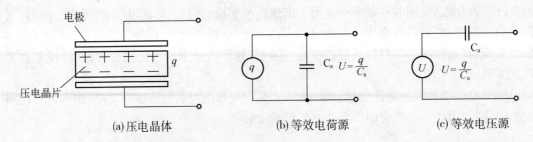

(a)压电晶体　　　　　　(b)等效电荷源　　　　　　(c)等效电压源

图 2 - 30　压电晶体与其等效电路

压电传感器上的电荷 q、电压 U 与电容 C_a 三者之间关系为

$$U = \frac{q}{C_a} \qquad\qquad (2-35)$$

因此,压电晶片可等效为一个与电容并联的电荷源(见图 2 - 30b)或等效为一个与电容串联的电压源(见图 2 - 30c)。在使用压电传感器时,考虑到连接电缆的电容 C_c、测量电路的输入电阻 R_i 和输入电容 C_i 以及传感器的泄漏电阻 R_a,实际的压电传感器等效电路如图 2 - 31a 或 b 所示。图中, $R = \dfrac{R_a R_i}{R_a + R_i}$, $C = C_c + C_i$ 。读者可分析图 2 - 31b 中输出电压变化规律,采取什么措施可减少测量误差。

实际使用的压电传感器,常用多片同性能的晶片串接或并接,两个压电晶片的连接方式,如图 2 - 32 所示。图 2 - 32a 为并接接法,其电容量大,输出电荷大,时间常数大,适用于测缓变信号并以电荷量作为输出的地方;图 2 - 32b 为串接接法,其电容量小,输出电压大,适用于以电压输出且要求测量电路输入阻抗很高的地方。

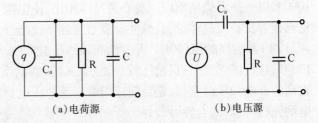

(a)电荷源　　　　　　　(b)电压源

图 2 - 31　压电传感器等效电路

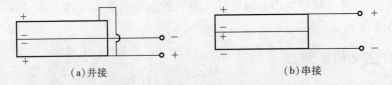

(a)并接　　　　　　　　　(b)串接

图 2 - 32　两个压电晶片的连接方式

四、测量电路

无论用何种压电材料作为敏感元件,其内阻都很高,输出的信号能量都很小,这就要求测量电路的输入电阻非常大。因此,在压电式传感器的输出端,总是先接入高输入阻抗的前置放大器,然后再接入一般放大电路。前置放大器有两个作用:一是放大传感器输出的微弱信号;二是将传感器的高阻抗输出变换为低阻抗输出。由于压电传感器可等效为电压源或电荷源,它的输出可以是电压,也可以是电荷,因此,它的前置放大器也有电压型和电荷型两种形式。目前使用较多的是电荷放大器。

电荷放大器是一个高增益带电容反馈的运算放大器。假如略去电荷放大器的输入电阻和传感器的泄漏电阻，压电传感器连接电荷放大器的等效电路如图2-33所示。当放大器的开环增益足够大时，其输出电压为

$$U_{sc} \approx -\frac{q}{C_f} \qquad (2-36)$$

式中：C_f 为电荷放大器的反馈电容。

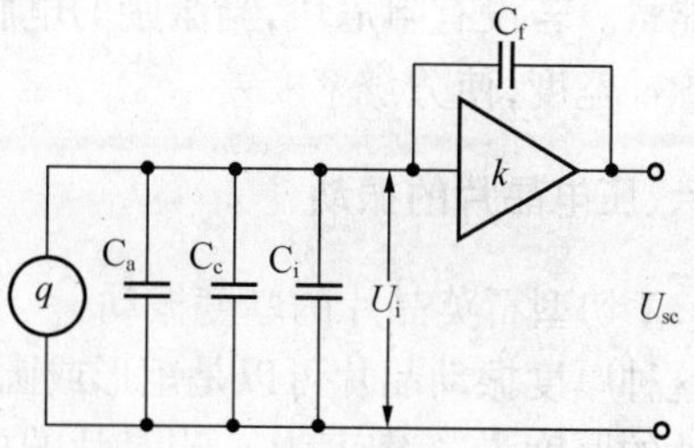

可见，放大器输出电压只与传感器的电荷量及反馈电容有关，无需考虑电缆的电容，这为远距离测试提供了很大的方便，这也是电荷放大器最突出的优点。

广义地说，凡是利用压电材料的各种物理效应制成的传感器，均可称为压电式传感器。它们已被广泛地应用在工业、军事和民用等各个领域，表2-2列出了其主要应用类型。目前应用最多的还是力敏型压电式传感器。

图2-33 压电传感器连接电荷放大器的等效电路

表2-2 压电式传感器的主要应用类型

传感器类型	生物功能	转换	用　途	压电材料
力敏	触觉	力→电	应变仪、血压计、气体点火、陀螺、压力计、加速度计	石英、ZnO、$BaTiO_3$、PZT、PMS、电致伸缩材料、罗斯盐
热敏	触觉	热→电	温度计	$BaTiO_3$、PZO、TGS、$LiTiO_3$、$PbTiO_3$
光敏	视觉	光→电	热电红外探测器	$LiTaO_3$、$PbTiO_3$
声敏	听觉	声→电 声→压	声呐、振动器、微音器、拾音器、超声探测器、助听器	石英、压电陶瓷
		声→光	声光效应计量器具	PbH_0O_4、$PbTiO_3$、$LiNbO_3$

五、电式超声波传感器

利用超声波在超声场中的物理性质和相关效应而制成的装置称为超声波传感器、换能器或探头。按其工作原理可分为压电式、磁致伸缩式、电磁式等数种超声波传感器，其中以压电式最为常用。压电式超声波传感器是利用压电元件的逆压电效应，将高频电振动转化成高频机械振动，产生超声波（发射装置）。超声波传感器可以是超声波发射装置或接收装置，也可是既能发射又能接收超声回波的装置。

压电式超声波传感器的结构如图2-34所示，主要由压电晶片、吸收块（阻尼块）、保护膜等组成。图中阻尼块的作用是降低压电晶片的机械品质、吸

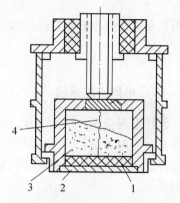

图2-34 压电式超声波传感器的结构
1—压电晶片；2—保护膜；3—吸收块；4—接线

收声能量。若没有阻尼块,当激励的电脉冲信号停止时,压电晶片将会继续振荡,加长超声波的脉冲宽度,使分辨率变差。

六、压电晶片的振动

1. X 切型石英晶片的厚度振动

这种厚度振动晶片可以是矩形或圆形的,上下两端面涂有电极,如图 2 - 35 所示。设石英晶片的厚度为 d,密度为 ρ,当晶片的横向尺寸远大于波长时,厚度共振频率为

$$f = \frac{1}{2d}\sqrt{\frac{c_{11}}{\rho}} \tag{2-37}$$

式中,c_{11} 是石英沿 X 轴方向正应力和正应变之间的弹性模量。将石英晶体的相应恒量代入上式,并且 d 以毫米为单位计算时,可以得到频率计算的精确公式,即

$$f \approx \frac{2.88}{d} \text{ MHz} \tag{2-38}$$

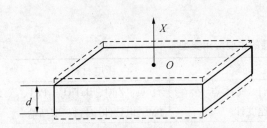

图 2 - 35　X 切型石英晶片的厚度振动　　　图 2 - 36　Y 切型石英晶片的厚度振动

2. Y 切型石英晶片的厚度切变振动

这种晶片与 Y 轴垂直的两端面涂有电极,如图 2 - 36 所示。在两个电极间加上高频交变电场时,晶片即作厚度切变振动,原来沿 Y 方向的 AB 将振动到 $A'B'$ 的位置,A 与 B 都沿 X 轴方向振动但相位相反,实际上晶片的形变是绕 Z 轴方向的转动。设晶片的厚度为 d,密度为 ρ,则厚度切变的共振频率为

$$f = \frac{1}{2d}\sqrt{\frac{c_{66}}{\rho}} = \frac{1}{2d}\sqrt{\frac{c_{11} - c_{22}}{\rho}} \tag{2-39}$$

以石英晶体特性参数量数值代入,并且 d 以毫米为单位计算,则有

$$f \approx \frac{1.92}{d} \text{ MHz} \tag{2-40}$$

七、压电陶瓷的振动

设压电陶瓷薄片厚度为 d,上下两端都涂有电极,沿厚度方向进行极化,也即沿厚度方向施加交变电场,当交变电场的频率调整到压电陶瓷晶片厚度的共振频率时,陶瓷片即作强烈的厚度共振。压电陶瓷片厚度振动与 X 切型石英晶片厚度振动完全相仿,其厚度振动共振频率为

$$f = \frac{1}{2d}\sqrt{\frac{c_{33}}{\rho}} \tag{2-41}$$

这种压电陶瓷厚度振动片是最常用的一种超声换能器,可用来在传声媒质中产生高频纵波,适用的频率范围为几百千赫至数十兆赫。

八、超声波传感器的应用

1. 超声波多普勒流量计

当超声波在流动的媒质中传播时,相对于固定坐标系统(如管道中的管壁)来说,超声波速度与媒质流速有关,因此,根据超声波速度的变化可以求出媒质流速。超声波流量计正是基于这一原理制成的。

在流体媒质内分别安装两个超声发射器 F_1 和 F_2,一个顺流发射超声波,而另一个则逆流发射超声波,在距这两个发射器相同距离处分别安装两个超声波接收器 J_1 和 J_2,这两对发射器和接收器分别构成两个通道。当被测媒质处于静止状态时,两个通道中的超声波速度相同且均为 c_1,因而两个接收器所接收的信号无差别;当被测媒质流动时,两个通道中的超声波速度都发生了变化,第一通道 $F_1 - J_1$ 中,超声波速度等于 $c_1 + u$;而第二通道 $F_2 - J_2$ 中,超声波速度等于 $c_2 - u$。此处 c_2 是相对于 c_1 的超声波速度,u 是媒质速度。这样,两个接收器所接收的信号之间就产生了与被测媒质流速 u 有关的差别。

2. 超声波液位计

以脉冲回波式超声波液位计为例,其工作原理可简述如下:发射探头发出的超声脉冲在媒质中传播到液面,经反射后再通过媒质返回接收探头,测出超声脉冲从发射到接收所需的时间,根据媒质中的声速,就能算出从探头到液面之间的距离,从而确定液位。图 2 - 37 所示为液介式的单探头测量方式(图 2 - 37a)和双探头测量方式(图 2 - 37b)。

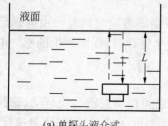
(a) 单探头液介式

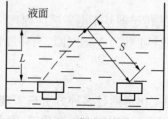
(b) 双探头液介式

图 2 - 37 脉冲回波式超声波液位计

图 2 - 37a 中,设超声脉冲在探头和液面之间来回一次所经的时间为 t,超声波在液体中传播的速度为 c,则探头到液面的距离为

$$L = \frac{1}{2}ct \tag{2-42}$$

液位的升降表现为 L 的变化,只要知道声速 c,就可以靠精确测量时间 t 来测量液位 L。

图 2 - 37b 中,两探头中心间的距离为 $2a$,则

$$S = \frac{1}{2}ct \tag{2-43}$$

而

$$L = \sqrt{S^2 - a^2} \tag{2-44}$$

3. 检测真空开关真空度的超声接收传感器

当真空灭弧室内的气体压力降低到一定程度后,"真空"的绝缘强度下降,引发电极对屏蔽罩放电。整个放电过程伴随有声发射现象。灭弧室内部气体压力直接影响声波的传播速度,即声波波速中都携带有灭弧室内气体压力的信息。

在气体中,声速(纵波)由下式决定:

$$c = \sqrt{\frac{\gamma p}{\rho}} \tag{2-45}$$

式中,ρ 为静态密度;γ 为比热容系数;p 为静态压力。可见,真空度(气体压力)p 直接影响灭弧室内声波的传播速度 c,若能直接或间接地测定波速的变化,就可以由式(2-45)确定真空度的变化。

超声接受传感器用于拾取携带有灭弧室内气体压力信息的超声波信号,以便送入检测装置实现气体压力的检测。超声接收传感器的原理框图如图 2-38 所示。

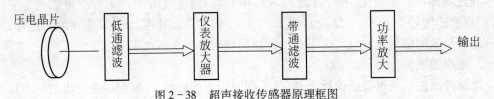

图 2-38　超声接收传感器原理框图

第六节　磁电式传感器

磁电式传感器基于电磁感应原理,把被测物理量转换成感应电动势。由电磁感应定律可知,对一个匝数为 N 的线圈,当穿过它的磁通量 Φ 发生变化时,线圈产生的感应电动势

$$e = -N\frac{\mathrm{d}\Phi}{\mathrm{d}t} \tag{2-46}$$

磁通 Φ 的变化可通过多种方法来实现,如磁铁与线圈之间作切割磁力线运动、磁路中磁阻变化、恒定磁场中线圈面积变化等,因此可制造出不同类型的传感器,用于测量速度、扭矩等物理量。

按结构方式不同,磁电式传感器可分为动圈式和磁阻式。

一、动圈式磁电传感器

动圈式磁电传感器又分为线速度型和角速度型。线速度型如图 2-39a 所示。
线圈作直线运动,它所产生的感应电动势

$$e = NB\lambda v\sin\theta \tag{2-47}$$

式中:B 为磁场的磁感应强度,T;λ 为单匝线圈有效长度,m;v 为线圈与磁场的相对运动速度,m/s;θ 为线圈运动方向与磁场方向的夹角。

当 $\theta = 90°$ 时,式(2-47)又可写成

$$e = NB\lambda v \tag{2-48}$$

此式表明,当传感器结构一定,即 N、B 和 λ 均为常数,感应电动势与线圈运动速度 v 成正

比。根据该原理可设计出各种相对线速度传感器。

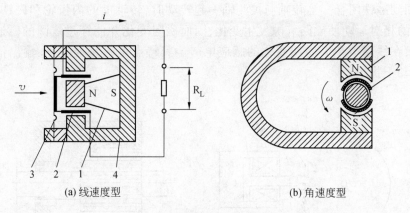

(a) 线速度型　　　　　　　　　　　　(b) 角速度型

图 2-39　动圈式磁电传感器

1—磁钢; 2—线圈; 3—膜片; 4—导磁体

角速度传感器如图 2-39b 所示。线圈作旋转运动,其上产生的感应电动势

$$e = kNBA\omega \qquad (2-49)$$

式中, k 为与结构有关的系数, $k<1$; ω 为线圈与磁场相对角速度,rad/s; A 为单匝线圈的截面积,m^2。此式表明,当 N、B、A 和 k(传感器结构已定)均为常数时,感应电动势与角速度成正比。这实际相当于一个微型发电机,用于测转速,因此又常称其为测速电机。

动圈式磁电传感器一般直接用于测量振动速度。其测量电路用一般交流放大器就可满足要求。传感器通过电缆与电压放大器连接的等效电路如图 2-40 所示,图中 e 为传感器线圈产生的感应电势,Z_0 为线圈阻抗,R_L 为负载电阻,R_c 和 C_c 分别为连接电缆的等效电阻及分布电容,而微分或积分网络用于将速度转换成加速度或位移的测量。

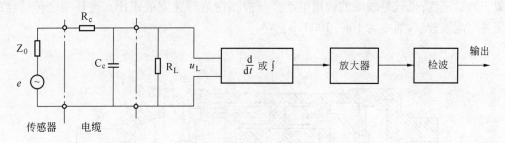

图 2-40　动圈磁电式传感器等效电路及测量电路

二、磁阻式磁电传感器

磁阻式传感器中的线圈和磁铁是相对静止的。当被测物体(用导磁材料制造或连接有导磁材料)运动时,改变磁路的磁阻,即改变穿越线圈的磁通量,使线圈产生感应电动势。

磁阻式转速传感器有开磁路和闭磁路两种。开磁路式结构如图 2-41a 所示,磁回路通过软铁、空气隙、齿轮、外层空气和线圈回到永久磁铁闭合。当齿轮转动时,齿的凸凹引起磁阻周期性变化,因而使线圈感应电动势也周期性变化,其变化频率与转速成比例。开磁路转速传感器结构简单,但由于空气磁阻大、输出信号较小,当被测物振动较大时,输出波形失真较大。为此,可采用闭磁路式结构,如图2-41b所示。磁回路经由转轴、内外齿轮、线圈回到磁铁闭合。当转轴与被测轴一起转动时,转轴上的内齿轮和磁铁一起转动,内外齿轮的相对运动使磁路气隙发生变化,因而磁阻变化并使穿过线圈的磁通量发生周期性变化,在线圈中产生周期变化的感应电势。其特点是磁路磁阻小、输出信号大和受被测轴振动干扰小。

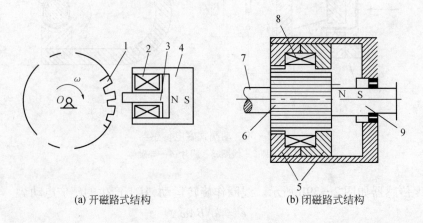

(a) 开磁路式结构　　　　　　　(b) 闭磁路式结构

图2-41　磁阻式转速传感器

1—齿轮;2—感应线圈;3—软铁;4—永久磁铁;5—外齿轮;6—内齿轮;7—转轴;8—线圈;9—永久磁铁;

三、传感器实例

磁电式绝对速度计如图2-42所示。磁钢用铝架固定在外壳上,借助于外壳导磁性形成磁回路,线圈、弹簧片和阻尼环组成固有频率极低的质量–弹簧系统。当被测物与外壳固接时,若被测物振动频率远远大于质量–弹簧系统的固有频率,被测物与质量块的相对速度近似于绝对速度,也就是线圈的输出电动势与被测物绝对速度成正比。这种速度传感器的使用频率范围较窄,通常为10～1000 Hz。

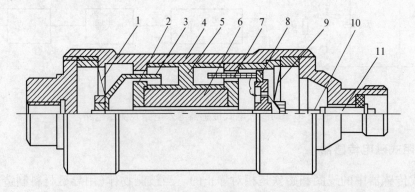

图2-42　磁电式绝对速度计

1—弹簧片;2—磁靴;3—阻尼环;4—外壳;5—铝架;6—磁钢;7—线圈;8—线圈架;9—弹簧片;10—导线;11—接线座

磁电式相对速度计如图2-43所示。测量时,壳体固定在一个试件上,顶杆顶住另一试件,则线圈在磁场中运动速度就是两试件的相对速度。速度计的输出电压与两试件的相对速度成正比。相对式速度计可测量的最低频率接近于零。

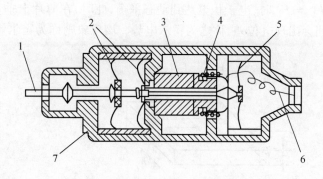

图 2-43 磁电式相对速度计
1—顶杆;2—弹簧片;3—磁铁;4—线圈;5—弹簧片;6—引出线;7—壳体

第七节 半导体传感器

半导体敏感材料具有对光、声、热、磁、力、气体、温度和射线等多种信号敏感的特性,并能将之转化为电信号输出。半导体材料制成的敏感元件,具有响应快、体积小、灵敏度高和功耗少等优点,便于实现集成化、多功能化和智能化。因此,半导体应用甚广,是近年来主要研究和发展的敏感材料之一。

半导体传感器是以半导体材料作为敏感器件的传感器,在传感器中占有相当大的比重。下面简单介绍几种常用半导体传感器的变换原理。

一、磁敏传感器

半导体磁敏传感器是利用磁场作用使半导体材料电性能发生变化的各种物理效应制成的,它能把磁场强度的变化量转换为电信号的变化量。常用的半导体磁敏元件有霍尔元件和磁阻元件。

(一)霍尔元件

霍尔传感器属于磁电式传感器的一种,它基于霍尔效应的原理,利用半导体材料的电磁效应把磁学物理量转换成电信号。

早在 1879 年美国物理学家霍尔就在金属材料中发现了霍尔效应,但由于金属材料的霍尔效应太弱而没有得到应用。随着半导体材料技术的发展,开始用半导体材料制成霍尔元件及传感器。半导体材料的霍尔效应显著,使得霍尔传感器的优势逐渐显示出来。目前霍尔传感器已经被广泛地应用于测量、自动控制及信息处理等领域。

霍尔元件及霍尔传感器的结构尺寸小、外围电路简单、频带宽、动态特性好,并能实现无接触测量,因此被广泛应用于电磁测量以及压力、位移等方面的测量。

霍尔元件是根据霍尔效应原理制成的磁电转换元件,一般由锗、锑化铟等半导体材料制造。霍尔效应原理如图 2-44 所示,当电流垂直于外磁场方向通过 N 型半导体薄片时,半导体中的载流子(电子)受到磁场的洛仑兹力 F_L 作用,使电子向一边偏转,积聚在半导体一侧,而另一侧则积聚正电荷,形成了电场。同时,该电场又对运动电子产生电场力 F_E,阻止电子的积聚。当 $F_L = F_E$ 时,电子积聚达到动态平衡,此时,在薄片上垂直于电流和磁场方向的两个侧面之间会出现电位差,称之为霍尔电势。该现象则称为霍尔效应。

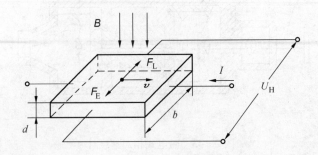

图 2-44　N 型半导体霍尔效应原理图

设流经霍尔元件的电流为 I ,磁感应强度为 B ,则霍尔元件在磁场作用下产生霍尔电势 U_H ,其大小为

$$U_H = R_H \frac{IB}{d} \qquad (2-50)$$

式中, R_H 为霍尔系数,由半导体材料物理性质所决定; d 为霍尔元件的厚度,m。

由上式可知,霍尔电势 U_H 正比于电流 I 和磁感应强度 B 。在电流恒定时,霍尔电势能反映磁场强度的大小和方向的变化。此外,由于霍尔电势 U_H 与霍尔元件厚度 d 成反比,因此霍尔元件大都制成薄片形状,以提高电势输出。但太薄会使截面面积减小,内阻增加。

霍尔元件体积小、结构简单、寿命长和动态性能好。但是,它受温度影响大,一般要考虑温度补偿,目前使用的霍尔元件大都以集成芯片的形式出现,它已将霍尔元件、放大器和温度补偿等电路集成在一起,广泛用于位移、压力、力和振动等参数的测量。

霍尔式位移传感器原理图如图 2-45 所示。当霍尔元件置于磁场中位时,此处磁感应强度 $B = 0$,由式(2-50)得 $U_H = 0$ 。当霍尔元件沿 x 轴位移时,由于沿 x 轴每点的磁感应强度不同,故有霍尔电势输出,霍尔电势的大小即能反映位移量。

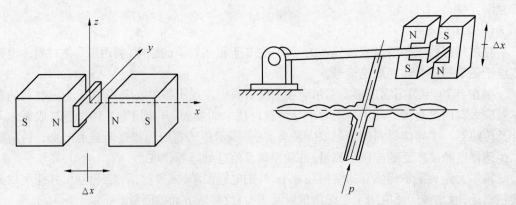

图 2-45　霍尔位移传感器原理图　　　　图 2-46　霍尔压力传感器结构原理图

霍尔压力传感器结构原理图如图 2-46 所示。被测压力使弹性膜盒变形,带动杠杆并使固定在杠杆上的霍尔元件在磁场中产生位移,其产生霍尔电势的大小与被测压力成正比。显然,这类传感器测量压力也是以测量位移为基础的。

霍尔元件在工程测量中有多种应用,图2-47所示是典型的应用示例。

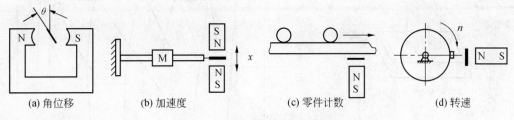

(a) 角位移　　　　　　　(b) 加速度　　　　　　　(c) 零件计数　　　　　　　(d) 转速

图2-47　霍尔元件的应用示例

(二) 磁阻元件

当半导体元件受到与电流方向垂直的均匀磁场作用时,不仅会出现霍尔效应,而且还会出现半导体电阻增大的现象,这种现象称为磁阻效应。利用磁阻效应制作的半导体元件叫做磁阻元件。需注意的是,磁阻效应是使半导体电阻沿电流方向变化,这是因为洛伦兹力使载流子往一边偏转,半导体片内电流分布不均匀,改变磁场的强弱就影响电流密度的分布,表现为半导体电阻沿电流方向变化。磁阻效应与磁阻元件的材料性质及几何形状有关,一般迁移率大的材料,磁阻效应就愈显著;元件长宽比愈小,磁阻效应愈大。

一种测量位移的磁阻式传感器如图2-48所示。当磁阻元件相对于磁场发生位移时,元件内阻发生变化,如果把它接于电桥的两个桥臂上,则其输出电压与元件位移成比例。

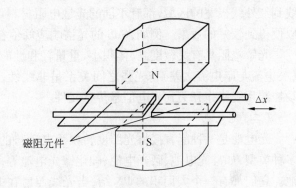

磁阻元件

图2-48　磁阻效应位移传感器

磁阻元件可作为力、加速度等参数测量的敏感元件,还可用于磁场的检测、磁力探伤,也可制成无触点开关。

二、光敏传感器

光敏传感器是将光能转换成电能的器件,又称光电传感器,它的物理基础是半导体材料的内光电效应。

内光电效应有两类。其一是光电导效应,在光作用下,电子吸收光子能量,使半导体材料电导率显著改变。基于这种效应的光电器件有光敏电阻。其二是光生伏特效应,在光作用下,使半导体材料产生一定方向的电动势。基于这种效应的光电器件有光电池、光敏二极管和光敏三极管等。

(一) 光敏电阻

光敏电阻是由一些半导体材料(如 CdS、ZnS、PbS 等)制成的电阻器件。当无光照射时,光敏电阻(暗阻)值很大,电路中暗电流很小;当光敏电阻受到一定波长范围的光照射时,它的电阻(亮电阻)急剧减少,电路中光电流迅速增大。光敏电阻的工作原理如图2-49所示。

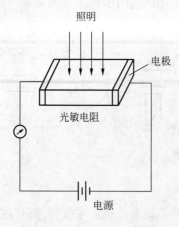

图 2-49　光敏电阻的工作原理图

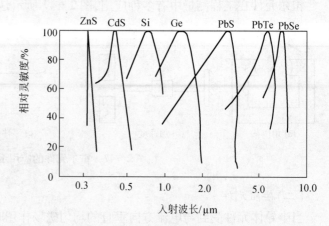

图 2-50　光敏电阻材料的光谱特性

光敏电阻的灵敏度与材料和光的波长有关,其光谱特性曲线如图 2-50 所示。从紫外线到红外线极宽的区域,都有不同的光敏电阻材料可供选择,应根据光源的波长来选择材料以便得到较好的效果。例如,CdS 的光谱响应峰值在可见光区域,所以它适用于可见光。

光敏电阻具有灵敏度高、体积小、重量轻和性能稳定等优点。但由于光敏电阻的光电流(亮电流与暗电流之差)与光强之间关系呈非线性,因此不适宜作线性测量元件,一般在自动控制系统中作开关式光电信号传感元件。

(二)光电池

光电池是一种能直接将光照度转换为电动势的半导体器件。按半导体材料的不同,有多种类型,如硅光电池、硒光电池、砷化镓光电池等,其中作为能量转换使用最广的是硅光电池。它们都有一个大面积的 PN 结,当光线照射在 PN 结上时,由于吸收了光子能量,在 PN 结内产生电子-空穴对,称为光生载流子,于是在过渡区形成一个电场。在 PN 结电场作用下,电子被推向 N 区,而空穴被拉进 P 区,其结果使 P 型区带上了正电,N 型区带负电,两者之间产生了电位差。若将 PN 结两端用导线连接起来,则电路有电流流过。若将电路断开,就可测出光生电动势,如图 2-51 所示。

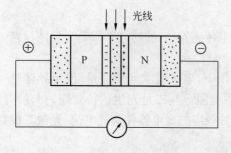

图 2-51　光电池的工作原理

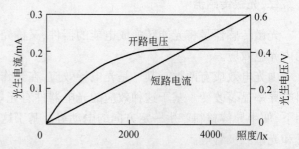

图 2-52　硅光电池的开路电压和短路电流
与光照的关系曲线

此外,光电池在不同照度下的光电流和光生电动势不同。硅光电池的开路电压和短路电流与光照的关系曲线如图 2-52 所示。由图可知,硅光电池的开路电压与光照度的关系是非线性的；而短路电流与光照度呈线性关系，作为测量元件使用时，应利用短路电流与光照度呈线性关系的优点，把它作为电流源来使用。

（三）光敏二极管和光敏三极管

光敏二极管的结构与一般二极管相似，其敏感元件是一个具有光敏特性的 PN 结，如图 2 - 53a 所示。它封装在一个金属管壳内，管壳顶部装有透光玻璃，入射光透过玻璃直接照射在管芯的 PN 结上。电路中 PN 结一般处于反向工作状态，如图 2 - 53b 所示。光敏二极管在没有光照射时，反向电阻大，反向电流（又称暗电流）很小，处于截止状态。当光照在 PN 结上，使 PN 结附近产生光生电子 - 空穴对时，使少数载流子（电子）的浓度增加，因此通过 PN 结的光电流也增加。通过外电路的光电流随入射光照度变化，光敏二极管将光信号转换为电信号输出。

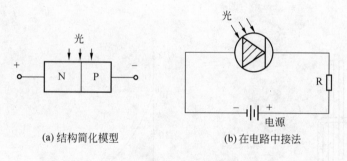

(a) 结构简化模型　　　(b) 在电路中接法

图 2 - 53　光敏二极管

光敏三极管具有两个 PN 结，如图 2 - 54a 所示。它在把光信号转换成电信号的同时，将信号电流放大，其基本电路如图 2 - 54b 所示。当集电极加上正电压，基极开路时，基极 - 集电极处于反向偏置状态。当光照射在基极结上，就会在该 PN 结上产生光电流，形成基极电流，与三极管相似，集电极电流是基极光电流的几十倍，因而光敏三极管可获得电流增益。由于光敏三极管基极电流是由光电流供给的，一般基极不需外接点。

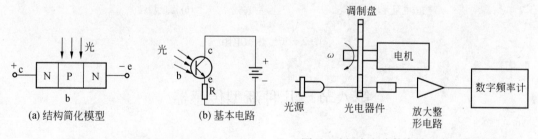

(a) 结构简化模型　　(b) 基本电路

图 2 - 54　NPN 型光敏晶体管

图 2 - 55　光电式数字转速表工作原理图

光电式数字转速表是一个利用光敏传感器将光脉冲转换为电脉冲的典型实例，其工作原理如图 2 - 55 所示。在被测转速的电机上固定一个调制盘，将光源发出的恒定光调制成随时间而变化的调制光，光线每照射到光电器件一次，光电器件就产生一个电脉冲信号，经放大、整形、运算，从而可测得电机转速。

三、热敏电阻

热敏电阻是利用半导体材料的电阻随温度显著变化这一特性制成的感温元件。它是由某些金属氧化物按一定的配方比例压制烧结而成的。在某一温度范围内,根据测量热敏电阻阻值的变化,便可知被测介质的温度变化。

热敏电阻一般分为三类:负温度系数(NTC)热敏电阻、正温度系数(PTC)热敏电阻和临界温度(CTR)热敏电阻。通常所说的热敏电阻一般指 NTC 类,其阻值随温度升高而显著减少,灵敏度高,体积小,热惯性小,在 $-50 \sim 350℃$ 温度范围内稳定度较好,在点温、表面温度、温差和温度场等测量中得到广泛应用,同时也用于自动控制及电子线路的热补偿。

热敏电阻结构示意如图 2 – 56a 所示,其电阻—温度特性为指数曲线,如图 2 – 56b 所示。

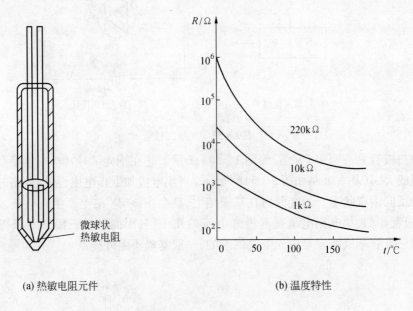

(a) 热敏电阻元件　　　　　　　　　　(b) 温度特性

图 2 – 56　热敏电阻

第八节　几种新型传感器

由于新材料、新工艺的不断出现和微型计算机的发展,新型传感器不断涌现,下面介绍几种,以扩大读者的视野。

一、固态图像传感器(CCD)

固态图像传感器是采用光电转换原理,将被测物体的光像转换为电子图像信号输出的一种大规模集成电路光电器件,常称 CCD 器件。其工作过程是:首先由光学系统将被测物体成像在 CCD 的受光面上,受光面下的许多光敏单元形成了许多像素点,这些像素点将投射到它的光强转换成电荷信号并存储。然后在时钟脉冲信号控制下,将反映光像被存储的电荷信号读取并顺序输出,从而完成了从光图像到电信号的转化过程。

固态图像传感器体积小,析像度高,功耗小,广泛应用于非接触尺寸测量、图像处理、图文传真和自动控制等领域。

根据光敏单元的排列形式,固态图像传感器可分为线型和面型两种。

（一）CCD 的基本结构和原理

CCD 的基本结构,是在 N 型或 P 型硅衬底上生成一层厚度约 120 nm 的二氧化硅层,然后在二氧化硅层上依一定次序沉积金属电极,形成 MOS 电容器阵列,最后加上输入和输出端便构成了 CCD 器件。

CCD 的工作原理是建立在 CCD 的基本功能上,即电荷的产生、存储和转移。

1. 电荷的产生、存储

构成 CCD 的基本单元是 MOS 电容器,它的结构如图 2-57a 所示。结构中半导体以 P 型硅为例,金属电极和硅衬底是电容器两极,SiO_2 为介质。在金属电极（栅极）上加正向电压 U_G 时,由此形成的电场穿过 SiO_2 薄层,吸引硅中的电子在 $Si-SiO_2$ 的界面上,而排斥 $Si-SiO_2$ 界面附近的空穴,因此形成一个表面带负电荷而里面没有电子和空穴的耗尽区。与此同时,$Si-SiO_2$ 界面处的电势（称表面势 U_S）发生相应变化,若取硅衬底内的电位为零,表面势 U_S 的正值方向朝下,如图 2-57b 所示。当金属电极上所加的电压 U_G 超过 MOS 晶体上开启电压时,$Si-SiO_2$ 界面可存储电子。由于电子的势能较低,可以形象地说,半导体表面形成了电子势阱,习惯称贮存在 MOS 势阱中的电荷为电荷包。

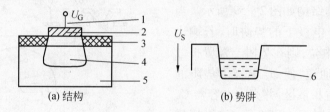

图 2-57 MOS 电容器

1—电极;2—金属电极;3—SiO_2;4—耗尽区;5—硅衬底;6—势阱

由于界面处存在势阱,当有电子注入势阱时,表面势会降低,耗尽层将减薄,势阱能够容纳多少电子,取决于它的"深浅"（即表面势的大小）,而表面势的大小又随栅极电压变化。当光信号照射到 CCD 硅片表面时,在栅极附近的耗尽区吸收光子产生电子-空穴对。这时,在栅极电压 U_G 的作用下,其中空穴被排斥出耗尽区而电子则被收集在势阱中,形成信号电荷存储起来。如果 U_G 持续时间不长,则在各个 MOS 电容器的势阱中蓄积的电荷量取决于照射到该点的光强。因此,某 MOS 电容器势阱中蓄积的电荷量,可作为该点光强的度量。

2. 电荷包的转移

若 MOS 电容器之间排列足够紧密（通常相邻 MOS 电容电极间隙小于 3 μm）,使相邻 MOS 电容的势阱相互沟通,即相互耦合,那么就可使信号电荷（电子）在各个势阱中转移,并力图向表面势 U_S 最大的位置堆积。因此,在各个栅极上加以不同幅值的正向脉冲 U_G,就可改变它们对应的 MOS 的表面势 U_S,亦即可改变势阱的深度,从而使信号电荷由浅阱向深阱自由移动。三个 MOS 电容器在三相交迭脉冲电压作用下,其电荷包耦合转移过程如图 2-

58 所示。

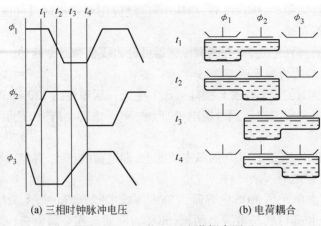

(a) 三相时钟脉冲电压　　　　　(b) 电荷耦合

图 2 - 58　三相 CCD 电荷耦合原理

三相时钟脉冲电压如图 2 - 58a 所示。每组相位相差 $2\pi/3$，分别供给三个 MOS 电容器。图 2 - 58b 表示 t_1、t_2、t_3、t_4 时刻信号电荷的堆积情况。由图可见，信号电荷随栅极脉冲变化而沿势阱之间依次耦合前进。

3. 电荷的输出（检测）

CCD 中电荷信号的输出方式有多种，浮置扩散放大器输出结构如图 2 - 59 所示。当电荷包转移到 ϕ_3 电极下的势阱时，若输出控制极 2 处于高电位，则在势阱与浮置扩散区之间形成电荷通道，使 ϕ_3 电极下势阱的信号电荷注入浮置扩散区，并充入电容器 C，此时，信号电荷控制 MOSFET 管（绝缘栅场效应管）的栅极电位变化，这一作用结果必然改变该管源极输出电压 U_D，U_D 的大小与电荷包中电荷量成比例。测量完毕，输出控制极 2 回零，而将复位控制极 3 置高位，把浮置扩散区中剩余电荷抽到 CCD 漏极，等待下一个电荷包到来。

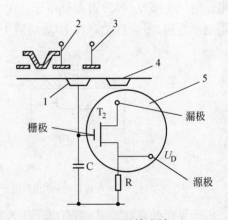

图 2 - 59　CCD 的输出端

1—浮置扩散层（N 区）；2—输出控制极；3—复位控制极
4—CCD 漏极；5—MOSFET 管

（二）CCD 的应用

物体表面缺陷检测：用环形线列阵可实现对圆筒内壁缺陷进行检测。首先在透镜的一侧放置一个锥形反光镜，当光源照射圆筒内壁时，可把圆筒内壁的圆周带状图像通过透镜聚焦透射到透镜另一侧的环形列阵上。如果内壁表面光滑，则环形列阵输出一系列幅值相同的串行视频脉冲；若内壁有缺陷，则会改变反射特性，影响照在光敏单元上的光通量，使相应的视频脉冲幅值变化，即可测出内壁某处的缺陷，如图 2 - 60 所示。

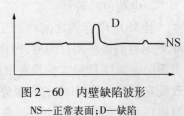

图 2 - 60　内壁缺陷波形

NS—正常表面；D—缺陷

二、光纤传感器

光纤传感器是近年来才发展起来的一种新型传感器。
它是光纤和光通信技术迅速发展的产物。利用光纤和某些敏感元件相结合,或利用光纤本身的特性,即可制成各种光纤传感器。光纤传感器兼具光纤及光学测量的优点,特别适合在电磁干扰严重、易燃易爆等恶劣环境下使用。

(一)光纤结构及传光原理

光纤一般为圆柱形结构,由纤芯、包层和保护层组成。纤芯由石英玻璃或塑料拉成,位于光纤中心,直径为 $5 \sim 75 \, \mu m$;纤芯外是包层,有一层或多层结构,总直径为 $100 \sim 200 \, \mu m$,包层材料一般为纯 SiO_2 中掺微量杂质,其折射率 n_2 略低于纤芯折射率 n_1;包层外面涂有涂料(即保护层),其作用是保护光纤不受损害,增强机械强度,保护层折射率 n_3 远远大于 n_2。这种结构能将光波限制在纤芯中传输。

如图 2-61 所示,设光线由空气(n_0)以入射角 θ_i 入射光纤,在纤芯(n_1)以入射角 θ_1 投向纤芯与包层(n_2)分界面 C 点,如果在此点产生全反射,则此后不断在分界面以全反射方式向另一端传播。

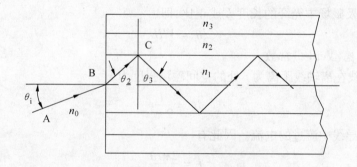

图 2-61 光波在光纤中传播原理

可以证明,在 C 点发生全反射的条件是

$$n_0 \sin\theta_i \leqslant \sqrt{n_1^2 - n_2^2} \qquad (2-51)$$

反映光纤集光本领的术语叫数值孔径,记为 NA,其定义为

$$NA = \sqrt{n_1^2 - n_2^2} \qquad (2-52)$$

它取决于纤芯和包层的折射率,而与纤芯的直径无关。若令光线进入光纤后,能在纤芯与包层分界面产生全反射的最大入射角为 θ_{ic} ,由式(2-51)和式(2-52)可知,$NA = n_0 \sin\theta_{ic}$。由于空气介质 $n_0 = 1$,NA 愈大,即表明产生全反射的入射角 θ_i 愈大,产生全反射的光线就愈多。作为传感器的光纤,一般选用 $0.2 \leqslant NA \leqslant 0.4$。

(二)光纤传感器的应用

光纤传感器能用于测量位移、温度、压力和振动等参数,而且许多物理量都可转换成位移后再测量,因而光纤位移传感器应用最广泛。下面是一些应用实例。

简单的光纤开关、定位装置如图 2-62 所示。图 2-62a 中工件随传送带一起移动,当工件通过光纤时,挡光一次;没有工件通过时,光纤输出一个光脉冲。用记数电路把工件数记录下来。

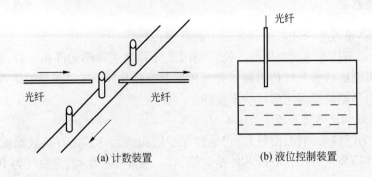

图 2 - 62　光纤的应用

图 2 - 62b 中,当光纤与液面接触时,光学界面折射情况改变,从而使光纤接受端的光强发生变化,由此可判断光纤与液面是否接触,依此能控制液位。

（三）光纤电流传感器

光纤电流传感器是利用光纤材料的法拉第效应（磁光效应）制成的。当在某些介质中传播的线偏振光受到沿光传播方向的磁场作用,线偏振光的偏振面会发生旋转,其旋转角 θ 与磁场强度 H 及磁场中光纤的长度 L 成正比,即

$$\theta = VHL \qquad\qquad (2-53)$$

式中,V 为费尔德（Verdet）常数。

载流长导线在离轴线距离为 r 处的空间磁场强度为

$$H = \frac{I}{2\pi r} \qquad\qquad (2-54)$$

式中,I 为载流导线中流过的电流。因此有

$$I = \frac{2\pi r\theta}{VL} \qquad\qquad (2-55)$$

由上式可知,电流 I 与线偏振光的偏振面旋转角 θ 成正比。只要测出 θ 角,即可求得电流 I。

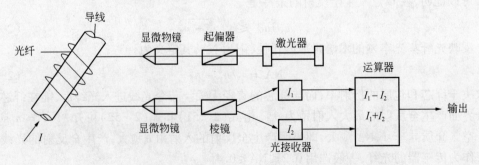

图 2 - 63　光纤电流传感器测试原理图

光纤电流传感器测试原理如图 2 - 63 所示。偏转面旋转角度为 θ 的偏振光经偏振棱镜后,分成振动方向互相垂直的两束偏振光,并分别被送到光接收器,输出 I_1、I_2 信号,再由计算器计算 P 值。

$$P = \frac{I_1 - I_2}{I_1 + I_2} \qquad (2-56)$$

式中，I_1、I_2 分别为与两束偏振光的强度相对应的电信号。在没有任何磁场时，$P=0$；有磁场作用时，输出偏振角 θ 对应的 P 值。通过计算可以得出：

$$P = \sin 2\theta \approx 2\theta \qquad (2-57)$$

因此，测出 P 值后，就可以求出载流导线中的电流 I。

这种传感器可用于测量高压输电线的电流。其主要优点是：测量范围大，灵敏度高，尤其具有良好的电气绝缘性等。

（四）光纤温度传感器

光纤温度传感器如图 2-64 所示。当温度场发生变化时，测量光纤产生相位变化，再利用光的干涉技术将光的相位变化转变为两束光（其中一束是参考光束）产生的干涉条纹的移动。显然，干涉条纹移动的数量将反映出被测温度的变化。

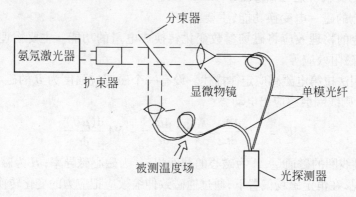

图 2-64　光纤温度传感器

三、非晶态合金传感器

非晶态合金是 20 世纪 70 年代末发展起来的一种新型材料，具有非常独特的微观结构，其原子排列无规则，即长程无序，而邻近原子的数目和排列有规则，即短程有序；它没有晶态合金中常见的晶界缺陷，但整体上又有很高的缺陷密度，达 $10^{14}/cm^2$ 以上。这种结构使得非晶态合金具有许多优异特性，成为新一代功能材料，在电子、电力和机械等领域得到日益广泛的应用。

非晶态合金作为传感器的敏感材料，完成转换功能多与物理现象有关，属于物理敏感材料。目前发现它最主要的敏感功能是机械量、电学量和磁学量三者之间的相互转换及相互影响。

（一）磁-机变换功能与传感器

非晶态合金的磁-机变换功能主要是指机械量转换成磁学量功能。磁弹性效应是非晶态合金实现磁-机转换的核心。磁弹性效应有多种，这里只介绍磁致伸缩效应和逆磁致伸缩效应。

磁致伸缩效应是用磁化使试件产生机械应变。铁基非晶态合金薄带具有高磁致伸缩特性，与光纤结合构成光纤 Mach-Zehnder 干涉型弱磁场传感器。除磁场检测外，可用非晶态合金磁致伸缩效应检测温度、距离和物位等物理量。

逆磁致伸缩效应是试件受机械应力后其磁化状态会发生变化。利用此效应可检测应力、应变、扭矩、冲击、声音、压力和振动等。力传感器典型结构如图 2 - 65 所示。图中非晶态合金做成电感线圈磁心，当磁心应力变化时，非晶态合金磁化率会发生变化，以致线圈电感发生变化，其电感量 L 与应力 σ 有一定关系。张力传感器如图 2 - 65a 所示，压力传感器如图 2 - 65b 所示。

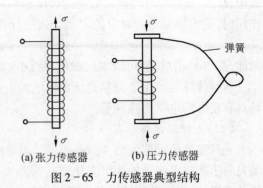

(a) 张力传感器　　(b) 压力传感器

图 2 - 65　力传感器典型结构

(二)磁 - 电变换功能与传感器

非晶态合金的磁 - 电变换功能，主要指利用非晶态合金的物理效应将磁场参数变化转换成电量的功能。主要物理效应有电磁感应、霍尔效应和磁阻效应等。

电磁感应用法拉第电磁感应定律描述。设有一个磁感应强度为 B 的磁心，其上绕有匝数为 N 的线圈，则线圈会感应出电动势：

$$U = -N\frac{\mathrm{d}\Phi}{\mathrm{d}t} = -NA\frac{\mathrm{d}B}{\mathrm{d}t} = -NA\frac{\mathrm{d}(\mu H)}{\mathrm{d}t} \qquad (2-58)$$

式中，Φ 为穿过线圈的磁通量；A 为磁心的截面积；μ 为磁心磁导率；H 为磁场强度。

由上式可见，在恒定磁场偏置下，通过逆磁致伸缩效应把应力的变化转换成磁导率 μ 的变化，再通过电磁感应转换成电动势的变化，可做成力传感器；若材料磁导率 μ 不随时间变化，可用来检测磁场变化，做成磁场传感器。

利用非晶态合金的霍尔效应，能测量电机气隙中的磁区和电磁矩；利用其磁阻效应则可制造磁泡存储器中的磁场传感器。此外，还可用非晶态合金的机 - 电、热 - 磁和热 - 机的变换功能制造压力传感器、热接近传感器和温度传感器等。

四、智能传感器简介

到目前为止，还尚未有统一的智能传感器的定义。一般认为，传感器与微处理器结合并赋予人工智能的功能，又兼有信息检测与信息处理功能的传感器就是智能传感器。与传统的传感器相比，它具有以下功能和特点：具有判断和决策处理功能；能自校准和自动补偿；测量数据可存取；可实现多传感器多参数综合测量；具有双向通信、标准化数字输出或符号输出功能，能直接与计算机连接。

由于智能传感器具有精度高、可靠性与稳定性高、自适应性强、信噪比高以及性能价格比高等优点，因此它是传感器技术的发展方向。

(一)智能传感器的基本组成

智能传感器由传感器、预处理电路、微处理器、输入/输出接口等组成，基本组成框图如图 2 - 66 所示。微处理器是智能传感器的核心部件。目前已可将许多部件集成在一块极小的芯片上，使用十分方便。

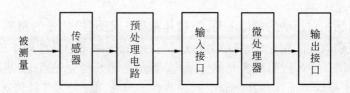

图 2-66　智能传感器基本组成框图

智能传感器的软件应包括控制程序、数据处理程序和辅助程序,它根据各种传感器的性能要求编写,多固化在 EPROM 中。

（二）传感器实例

智能压力传感器硬件结构框图如图 2-67 所示。传感器具有测量、转换、运算、处理和程控等功能,可进行温度补偿和非线性等误差修正,能稳定地工作在环境温度变化较大的场合。

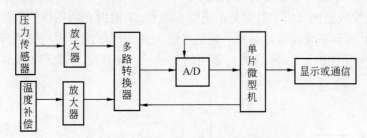

图 2-67　智能压力传感器硬件结构框图

第九节　几种重要的传感检测技术

在信号的获取方法中,有一些是利用不同波长的电磁波特性来获取信息的,例如,用激光、超声波、核辐射、声发射等进行检测。这些检测技术都是将被测物理量经过某种电磁波或声波的作用,进行相应的转换,最后变为电量。广义地说,这也是一种传感器技术,在工程中同样得到广泛应用。特别是在一些恶劣环境,如高温、高压、高速度和远距离等场合下,其优越性更明显。

一、激光检测法

激光检测主要是利用激光的高方向性、单色性和相干性好的特点。例如,利用其高方向性做成激光准直仪和激光经纬仪;利用其单色性和相干性好,以激光为光源的干涉仪,可实现对长度、位移、厚度、表面形状和表面粗糙度等的检测;将激光束以不同形式照射在运动的固体或流体上,产生多普勒效应（又称 LDA）,可测量运动物体的速度、流体浓度和流量等。

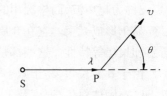

图 2-68　激光多普勒频移测速系统

（一）激光多普勒效应

当激光照射到相对运动的物体上时,被物体散射(或反射)的光的频率将发生改变,这种现象称为多普勒效应。相应地,将散射(或反射)的光的频率与光源频率的差值称为多普勒频移。对于如图 2-68 所示的激光测速系统,激光光源 S 与受光点 P(即反射表面)之间有相对运动,由于反射表面运动速度而引起光波频率漂移,此时,多普勒频移为

$$f_{\mathrm{d}} = \frac{v\cos\theta}{\lambda} \qquad (2-59)$$

式中,v 为反射表面运动速度;λ 为光源光波波长;θ 为物体运动速度方向与激光传播方向的夹角。

由上式可知,若能测得多普勒频移 f_{d},则可求得物体运动速度 v。

（二）应用

激光多普勒流速计原理如图 2-69 所示。由激光器发射出的单色平行光,经透镜聚集到被测流体内。由于流体中存在着运动粒子,一些光被散射,散射光与未散射光之间产生频移,它与流体速度成正比。图中散射光由透镜 6 收集,未散射光由透镜 5 收集,最后在光电倍增管 9 中进行混频后输出交流信号。该信号输入到频率跟踪器内进行处理,获得与多普勒频移 f_{d} 相应的模拟信号,从测得的 f_{d} 值可得到粒子运动速度,从而获得流体流速。

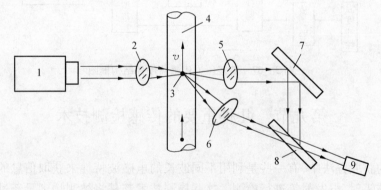

图 2-69　激光多普勒流速计原理图
1—激光器;2—聚焦透镜;3—粒子;4—管道;5、6—接收透镜;
7—平面镜;8—分光镜;9—光电倍增管

二、超声波检测技术

人耳能听到的声音(即可闻声波)频率为十几赫兹至 1 万余赫兹,一般将高于 1 万赫兹频率的声波称为超声波,而检测用的超声波频率通常在几十万赫兹以上。这时它波长很短,方向性好,易于形成光束。它在介质中传播时,与光波相似,遵循几何光学的基本规律,具有反射、折射和聚焦等特性。这些都是超声波检测的应用基础,而采用较高频率的超声波作为检测信号,由于其波长短,易于减小检测误差。超声波被用于测量速度、流量、流速、流体粘度、厚度、液位、固体料位、温度及工件内部探伤等方面。

超声波检测的基本原理是利用某些非声量的物理量(如密度、流量等)与描述超声波媒质声学特性的超声量(声速、衰减、声阻抗等)之间存在着直接或间接关系。探索到这些规律,通过超声量的测定来测出某些被测物理量。

超声波检测多采用超声波源向被测介质发射超声波,然后接收与被测介质相互作用之后的超声波,从中得到所需信息,其检测过程如图 2－70 所示。在超声检测中利用声速特性检测较成熟、准确度较高,用得较普遍。

图 2－70　超声波检测过程

利用声速特性检测流速原理如图 2－71 所示。流体静止时,超声波束方向不发生偏移,如图中 R_1、R_2 之间中线。这时,R_1、R_2 接收到相同声强;当流体以速度 v 流动时,超声波束的方向为声速 c 和流速 v 的合成方向,偏移原方向 β 角,此时,两接收器接收声强不等,产生差值,因此可由该差值来反映流速 v。

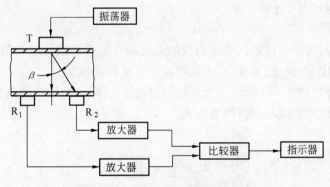

图 2－71　超声波偏移测流速原理图

T—发射器;R_1,R_2—接收器

利用衰减特性检测污泥浓度原理如图 2－72 所示。当发射器向接收器发射超声波时,由于溶液中污泥粒子引起超声波的散射,如果测出被测溶液与清水两种情况所接收信号强度差,经换算即可得到污泥浓度。

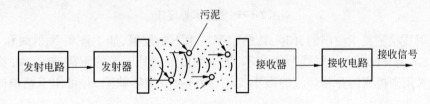

图 2－72　污泥浓度计原理图

三、核辐射检测技术

核辐射检测技术是利用放射性同位素所发射的 α、β、γ 等射线与被测物质的作用,如反散、吸收、电离或使物质激发而射出新的射线(如 X 射线),若测得电离程度或接收反射后射线的强度及 X 射线的能谱和强度等,即可得到与被测物有关的物理量。

核辐射检测系统一般由产生射线的放射源、检测与物质作用前后射线强度变化的探测器、对探测器输出信号进行加工处理的测量电路和显示装置等组成。

核辐射检测基于以下工作原理。

1. 利用放射源的标记作用

将放射源放在被测物体上,若放射源与核辐射探测器间的距离改变,将使探测器接收的射线强度发生变化,根据射线强度变化可确定被测物的位置和运动情况。利用这一原理可测线位移、角位移、液位、流量和转速等参数。

2. 利用被测物质与核辐射的相互作用

核辐射与被测物质有多种效应。利用射线的透射效应或荧光效应都能测物体厚度、流体密度和温度、线位移和角位移等;用 α、β 射线的电离效应可测量位移、气体压力和速度等;用中子和物质的相互作用可测厚度、液位、温度和流速等。

3. 射线摄影术

γ 射线照射到被测物体,经物体透射后的射线照射到底片上,进行射线摄影。材料缺陷状况能在底片的对比度中反映出来。

4. 利用穆斯鲍尔效应

穆斯鲍尔效应,即原子核对低能 γ 射线的无反冲共振吸收或共振发射现象。利用该效应可进行位移、速度、加速度、温度、应力的测量以及材料检测等。

透射式厚度计如图 2－73 所示。当射线穿过被测物体后,由于物质的吸收,探测器的射线强度降低,其降低的程度与物体厚度有关。

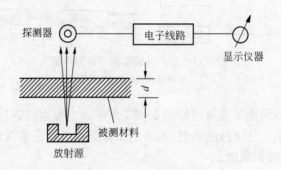

图 2－73　透射式厚度计

随着射线检测技术应用的开拓,新的检测技术不断发展,如工业用 X 射线和 CT 技术等。CT 技术是一种崭新的射线照相技术,是一种由数据到图像的重建技术。在机械工业中,CT 技术用来检测铸件和焊缝的微小气孔、夹渣及裂纹等缺陷,并可用于精确的尺寸测量。

四、声发射传感技术

当试件受外力或内应力作用时,缺陷处或结构异常部位因应力集中而产生塑性变形,其储存能量的一部分以弹性应力波的形式释放出来,这种现象叫声发射。声发射传感技术就是接收声发射波并从中获取信息的技术,利用声发射信号来对材料或构件缺陷进行预报、判断和评价。

声发射应用范围很广,比较成功的应用主要是压力容器的安全评价。此外,声发射技术还用于绝大部分金属或非金属材料的性能研究、设备工况监视和地下管道泄漏探测等方面。

声发射传感器(或称声发射换能器)是将弹性波转换成电信号的检测器。其最普通的结构如图 2 - 74 所示。在声发射波(应力波)的激发下,压电晶片被极化,产生电信号。

声发射检测仪工作原理如图 2 - 75 所示。试件受外载荷作用产生弹性应力波,被耦合在试件表面的传感器接收,转换成电信号,经前置放大,高通滤波,再经主放大器,然后整形和幅值鉴别,成为矩形脉冲。由时基提供时间标准,计数器测量计数率,把结果记录下来。

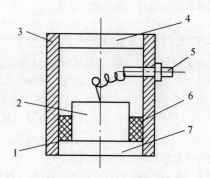

图 2 - 74　声发射换能器
1—导电胶;2—压电陶瓷;3—铝壳;4—上盖
5—高频插座;6—阻尼剂;7—底座

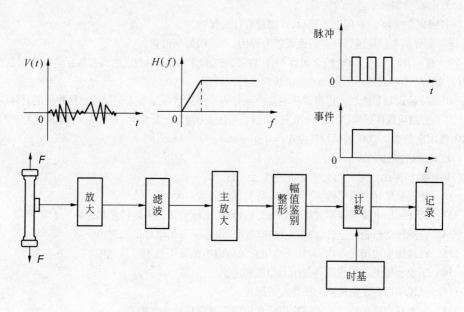

图 2 - 75　声发射检测仪工作原理图

习　题　2

2-1　已知某一位移传感器的测量范围为 0 ~ 30 mm,静态测量时,输入值与输出值关系如下:

输入值/mm	1	5	10	15	20	25	30
输出值/mV	1.50	3.51	6.02	8.53	11.04	13.47	15.98

试求该传感器的线性度和灵敏度。

2-2 金属电阻应变片与半导体应变片的工作原理有何区别? 各有何优缺点?

2-3 有一金属电阻应变片,其灵敏度 $S=2.5$,$R=120\,\Omega$,设工作时其应变为 $1200\,\mu\varepsilon$,问 ΔR 是多少? 若将此应变片与 2V 直流电源组成回路,试求无应变时和有应变时回路的电流。

2-4 应变片称重传感器,其弹性体为圆柱体,直径 $D=10\,cm$,材料弹性模量 $E=205\times10^{9}\,N/m^{2}$,用它称 50 t 重物体,若用电阻丝式应变片,应变片的灵敏度系数 $S=2$,$R=120\,\Omega$,问电阻变化多少?

2-5 已知两极板电容传感器,其极板面积为 A,两极板间介质为空气,极板间距 1 mm,当极距减少 0.1 mm 时,求其电容变化量和传感器的灵敏度。若参数不变,将其改为差动结构,当极距变化 0.1 mm 时,求其电容变化量和传感器的灵敏度,并说明差动传感器为什么能提高灵敏度和减小线性误差。

2-6 有一电容测微仪,其传感器的圆形板极半径 $r=5\,mm$,开始初始间隙 $\delta=0.3\,mm$,问:

(1)工作时,如果传感器与工件的间隙缩小 $1\,\mu m$,电容变化量是多少?

(2)若测量电路灵敏度 $S_1=100\,mV/pF$,读数仪表的灵敏度 $S_2=5$ 格/mV,上述情况下,仪表的指示值变化多少格?

2-7 为连续测量轧制钢带的厚度 d,在钢带上、下两侧距钢带 d_1 和 d_2 处平行钢带各设置一块极板 A、B,若将板极 A、B 联结为一极,钢带为一极构成电容器,以电容器电容值 C 来反映钢带厚度 d。

(1)写出 C 与钢带 d 之间的关系式。

(2)若钢带在极板 A、B 间上下摆动,对测量有什么影响?

2-8 试分析电感传感器产生线性误差的原因,并说明如何改善。

2-9 有一直径 2 m,高 5 m 的金属容器,往容器内连续注水,当注水量达到容器容量 80% 时就停止,试画出用应变式或电容式传感器系统来解决该问题的原理图。

2-10 接触式和非接触式传感器的主要特点有何不同? 请分别选定一种传感器并说明具体应用。

2-11 变磁阻式传感器,如图 2-10 所示,铁心导磁截面积 $A=1.5\,cm^{2}$,长度 $\lambda=20\,cm$,铁心相对磁导率 $\mu=5000$,线圈匝数 $N=3000$,若原始气隙 $\delta_0=0.5\,cm$,$\Delta\delta=\pm0.1\,mm$,则

(1)求其灵敏度 $\Delta L/\Delta\delta$。

(2)采用差动方式如图 2-11,求其灵敏度 $\Delta L/\Delta\delta$。

2-12 什么是半导体霍尔效应? 霍尔电势与哪些因素有关?

2-13 为什么压电传感器不宜用于静态力的检测,而检测动态力的特性却较好?

2-14 若测转动齿轮转速,试画出把转速转换成电感和霍尔电势的原理图。

2-15 在检测中应用光电池,为什么常用它的短路电流而不是用开路电压?

2-16 试说明用光纤传感器测量压力和位移的原理。

2-17 试说明用声发射检测金属裂纹的原理。

2-18 激光具有哪些特性? 试述应用激光传感器测位移的基本原理。

第三章　信号的预处理

被测物理量经过传感器和转换电路的变换后,一般成为电压或电流信号。在对所获取信号进行分析、处理、显示或记录前,通常需先作调制、放大、解调和滤波等中间变换。本章将讨论常用电信号的中间变换方法和记录仪器。

第一节　电　桥

电桥是用来测量参量式传感器的可变电阻、电容或电感的电路,它是将这些参量的变化转换为电压或电流信号的电路。电桥电路简单,可根据具体需要灵活改变成各种形式。电桥电路既可以应用于直流电流,也可以用于不同频率的交流电流中,因此得到了广泛的应用。

一、电桥的平衡条件

(一)直流电桥的平衡条件

典型的直流电桥如图 3－1 所示,E_0 为直流电源,在电阻的两个相对连接点 A 与 C 连接电源 E_0,从另两个相对连接点 B 与 D 引出作为电桥的输出端,电阻 R_1、R_2、R_3 和 R_4 称为桥臂。当一个桥臂(或二、三、四个桥臂)由一个微变化电阻式传感器构成时,被测物理量的变化转化为电阻式传感器的微电阻变化 ΔR,进而引起直流电桥输出电压的变化 ΔE_y。ΔE_y 可以用来估价 ΔR,进而估价被测物理量的变化。ΔE_y 与 ΔR 之间的函数关系可根据电路分析理论求出。

假设输入端是一个恒压源,输出端所接负载内阻极大,可近似看成开路,即没有电流流过。这一假设是符合实际的,因为输出端往往接到一个高输入阻抗的指示表头或放大器上。由图 3－1 可见:

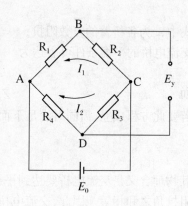

图 3－1　直流电桥

$$I_1 = \frac{E_0}{R_1 + R_2}, \quad I_2 = \frac{E_0}{R_3 + R_4} \tag{3－1}$$

$$U_{AB} = I_1 R_1 = \frac{R_1}{R_1 + R_2} E_0 \tag{3－2}$$

$$U_{AD} = I_2 R_4 = \frac{R_4}{R_3 + R_4} E_0 \tag{3－3}$$

$$E_y = U_{AB} + U_{DA} = U_{AB} - U_{AD}$$

$$= \left[\frac{R_1}{R_1 + R_2} - \frac{R_4}{R_3 + R_4} \right] E_0 = \frac{R_1 R_3 - R_2 R_4}{(R_1 + R_2)(R_3 + R_4)} E_0 \tag{3-4}$$

这就是直流电桥的特性公式,由此式可知:若 $R_1 R_3 = R_2 R_4$,则输出电压为零,称为电桥处于平衡状态。因此,把 $R_1 R_3 = R_2 R_4$ 称为直流电桥的平衡条件。四个桥臂电阻中任意一个、两个、三个以至四个有变化,使此电桥平衡条件不成立,使输出电压 E_y 不等于零,此时的输出电压 ΔE_y 就反映了桥臂电阻变化的情况。

（二）交流电桥的平衡条件

交流电桥电路如图 3-2 所示,其电路结构形式与直流电桥相同,但在电路具体实现上与直流电桥有两个不同点:一是激励电源是高频交流电压源或电流源(电源频率一般是被测信号频率的 10 倍以上);二是交流电桥的桥臂可以是纯电阻,也可以是包含有电容、电感的交流阻抗。

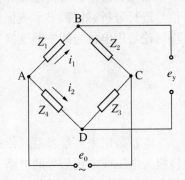

图 3-2 交流电桥

交流电桥的平衡条件、输出电压公式与直流电桥形式上类似,其推导与直流电桥基本相同,只是直流电桥中的纯电阻参数要以交流阻抗来代替。在此就不再作重复推导了。本节仅讨论交流电桥与直流电桥相比所具有的不同特点。

由图 3-2 可以导出交流电桥的平衡条件:

$$z_1 z_3 = z_2 z_4$$

式中, z 为各桥臂的复数阻抗, $z = Z e^{j\varphi}$; Z 为复数阻抗的模; φ 为复数阻抗的阻抗角。因此,交流电桥的平衡条件可表达为

$$Z_1 e^{j\varphi_1} Z_3 e^{j\varphi_3} = Z_2 e^{j\varphi_2} Z_4 e^{j\varphi_4}$$

即

$$Z_1 Z_3 e^{j(\varphi_1 + \varphi_3)} = Z_2 Z_4 e^{j(\varphi_2 + \varphi_4)}$$

若要此方程成立,需同时满足下面两个条件:

$$\begin{cases} Z_1 Z_3 = Z_2 Z_4 \\ \varphi_1 + \varphi_3 = \varphi_2 + \varphi_4 \end{cases}$$

其物理含义是交流电桥要达到平衡需使该电桥的四个桥臂中对边阻抗的模乘积相等,对边阻抗角之和相等。因此,交流电桥的平衡比直流电桥复杂。

二、直流电桥

输出电压 ΔE_y 与桥臂电阻变化的函数可有下列三种情况。

(1)一个桥臂电阻有变化,例如,桥臂 1 电阻的变化量为 ΔR_1 ,则电桥的输出电压为

$$\Delta E_y = \left(\frac{R_1 + \Delta R_1}{R_1 + \Delta R_1 + R_2} - \frac{R_4}{R_3 + R_4} \right) E_0 \tag{3-5}$$

若取 $R_1 = R_2 = R_0$, $R_3 = R_4 = R_0'$,则

$$\Delta E_y = \frac{\Delta R_1}{4R_0 + 2\Delta R_1} E_0 \tag{3-6}$$

若电桥用于微电阻变化测量，$\Delta R_1 \ll R_0$，则：

$$\Delta E_y \approx \frac{\Delta R_1}{4R_0}E_0 \tag{3-7}$$

（2）两个桥臂电阻有相同的微变化，如桥臂电阻 1 和邻边桥臂电阻 2 都有变化 ΔR，即为 $R_1 + \Delta R_1, R_2 - \Delta R_2$ 都是 $R_0 + \Delta R$，同样可导出公式

$$\Delta E_y = \frac{\Delta R}{2R_0}E_0 \tag{3-8}$$

这称为半桥双臂工作电桥。

（3）四个桥臂电阻均有变化时，假设 $R_1 = R_2 = R_3 = R_4 = R$，则其输出电压为

$$\Delta E_y = \frac{1}{4}\left(\frac{\Delta R_1}{R} - \frac{\Delta R_2}{R} + \frac{\Delta R_3}{R} - \frac{\Delta R_4}{R}\right)E_0 \tag{3-9}$$

由上式可以看出，各桥臂电阻变化对输出电压的影响如下：

相邻边两桥臂电阻变化时，各自引起的输出电压相减；

相对边两桥臂电阻变化时，各自引起的输出电压相加。

这就是电桥的和、差特性。了解这一特性在实际应用中很有好处，例如，一受力变形的悬臂梁（见图 3-3），上表面受拉，下表面受压。如果要测量该梁的应变，通常在上下表面各贴一应变片，它们各具有 $+\Delta R$ 和 $-\Delta R$ 的电阻变化。为了提高灵敏度，应使它们分别产生的输出电压相加，所以在接入电桥线路时应将二者分别接在相邻两桥臂上；另外，此二应变片在温度变化时有阻值变化（ΔR_t）而引起温度误差，由于它们是接在相邻两桥臂上，因此它们所产生的附加温度电压相减而抵消，这样就可以实现温度误差的自动补偿。若仅用一个桥臂工作，为了补偿温度误差，往往也在此工作应变片附近放置另一个相同的应变片，并作为一个桥臂与工作桥臂相邻地接入电桥中，在工作过程中该片并不承受应变，只感受温度变化。由于工作应变片与此补偿应变片处于温度变化相同的环境中，因而产生相同的温度电阻变化，从而在电桥中相互得到补偿。

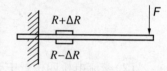

图 3-3 悬臂梁

在讨论电桥电路时还应注意两点：一是电桥的灵敏度问题，在电桥电路中灵敏度的定义是：

$$S = \frac{\mathrm{d}(\Delta E_y)}{\mathrm{d}\left(\dfrac{\Delta R}{R_0}\right)} \tag{3-10}$$

它是将 $\Delta R/R_0$ 作为输入量，而不是仅把 ΔR 当作输入量；二是在推导上述公式时有些地方作了简化，忽略了某些次要因素，使输出电压的变化与电阻的变化具有线性函数关系。这种线性关系是近似的，在精密测试时要考虑被忽略的因素所造成的非线性误差。

直流电桥在实际工作中有广泛的应用，其主要优点是所需的高稳定直流电源较易获得，如在测量静态或准静态物理量时，输出是直流量，可用直流电表测量，精度较高；其连接导线要求低，不会引进分布参数；在实现预调平衡时电路简单，仅需对纯电阻加以调整。直流电桥的主要缺点是容易引入工频干扰，它也不适于作动态测试。工程中动态测试的对象是一随时间迅速变化的信号（如用应变电阻测量交变应变），信号的频带通常由零直至数百赫兹，电桥的输出电压较小，需要放大才能推动后续处理环节。要选用一个适于由零到几百赫

兹的频带并保持增益是常值的放大器是很困难的,所以作动态测量时就难以采用直流电桥,往往要采用交流电桥,将其工作频率移到放大器常值增益的频带上去。

三、交流电桥

根据电工学的知识,对于不同类别的阻抗元件应具有不同的阻抗角。纯电阻元件的阻抗角 $\varphi = 0$;电容性阻抗 $\varphi < 0$;电感性阻抗 $\varphi > 0$。用具有不同类别交流阻抗组合的交流电桥要达到平衡应符合上述两个条件。根据这一条件对下列两种特例作一分析具有重要的指导意义。

（1）交流电桥四个桥臂中有两个相邻桥臂,如1、2桥臂为纯电阻,则 $\varphi_1 = \varphi_2 = 0$。根据平衡条件对相位的要求,必须使 $\varphi_3 = \varphi_4$,这说明电桥的另外两个桥臂必须具有同类的阻抗,如同是容抗或同是感抗,如图3-4a所示。

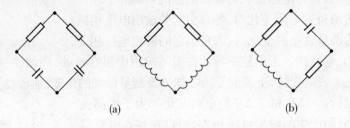

(a)   (b)

图3-4 交流电桥的平衡

（2）交流电桥四桥臂中有两个对边桥臂,如1、3桥臂为纯电阻,则 $\varphi_1 = \varphi_3 = 0$。根据平衡条件,其余的两个对边桥臂必须具有异类的电抗,如一边为容抗,则其对边应为感抗,这样才能符合 $\varphi_2 = -\varphi_4$ 的要求,如图3-4b所示。

交流电桥在作动态测试时得到了广泛的应用,它使不同频率的动态信号的后续放大器所要求的特性易于实现,但其缺点也是明显的,如电桥连接的分布参数会对电桥的平衡产生影响。对于纯电阻交流电桥,由于导线间存在分布电容,也相当于在各桥臂上并联了一个电容,如图3-5a所示,所以在调节平衡时,除考虑阻抗模的平衡条件外,还需考虑阻抗角的平衡条件。图3-5b是纯电阻交流电桥具有调节平衡环节的线路,电容 C_2 是一个差动可变电容器,调节时,左右两部分电容一增一减,使并联到二相邻臂的电容值改变,以实现相位平衡

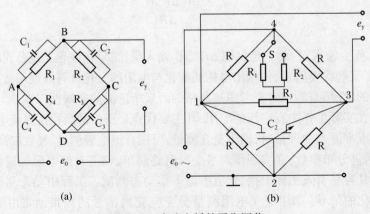

(a)   (b)

图3-5 交流电桥的平衡调节

条件;但在调节电容时,还需调节 R_3 来满足模的平衡条件,所以模与相位因交叉影响而需反复调节才能达到最终的平衡。

　　交流电桥的激励电源必须具有良好的电压值与频率的稳定度,前者影响其输出灵敏度,而后者会影响电桥的平衡。因交流阻抗计算中均包含有电源频率的因子,当电源频率不稳定或电压波形畸变,即包括了高次谐波时,交流阻抗值会有变化,或除有基频交流阻抗外还存在高频交流阻抗,这就给平衡调节带来困难。因为若已调到基波频率使阻抗达到平衡,而高次谐波的交流阻抗仍未达到平衡,将会有高次谐波的输出电压。

　　交流电桥各桥臂的参数如高于平衡条件,则有电压输出,输出电压与各桥臂参数的函数关系皆与直流电桥类似,但在计算时均需按交流阻抗考虑。

第二节　调制与解调

　　工程中有些物理量,如温度、应变、压力等,经过传感器变换后,往往是缓变电信号。这类信号可直接采用直流放大器来放大。但由于存在零漂和级间耦合等问题,所以较常见的处理方式是:先把缓变电信号调制成适当频率的交流信号,然后用交流放大器放大,经过传输、处理后再解调,以恢复原缓变信号。因此,调制和解调在工程测试中得到广泛应用。

　　所谓调制,就是利用缓变信号来控制、调节高频振荡信号的某个参数(幅值、频率或者相位),使其按缓变信号的规律变化。调制的目的是便于放大和传输缓变信号。该缓变信号称为调制信号。调制信号的信息载于高频振荡信号中,故称高频振荡信号为载波。载波被缓变信号调制后称为已调波,如图3-6所示。调制分为调幅、调频和调相三种。若调制信号调节、控制载波的幅值,所得已调波称为调幅波,此过程称为调幅(AM);若调节、控制的参数为载波的频率或相位,则分别称为调频(FM)或调相(PM),所得已调波分别称为调频波或调相波。其中调幅和调频在工程测试中较为常用。

　　解调是从已调波中恢复出调制信号的过程。

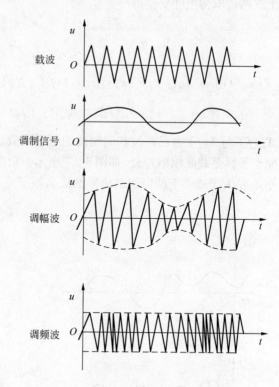

图3-6　载波、调制信号及已调波

一、调幅与解调

(一)原理

交流电桥就是一种常用的调幅电路。对于纯电阻交流电桥,其输出电压可写成

$$u_y = k \frac{\Delta R}{R} u_0$$

式中, k 为与电桥接法有关的系数,全桥 $k = 1$,半桥单臂 $k = 1/4$,半桥双臂 $k = 1/2$; $\frac{\Delta R}{R}$ 为被测信号变化而引起电阻相对变化,相当于调制信号; u_0 为电桥激励电压,相当于载波,可表示为 $u_0 = u_m \cos(\omega t + \varphi)$ 。因此,纯电阻交流电桥所输出的调幅波为

$$u_y = k u_m (\Delta R/R) \cos(\omega t + \varphi)$$

可见,调幅过程就是将调制信号与载波相乘,使载波的幅值随调制信号的变化而变化。在此请读者注意已调波与载波的相位关系。

设调制信号为 $x(t)$,载波信号为 $\cos 2\pi f_0 t$,已调信号为

$$x_m(t) = x(t) \cos 2\pi f_0 t$$

对上式两边取傅里叶变换得

$$\mathscr{F}[x_m(t)] = \mathscr{F}[x(t) \cos 2\pi f_0 t]$$
$$= \frac{1}{2} \mathscr{F}[x(t) e^{j2\pi f_0 t}] + \frac{1}{2} \mathscr{F}[x(t) e^{-j2\pi f_0 t}]$$

记 $\mathscr{F}[x_m(t)] = X_m(f)$, $\mathscr{F}[x(t)] = X(f)$,查傅里叶积分表可得

$$X_m(f) = \frac{1}{2} X(f + f_0) + \frac{1}{2} X(f - f_0) \qquad (3-11)$$

称 $X_m(f)$ 与 $X(f)$ 为已调波和调制波的频谱函数。可见,从频域看,调幅是将原信号的频谱由原点平移至载波频率 f_0 处,如图 3-7 所示。由图可知,为保证频移后的频谱不失真,载波频率 f_0 要大于或等于两倍调制信号的最高频率 f_m ,通常取数倍至数十倍的 f_m 。

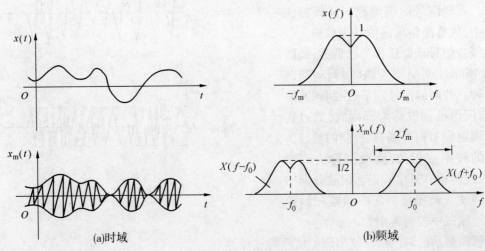

(a)时域 (b)频域

图 3-7 调幅过程

　　将调幅波与载波再次相乘,得

$$g(t) = x(t)\cos2\pi f_0 t\cos2\pi f_0 t = 0.5x(t) + 0.5x(t)\cos4\pi f_0 t \qquad (3-12)$$

对上式两边作傅里叶变换,得

$$G(f) = 0.5X(f) + \frac{1}{4}X(f + 2f_0) + \frac{1}{4}X(f - 2f_0) \qquad (3-13)$$

结果如图 3-8 所示,再用低通滤波器滤除中心频率为 $2f_0$ 的高频成分,将只剩下原调制信号的频谱,即恢复原调制信号(幅值仅为原来的一半,可通过放大来补偿)。上述是解调过程,由于所乘的信号与调制时的载波信号具有相同的频率和相位,故称为"同步解调"。

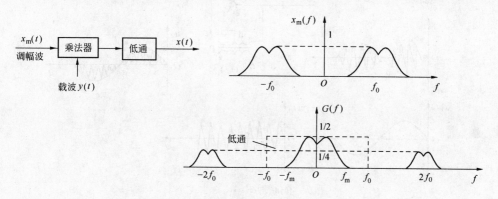

图 3-8　同步解调

(二)整流检波与相敏检波

　　除同步解调外,整流检波和相敏检波也是常用的调幅波解调方法。

　　若调制信号不发生极性变化,则调幅波的包络线将具有原调制信号的形状,如图 3-9a 所示。若调制信号发生极性变化,可叠加适当数值的直流分量 A。对这种类型的调幅波作整流(半波或全波整流)和低通滤波处理,就可复现原调制信号(若已叠加了直流分量,则须准确地减去该直流分量)。这种解调方法称为整流检波。

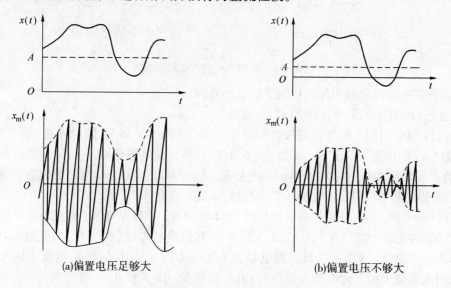

(a)偏置电压足够大　　　　　　　　　　　(b)偏置电压不够大

图 3-9　调制信号加偏置的调幅波

　　相敏检波器是一种能根据调幅波和载波的相位差来判别调制信号极性的解调器,它适合对各种类型的调幅波进行解调。图 3－10 所示为常用的环形二极管相敏检波器,它是由两个变压器 A、B 和一桥式整流电路组成,$x_m(t)$ 为调幅波,$y(t)$ 为载波。记变压器 A、B 的二次侧线圈输出电压为 U_A、U_B,且 $U_B \geqslant 2U_A$。

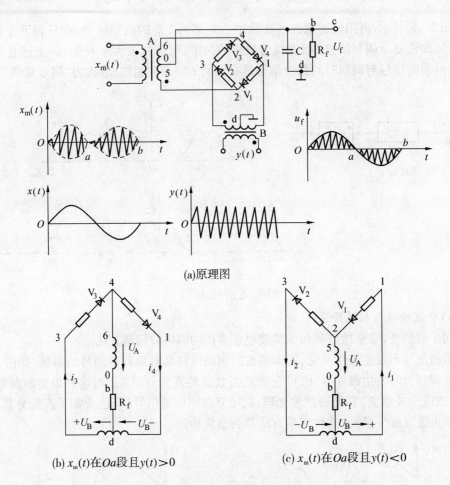

(a)原理图

(b) $x_m(t)$ 在 Oa 段且 $y(t)>0$　　　　　(c) $x_m(t)$ 在 Oa 段且 $y(t)<0$

图 3－10　环形二极管相敏检波器

　　下面分三种情况来说明相敏检波器的工作原理。

　　1. 当 $x_m(t)$ 在 Oa 段,$x_m(t)$ 与 $y(t)$ 同相

　　当 $y(t)>0$,变压器 A、B 各端极性如图 3－10a 所示。V_3 和 V_4 同时导通,如图 3－10b 所示,流过 V_3 的电流 i_3,沿"＋"、3、V_3、4、6、0、b、d,其回路电势是(U_B+U_A);流过 V_4 的电流 i_4,沿 d、b、0、6、4、V_4、1、"－",其回路电势是(U_B-U_A)。由于 i_3 与 i_4 电流方向相反,且 $i_3>i_4$,因此负载 R 的实际电流方向与 i_3 相同,即从 b 流到 d。

　　当 $y(t)<0$,变压器 A、B 各端极性与图 3－10a 相反,V_1 和 V_2 同时导通,如图 3－10c 所示,流过 V_1 的电流 i_1,沿"＋"、1、V_1、2、5、0、b、d,其回路电势是(U_B+U_A);流过 V_2 的电流 i_2,沿 d、b、0、5、2、V_2、3、"－",其回路电势是(U_B-U_A)。由于 i_1 与 i_2 电流方向相反,且 $i_1>i_2$,因此负载 R_f 的实际电流方向与 i_1 相同,即仍是从 b 流到 d。

可见,$x_m(t)$ 在 Oa 段,负载电阻的电流方向总是由 b 到 d。

2. 当 $x_m(t)$ 在 ab 段,$x_m(t)$ 与 $y(t)$ 反相

当 $y(t) > 0$,变压器 A 的极性与图 3 – 10a 相反。由于 $U_B > U_A$,因此仍是 V_3 和 V_4 导通。流过 V_3 的电流回路与流过 V_4 的电流回路仍如图 3 – 10b 所示。但 U_A 的电势与图中相反。因此,$i_4 > i_3$,负载 R_f 的实际电流方向与 i_4 相同,即从 d 流到 b。

当 $y(t) < 0$,V_1 和 V_2 导通,流过 V_1 的电流回路与流过 V_2 的电流回路仍如图 3 – 10c 所示。但 U_A 的电势与图中相反,因此 $i_2 > i_1$,负载 R_f 的实际电流方向与 i_2 相同,即从 d 流到 b。

可见,$x_m(t)$ 在 ab 段,负载电阻的电流方向总是由 d 流到 b。

3. 当 $x_m(t) = 0$,无论 $y(t) > 0$ 或 $y(t) < 0$,在负载电阻 R_f 上的两端电位相等,即流经负载电阻的电流为零。

相敏检波器的输出,包含许多高次谐波,为了减少干扰,滤掉高次谐波分量,通常在相敏检波器的输出端接入 π 型滤波器。为滤去高次谐波而不影响被测缓变信号的通过,滤波器的截止频率一般选在载波频率的 $0.3 \sim 0.4$ 倍。

动态电阻应变仪可作为电桥调幅与相敏检波的典型实例。动态电阻应变仪的工作原理如图 3 – 11 所示。被测试件产生的应变,通过应变片转换为电阻的变化,而应变片构成了交流电桥的部分桥臂或全部桥臂(即半桥或全桥),交流电桥的输出是随被测应变而变化的调幅波,该调幅波经交流放大后,输入相敏检波器进行检波,再经低通滤波器取出原被测应变信号。电桥和相敏检波器的载波信号均由振荡器提供。

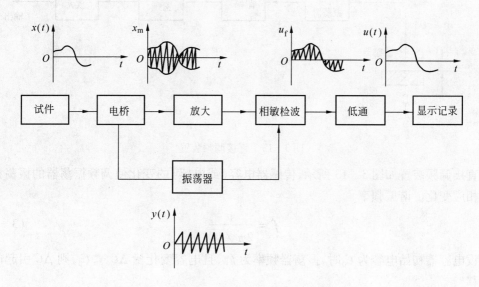

图 3 – 11　动态电阻应变仪的工作原理图

二、调频与解调

(一)原理

调频可由一个振荡器来完成,振荡器输出一个振荡频率与调制信号幅值成正比的等幅波,如图 3 – 12 所示。当调制信号为零时,调频波的频率等于中心频率;当调制信号为正值时频率提高,当调制信号为负值时频率降低。

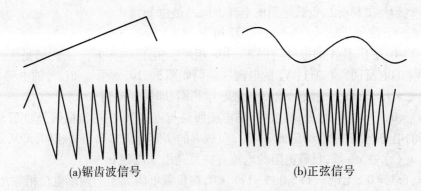

(a)锯齿波信号   (b)正弦信号

图 3－12 调频波与调制信号幅值的关系

调频波的瞬时频率可表示为

$$f = f_0 \pm \Delta f$$

式中，f_0 为载波频率(或称调频波中心频率)；Δf 为频率偏移，与调制信号幅值成正比。

频率调制可用压控振荡器、变容二极管调频振荡器和谐振频率调制器等多种方案实现。这里仅介绍工程测试中较常应用的直接调频原理。

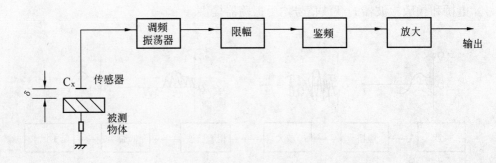

图 3－13 直接调频装置

直接调频装置如图 3－13 所示，传感器电容(或电感)的变化使调频振荡器的振荡频率发生相应变化。谐振频率

$$f = \frac{1}{2\pi\sqrt{LC}} \tag{3-14}$$

设电容器初始电容为 C_0 时，振荡器频率为 f_0，且电容变化量 $\Delta C \ll C_0$，则 ΔC 引起的频率偏移

$$\Delta f = -\frac{f_0 \Delta C}{2C_0}$$

故电容调谐调频器的振荡频率

$$f = f_0 + \Delta f = f_0\left(1 - \frac{\Delta C}{2C_0}\right) \tag{3-15}$$

可见，振荡频率 f 与调谐参数 ΔC 呈线性关系，也就是说，在小范围内，振荡频率 f 与被测量的变化呈线性关系。

（二）鉴频器

调频波的解调又称鉴频，是将频率变化的等幅调频波按其频率变化复现调制信号波形的过程。鉴频的方法有很多，变压器耦合的谐振回路鉴频如图 3 - 14 所示。

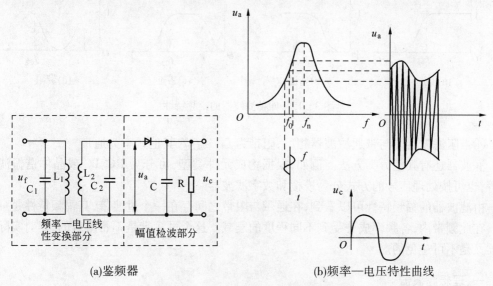

(a)鉴频器　　　　　　　　　　　(b)频率—电压特性曲线

图 3 - 14　变换器耦合的谐振回路鉴频

图 3 - 14a 中 L_1 和 L_2 是耦合变压器的一次侧、二次侧线圈，分别与 C_1、C_2 组成并联谐振回路。调频波 u_f 经 L_1、L_2 耦合，加在 L_2C_2 谐振回路上，在它的两端获得图 3 - 14b 所示的频率—电压特性曲线。在 L_2C_2 回路的谐振频率 f_n 处，线圈 L_1 和 L_2 的耦合电流最大，二次侧输出电压 u_a 也最大。f 值偏离 f_n，则 u_a 值下降。u_a 虽然与 u_f 的频率一致，但幅值却是随 u_f 的频率 f 变化而改变。通常利用特性曲线的亚谐振区近似直线的一段实现频率—电压变换，使调频波的中心频率 f_0 处于该近似直线段的中点，从而使调频波的振幅随其频率变化而基本呈线性变化，成为调频 - 调幅波。经过线性变换后，调频 - 调幅波再经过幅值检波、低通滤波后实现解调，复现调制信号。

第三节　滤　波　器

滤波器是一种选频装置，它允许输入信号中的特定频率成分通过，同时抑制或极大地衰减其他频率成分（又称此频带为阻带）。在工程测试中，常用它排除干扰噪声或进行频谱分析。

根据滤波器的选频特性，一般将滤波器分为低通、高通、带通和带阻四种，其对应的幅频特性如图 3 - 15 所示，图中虚线为理想滤波器的幅频特性。

①低通滤波器　通频带为 $0 \sim f_{C2}$，$f_{C2} \sim \infty$ 为阻带。

②高通滤波器　与低通滤波器相反，通频带为 $f_{C1} \sim \infty$，$0 \sim f_{C1}$ 为阻带。

③带通滤波器　通频带为 $f_{C1} \sim f_{C2}$，其他频率为阻带。

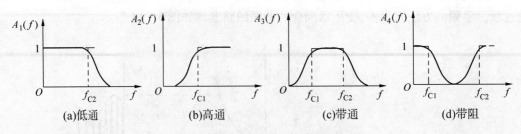

图 3 – 15　四种滤波器的幅频特性

④带阻滤波器　与带通滤波器相反,阻带为 $f_{C1} \sim f_{C2}$,其他频率为通带。

滤波器还有其他分类方法。例如,根据构成元件类型,可分为 RC、LC 或晶体谐振滤波器等,也可按处理信号的方式分为模拟和数字滤波器。

由滤波器的幅频特性可以看到,在通带与阻带之间存在一个过渡带,其幅频特性是一斜线。在此频带内,各频率成分受到不同程度的衰减。这个过渡带是不希望有的,但对实际滤波器又是不可避免的。

一、理想滤波器

理想滤波器是一个理想化的模型,在物理上是不可能实现的。

根据不失真测试条件可知,理想带通滤波器的频率特性为

$$H(f) = \begin{cases} A_0 e^{-j2\pi f t_0} & \text{当 } f_{C1} < f < f_{C2} \\ 0 & \text{其他} \end{cases} \tag{3-16}$$

即通频带内的幅频特性为常数,通频带外为零,在截止频率处出现直角锐变。

分析表明,理想带通滤波器的阶跃响应的建立时间 T_e 与带宽 B 的乘积等于常数,即带宽越小,滤波器的响应要达到最终值所需经历的时间越长。这一传输特性对其他滤波器也适用。

滤波器的带宽决定了它的频率分辨力,通频带越窄,则分辨力越高。因此,滤波器的高分辨力和测量时快速响应的要求是互相矛盾的。如果用滤波的方法从信号中择取某一很窄的频率成分,就需要有足够的时间。如果建立时间不够,就会产生谬误和假象。但对已定带宽的滤波器,过长的测量时间也是不必要的,一般采用 $BT_e = 5 \sim 10$ 已足够了。以上分析常用于指导实际滤波时选择合适的信号长度。

二、实际滤波器的技术参数

理想带通(虚线)和实际带通(实线)滤波器的幅频特性如图 3 – 16 所示。由图中可见,理想滤波器的特性只需用截止频率描述,而实际滤波器的特性曲线无明显的转折点,两截止频率之间的幅频特性也非常数,故需用更多参数来描述。

评价实际带通滤波器的主要参数有

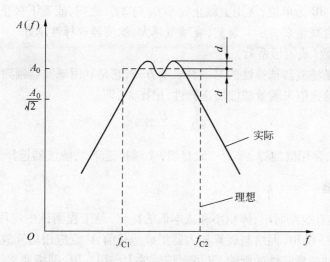

图 3-16 理相带通与实际带通滤波器的幅频特性

1. 纹波幅度 d

在一定频率范围内,实际滤波器的幅频特性可能有波动,d 值为幅频特性的最大波动值。一个优良的滤波器,d 与 A_0 相比,应远远小于 $-3\mathrm{dB}$,即 $d \ll A_0 / \sqrt{2}$。

2. 截止频率

幅频特性值等于 $A_0 / \sqrt{2}$ 所对应的频率称为滤波器的截止频率,记作 f_C。因 $(A_0 / \sqrt{2})^2 = A_0^2 / 2$,$10\lg(A_0 / \sqrt{2})^2 = 10\lg A^2 - 3\mathrm{dB}$,故截止频率点又称半功率点或 $-3\mathrm{dB}$ 点。

3. 带宽 B 和中心频率 f_0

带通滤波器上、下两截止频率之间的频率范围称为通频带带宽,或 $-3\mathrm{dB}$ 带宽,记作 $B = f_{C2} - f_{C1}$,带宽决定滤波器分离信号相邻频率成分的能力,即频率分辨力。

滤波器的中心频率 f_0 是指上下两截止频率的几何平均值,即

$$f_0 = \sqrt{f_{C1} f_{C2}} \tag{3-17}$$

通常用中心频率 f_0 来表示滤波器通频带在频率域的位置。

4. 品质因数 Q 值

带通滤波器中心频率 f_0 与带宽 B 之比称为滤波器的品质因数,又称为 Q 值,即

$$Q = \frac{f_0}{B} \tag{3-18}$$

Q 值越高,滤波器的频率选择性越好。例如,中心频率同为 1000 Hz 的两个带通滤波器,品质因数分别为 $Q_1 = 20$,$Q_2 = 40$,则对应的 $B_1 = 50$ Hz,$B_2 = 25$ Hz,由于第二个滤波器的分辨力比第一个滤波器高,因此它比第一个频率选择性好。

5. 倍频程选择性

滤波器的选择性是一个重要的性能指标。过渡带的幅频特性曲线的斜率表明其幅频特性衰减的快慢,它决定着滤波器对通频带外频率成分衰减的能力。过渡带内幅频特性衰减越快,对通频带外频率成分的衰减能力越强,滤波器的选择性就越好。

倍频程选择性是利用频率变化一个倍频程时,过渡带幅频特性的衰减量来衡量滤波器

选择性的指标,以 dB 为单位,常用上截止频率f_{C2}与$2f_{C1}$之间,或者下截止频率f_{C1}与$0.5f_{C1}$之间的幅频特性衰减量来表示。显然,衰减量越大,滤波器选择性越好。

6. 滤波器因数(或矩形系数)λ

滤波器因数是滤波器选择性的另一种表示方式,它是利用滤波器幅频特性的-60 dB 带宽与-3 dB 带宽的比值来衡量滤波器选择性,记作λ,即

$$\lambda = \frac{B_{-60\text{dB}}}{B_{-3\text{dB}}} \tag{3-19}$$

理想滤波器$\lambda = 1$,常用滤波器$\lambda = 1 \sim 5$,显然,λ越接近于 1,滤波器选择性越好。

三、RC 滤波器

RC 滤波器具有线路简单、体积小和成本低的优点,是工程测试中应用最广泛的一种滤波器,它由 RC 网络或 RC 网络与运算放大器组成。目前,广泛应用运算放大器,因为它既可消除级间耦合对滤波器特性的影响,又可起信号放大作用。RC 网络通常作为运算放大器的输入网络或负反馈网络。

下面讨论几种类型的 RC 滤波器的基本特性。

（一）RC 低通滤波器

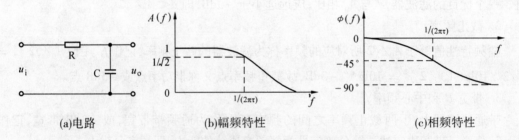

(a)电路　　　　　　(b)幅频特性　　　　　　(c)相频特性

图 3-17　RC 低通滤波器电路及其频率特性

RC 低通滤波器的电路如图 3-17a 所示,其中u_i为输入信号,u_o为输出信号,电路的微分方程

$$RC\frac{\mathrm{d}u_o}{\mathrm{d}t} + u_o = u_i \tag{3-20}$$

令$\tau = RC$,称τ为时间常数,对上式进行拉普拉斯变换,可得传递函数

$$H(s) = \frac{1}{\tau s + 1} \tag{3-21}$$

这是一个典型的一阶系统,对应的频率特性、幅频特性和相频特性分别为

$$H(f) = \frac{1}{\mathrm{j}2\pi f\tau + 1} \tag{3-22}$$

$$A(f) = \frac{1}{\sqrt{1 + (2\pi f\tau)^2}} \tag{3-23}$$

$$\phi(f) = -\arctan(2\pi f\tau) \tag{3-24}$$

幅频特性和相频特性分别如图 3-17b、c 所示。

当$f \ll \dfrac{1}{2\pi\tau}$时,幅频特性值约等于 1,信号几乎不受衰减地通过滤波器。相频特性近似

于一条通过原点的直线,因此,此时的低通滤波器可视为一个不失真的传输系统。

当 $f = \dfrac{1}{2\pi\tau}$ 时,$A(f) = 1/\sqrt{2}$,故该低通滤波器的上截止频率 $f_{C2} = 1/(2\pi RC)$,可见,要改变截止频率,只需适当改变电阻 R 或电容 C 即可。

当 $f \gg \dfrac{1}{2\pi\tau}$ 时,$A(f) \approx 0$,信号受到极大衰减。此时,输出 u_o 与输入 u_i 的积分成正比,即 $u_o = \dfrac{1}{RC}\displaystyle\int u_i\mathrm{d}t$,它对通频带的高频成分衰减率为 -6 dB/oct(或 -20 dB/dec)。

（二）RC 高通滤波器

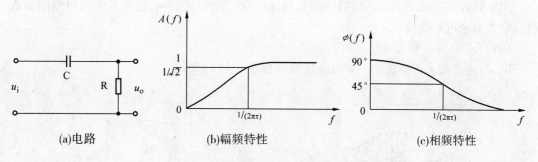

(a)电路   (b)幅频特性   (c)相频特性

图 3 − 18   RC 高通滤波器电路及其频率特性

RC 高通滤波器电路及其频率特性如图 3 − 18 所示。其微分方程、传递函数、频率特性、幅频特性和相频特性分别为

$$u_o + \frac{1}{RC}\int u_o\mathrm{d}t = u_i \tag{3-25}$$

$$H(s) = \frac{\tau s}{1 + \tau s} \qquad (\text{令 } RC = \tau) \tag{3-26}$$

$$H(f) = \frac{\mathrm{j}2\pi f\tau}{1 + \mathrm{j}2\pi f\tau} \tag{3-27}$$

$$A(f) = \frac{2\pi f\tau}{\sqrt{1 + (2\pi f\tau)^2}} \tag{3-28}$$

$$\phi(f) = \frac{\pi}{2} - \arctan(2\pi f\tau) \tag{3-29}$$

当 $f \ll \dfrac{1}{2\pi\tau}$ 时,$A(f) \approx 0$,信号受到极大衰减,高通滤波器的输出 u_o 与输入 u_i 的微分成正比,即 $u_o = RC\dfrac{\mathrm{d}u_i}{\mathrm{d}t}$,它起着微分器的作用。

当 $f = \dfrac{1}{2\pi\tau}$ 时,$A(f) = 1/\sqrt{2}$,故该高通滤波器的下截止频率 $f_{C1} = 1/(2\pi RC)$。

当 $f \gg \dfrac{1}{2\pi\tau}$ 时,$A(f) \approx 1$,$\phi(f) \approx 0$,高通滤波器可视为不失真传输系统。

（三）RC 带通滤波器

带通滤波器可看成是低通滤波器和高通滤波器在一定条件下串联而成。如一阶高通滤

波器的传递函数为 $H_1(s) = \dfrac{\tau_1 s}{1 + \tau_1 s}$，一阶低通滤波器的传递函数为 $H_2(s) = \dfrac{1}{1 + \tau_2 s}$，则串联后组成的带通滤波器的传递函数为

$$H(s) = H_1(s)H_2(s) = \frac{\tau_1 s}{(1 + \tau_1 s)(1 + \tau_2 s)} \tag{3-20}$$

下截止频率为原高通滤波器的截止频率，即 $f_{C1} = \dfrac{1}{2\pi\tau_1}$；上截止频率为原低通滤波器的截止频率，即 $f_{C2} = \dfrac{1}{2\pi\tau_2}$。

用串联方式组成带通滤波器时应消除两级耦合时的相互影响，通常采用射极跟随器或运算放大器来进行隔离。

（四）RC 与运算放大器组成的滤波器

RC 与运算放大器组成的一阶低通滤波器如图 3-19 所示。

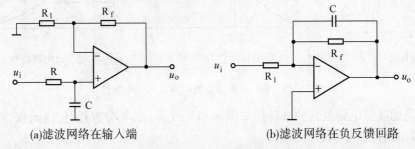

(a)滤波网络在输入端   (b)滤波网络在负反馈回路

图 3-19   一阶有源低通滤波器

图 3-19a 所示是将一阶 RC 低通滤波器接在运算放大器的正输入端，R_f 为负反馈电阻，R_f 和 R_1 决定了运算放大器的工作状态。设滤波器输入端电压为 u_i，输出端电压为 u_o，运算放大器输入电压为 u。忽略流入放大器的电流，则对负输入端，流经 R_1 和 R_f 的电流相等；对正输入端，由于流经 R、C 的电流也相等；可得滤波器的频率特性

$$H(f) = \left(1 + \frac{R_f}{R_1}\right)\frac{1}{1 + \mathrm{j}2\pi f RC} = \left(1 + \frac{R_f}{R_1}\right)\frac{1}{1 + \mathrm{j}2\pi f \tau} \tag{3-21}$$

可见，与图 3-17 的滤波器相比，该低通滤波器将信号放大了 $(1 + R_f/R_1)$ 倍，截止频率仍为 $f_{C2} = 1/(2\pi RC)$。

图 3-19b 所示是将高通网络作为运算放大器的负反馈，从而构成了低通滤波器。该滤波器的频率特性

$$H(f) = \frac{R_f}{R_1}\frac{1}{1 + \mathrm{j}2\pi f R_f C} \tag{3-22}$$

可见，它的放大倍数为 R_f/R_1，截止频率为 $f_{C2} = 1/(2\pi R_f C)$。

一阶低通滤波器对选择性并无改善，但提高了灵敏度。将低阶滤波器多级串联，可组成高阶滤波器，从而提高滤波器选择性。阶次越高，其幅频特性越逼近理想特性，但相频特性非线性会增加。二阶低通滤波器如图 3-20 所示，高频衰减率为 $-12\ \mathrm{dB/oct}$（$-40\ \mathrm{dB/dec}$），比一阶滤波器提高了 1 倍。

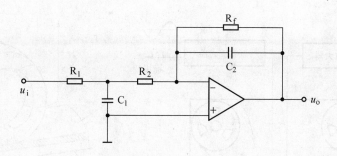

图 3 - 20　二阶低通滤波器

由简单的 RC 网络与运算放大器可组成其他类型的滤波器。读者可参考有关资料。

第四节　信号的记录

将被测信号和分析结果记录、存储起来,供分析处理和调用,是测试工作的重要部分。对那些耗费大量人力、物力的试验和那些难以预知过程的探索性试验,客观记录下被测量的变化过程,显得更为必要和宝贵。

记录仪器可分为模拟式和数字式两大类,模拟式有笔式记录仪、模拟磁带机和电子示波器等;数字式有数字存储示波器、数字磁带机和无纸记录仪等。计算机辅助测试中,微机显示器、磁盘、光盘刻录机和打印机等均具有显示或记录功能。下面介绍几种常用的记录仪器。

一、磁带记录仪

磁带记录仪是利用磁记录技术在磁带上记录(存储)被测信号的一种记录仪器。磁带记录仪可分为模拟式和数字式两大类。

磁带记录仪的记录频带宽(0 ~ 2 MHz),存储信息密度大,且稳定性好,易于多路记录,并可长期保存,便于复制;磁介质可多次使用,对环境(温度和湿度)不敏感,抗干扰能力强;记录的信号能多次反复重放,重放速度可与记录速度不同,以实现对信号的时间压缩和扩展。磁带记录仪较昂贵,但仍得到广泛使用。

(一)工作原理

磁带记录仪的基本组成如图 3 - 21 所示,主要由如下三部分组成。

1. 磁带和磁带传动机构

磁带是一种坚韧的塑料薄带,厚约 50μm,宽有 6.3mm、12.7mm 和 25.4mm 等几种。

磁带传动机构包括电动机、驱动机构和控制机构等。该机构的主要作用是保证磁带按一定的线速度在磁头上平稳运动,以实现信号的记录和重放。

2. 磁头

磁头是一种磁电换能器,它包括记录磁头、重放磁头和消磁磁头。在记录过程中,记录磁头将输入的电信号转化为磁带的磁化状态,实现电磁转换;在重放过程中,重放磁头将磁带的磁化状态还原成电信号,实现磁电转换;消磁磁头用来抹除磁带中的信号。

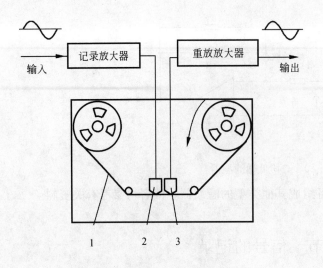

图 3-21　磁带记录器的基本组成

1—磁带;2—记录磁头;3—重放磁头

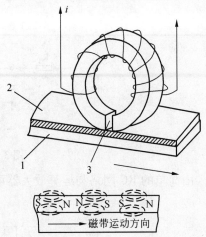

图 3-22　磁带和磁头

1—塑料带基;2—磁性涂层;3—工作间隙

磁头相当于在环形铁心上绕有一个线圈的电磁铁,在与磁带贴近的前端有一很窄的缝隙,一般为几微米,称为工作间隙,如图 3-22 所示。

3. 记录放大器和重放放大器

记录放大器是将输入信号放大,并将它转换成最适于磁记录的形式供给记录磁头;重放放大器是将重放磁头检测到的信号放大,并将它转换成所需的形式后输出。

磁带记录仪的工作过程实质上就是进行电磁和磁电转换的过程。信号电流 $i(t)$ 经记录放大器放大和变换,输入记录磁头的线圈,线圈产生交变磁通 $\varPhi_1$ 并使铁心磁化产生磁场强度 H_1,由于工作间隙为非导磁材料,磁阻很大,当磁带从磁头的工作间隙下方经过时,由工作间隙溢出的交变磁通便通过磁带上磁阻很低的磁性层,从一磁极到另一磁极构成了封闭的磁回路。当磁带运动速度恒定时,在磁极下工作间隙内磁带表层产生磁感应强度 B_1。当磁带离开工作间隙后,由于磁滞作用,磁带上留下与信号电流成比例的剩磁感应强度 B_{r1}。

当录有信号的磁带以相同的线速度从重放磁头下面经过时,由于工作间隙的磁阻很大,而磁头的铁心是良导磁材料,所以磁带上的信号磁通将通过磁头的铁心闭合,使铁心上的检测线圈感应出电动势 e,其大小与剩磁通 $\varPhi$ 的变化率成正比,即

$$e = -N\frac{\mathrm{d}\varPhi}{\mathrm{d}t}　　　　　　　　　　(3-30)$$

式中,N 为重放磁头线圈匝数。

因为剩磁通 $\varPhi$ 与剩磁感应强度 B_{r1} 成正比,即与记录的信号电流 $i(t)$ 成正比,如果 $i(t) = I_0\sin 2\pi ft$,则重放磁头的线圈感应电动势 e 正比于 $NA\dfrac{\mathrm{d}}{\mathrm{d}t}(I_0\sin 2\pi ft)$($A$ 为重放磁头铁心的截面积),输出电压将具有 $-2\pi I_0 f\cos 2\pi ft$(也即 $2\pi I_0 f\sin(2\pi ft - \pi/2)$)的形式。可见,重放磁头的电压输出与信号频率有关,且产生固定的相移。对一个包含多种频率成分的信号,重放时会引起幅值畸变和相位畸变,造成严重失真。为了补偿重放磁头的这种微分特性,其重放放大电路应具有积分特性,如图 3-23 所示。

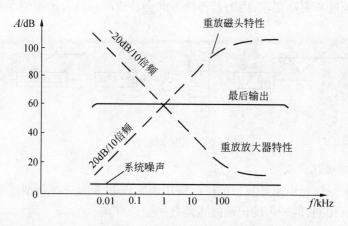

图 3 - 23　重放磁头及其放大器的特性

由式(3 - 23)可知,重放磁头应有较多的线圈匝数 N ,以提高其灵敏度。

重放磁头铁心中起作用的磁通是其工作间隙中桥接磁带那部分磁通的平均值。磁带运行时该值随记录信号的变化而变化,故磁头线圈有感应电动势产生。若信号的频率为 f ,记录走带速度为 v ,则在磁带上记录的信号波长为 $\lambda = v/f$ 。实践表明,磁头工作间隙为记录波长的一半时,重放输出电压效果最佳。每台磁带机重放磁头工作间隙是固定的。磁带机有多种走带速度,记录时,应根据信号的最高频率选择适当走带速度。

磁带存储的信号可以消除。消除的方法是利用"消磁磁头"通入高频大电流(100 mA 以上)产生的磁场,将磁带向某一方向磁化到饱和状态,然后又向相反方向磁化,多次反复,直至磁带上的所有磁畴磁化方向变成完全无规则状态,即宏观上不再呈磁性为止。

（二）DR 方式(直接记录方式)

DR 方式是将输入信号放大后,不进行波形变换,直接将信号记录在磁带上。由于剩磁曲线在原点附近有明显的非线性,如直接输入一个正弦信号,则磁带上的磁化波形将是一个畸变的钟形波,因此为解决失真问题,通常在输入信号上,叠加一个振幅恒定的高频信号,称为偏磁信号,使被记录信号的变化范围(即高频偏磁信号的包络线)始终保持在剩磁曲线的线性区内,使记录在磁带上的高频振荡中的低频信号保持不失真。高频振荡的频率一般为记录信号最高频率的 5 倍左右。

DR 方式的优点是:结构简单,工作频带宽(50 Hz ～ 1 MHz),常用于记录声音和高频信号。其缺点是:当磁带和磁头接触不良时(如磁带上铁磁体粒子不均匀、附着尘埃、损伤等),会使输入信号显著变小(这一现象称"信号跌落"大);其次是低频响应性能差,不宜记录 50Hz 以下的信号;它的信噪比一般低于 40dB。

（三）FM 方式(频率调制记录方式)

FM 方式在测量用的磁带记录仪中应用较广,因为它可记录低频及静态过程,"信号跌落"小,频率变更对相位偏移的影响小,记录波形精确,有较高的信噪比。

FM 方式的工作原理如图 3 - 24 所示,信号输入调制器后,被调制成调频波,然后再输入记录磁头。重放时,重放磁头从磁带上取出频率信息,经过解调、低通滤波后输出记录信号。调频时的载波频率一般应是信号最高频率的数倍,因而 FM 方式的工作频带上限受限制,最高只能达数百千赫,信息记录密度比 DR 方式少,而电子线路比 DR 方式复杂。此外,它对磁带传动机构的速度有更高要求,因为若转速不准会造成所录信号的幅值误差。

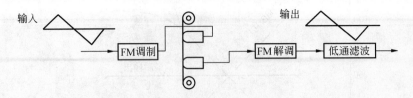

输入

输出

FM调制　　　　　　FM解调　　低通滤波

图 3-24　频率调制方式

（四）数字式磁带记录仪

数字式磁带记录仪是由于计算机的广泛应用而发展起来的一种新型磁带记录仪,其结构与模拟式记录仪相同,但采用的记录方式是数字记录方式。

数字记录方式又称为脉冲码调制（PCM）方式。它是把待记录信号放大后,经 A/D 转换变换成二进制代码脉冲,并经记录磁头记录在磁带中。重放时再将该信号经 D/A 转换还原为模拟信号,从而恢复被记录的波形,或将该脉冲码直接输入数字处理装置,进行后续处理和分析。

数字式记录方式的特点是被记录的信息只是二进制的"0"和"1",这不仅便于记录,而且便于运算。用磁带记录"0"和"1",是分别利用磁带磁层的正或负方向的饱和磁化。因此,在磁带上作记录时,记录磁头是将一连串脉冲相应地转换成饱和磁化存储在磁带上。

数字记录方式的优点是准确可靠,记录带速不稳定对记录精度基本没有影响,记录、重放的电子线路简单,存储的信息重放后可直接送入数字计算机或专用数字信号处理器进行处理分析,因此数字式磁带记录仪可作为计算机的外设。它的缺点是:在进行模拟信号记录时需作 A/D 转换,而需模拟信号输出时,重放后还需作 D/A 转换,使记录系统复杂化;另外,数字记录的记录密度低,只有 FM 方式的 1/10。

二、新型记录仪

（一）数字存储示波器

示波器是使用极为广泛的显示（记录）仪器。

用感光纸来记录信号的光线示波器目前已很少使用。以阴极射线管（CRT）来显示信号的电子示波器,可分为模拟式和数字式两种,后者多为数字存储示波器。其原理框图如图 3-25所示。

数字存储示波器以数字形式存储信号波形,再作显示,因此波形可稳定保留在显示屏上,供使用者分析。数字存储示波器中的微处理器可对记录波形作自动计算,在显示屏上同时显示波形的峰-峰值、上升时间、频率以至均方根值等。通过计算机接口可将波形送至打印机打印或计算机作进一步处理。

高速数字示波器的工作频宽已达数百兆赫。

随着数字技术的日益进步,数字与模拟示波器间的价格差距已大大缩小。

（二）无纸记录仪

无纸记录仪是一种无纸、无笔、无墨水、无一切机械传动机构的全新记录仪器,它以微处理器为核心,将模拟信号转换成数字信号,存储在大容量芯片上,并利用液晶显示。它主要

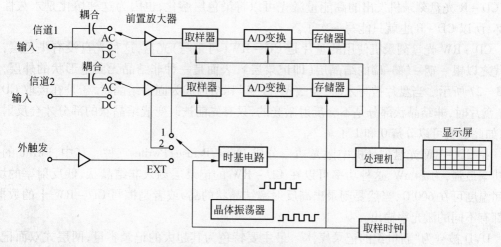

图 3-25 数字存储示波器原理框图

具有如下几方面的优点：

（1）可实现高性能、多回路的检测、报警和记录。

（2）对输入信号的处理可实现智能化，可直接输入热电偶、热电阻等信号。

（3）可高精度实时显示输入信号的数值大小、变化曲线及棒图，并可追忆显示历史数据。

（4）具有与微型计算机通信的标准接口，可与计算机进行数据传输，也可实现记录仪的集中管理。

无纸记录仪多用于生产过程中多路缓变信号长时间巡检与记录，因此采样频率较低，一般是 1 秒钟内对多路信号均采集几点数据。可供选择的数据处理和显示方式比数字存储示波器多。

（三）光盘刻录机

光盘刻录机有 CD-R、CD-RW、DVD-R、DVD-RW 和 DVD-RAM 等类型，其中目前较常用的是 CD-R 和 CD-RW 两种，存储容量约 650 MB。

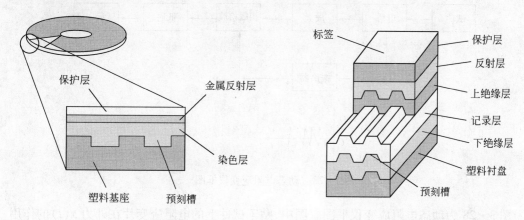

图 3-26 CD-R 光盘刻录机的结构　　　　图 3-27 CD-RW 光盘刻录机的结构

　　CD-R 光盘刻录机是一种只可一次写入的 CD-R 光盘的刻录机。它的结构如图 3-26 所示，金属反射层的主要原料是 24K 金，染色层（即记录层）为有机色素。当数据写入时,CD – R 光盘刻录机发出的高能量激光可以将染色层熔化,也因为这种熔化是永久性的破坏,所以 CD – R 也就只能写一次了。

CD – RW 光盘刻录机使用的盘片是 CD – RW(可重写)光盘,这种光盘没有染色层,而是代之以银 – 铟 – 锑 – 碲的结晶层(即记录层),表面是一种非结晶无固定形状的外层,如图 3 – 27 所示。当盘片被写入时,经激光"改变"其结构成为固定结晶状,于是在读取 CD – RW 盘片时,非结晶状部分是不会反射激光的,只有先前被改变成结晶状的部分才会反射激光,如此也就可以分辨 0 和 1 了。

在 CD – RW 光盘刻录机中激光功率分成 Pbias、Perase、Pwrite 三种。其中,Pwrite 的输出功率最强,为 14mW,这种功率可以在 CD – RW 的记录层刻入非结晶状、低反射率的坑,瞬间温度可在 600℃,当然要刻录出高反射率结晶状的岛,或者是擦写 CD – RW 上的数据,也都有不同的激光率输出。

DVD 被誉为"新世纪的记录媒体",最主要特色为其超大的记录容量,两层式双面记录的最大容量约可达 17GB。DVD 的光盘可分为:DVD – ROM(就是通常所说的 DVD 盘片),DVD – R(可一次写入),DVD – RAM(可多次写入),DVD – RW(可重写)四种,其中 DVD – RAM 是发展趋势。

第五节　模拟信号分析技术应用举例

一、幅值调制在测试仪器中的应用

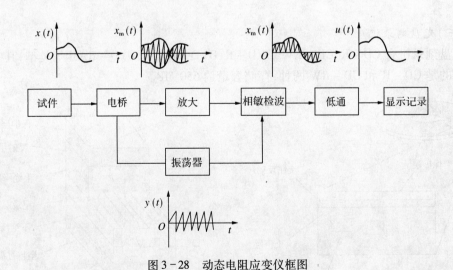

图 3 – 28　动态电阻应变仪框图

图 3 – 28 为动态电阻应变仪框图。图中,贴于试件上的电阻应变片在外力 $x(t)$ 的作用下产生相应的电阻变化,并接于电桥。振荡器产生高频正弦信号 $z(t)$,作为电桥的工作电压。根据电桥的工作原理可知,它相当于一个乘法器,其输出应是信号 $x(t)$ 与载波信号 $z(t)$ 的乘积,所以电桥的输出即为调制信号 $x_m(t)$。经过交流放大以后,为了得到信号的原来波

形,需要相敏检波,即同步解调。此时由振荡器供给相敏检波器的电压信号 $z(t)$ 与电桥工作电压同频、同相位。经过相敏检波和低通滤波以后,可以得到与原来极性相同、但经过放大处理的信号 $u(t)$。该信号可以驱动仪表或输入后续仪器。

二、频率调制在工程测试中的应用

在应用电容、电涡流或电感传感器测量位移、力等参数时,常常把电容 C 或电感 L 作为自激振荡器的谐振回路的一个调谐参数,此时振荡器的谐振频率为

$$\omega = \frac{1}{\sqrt{LC}}$$

例如,在电容传感器中以电容 C 作为调谐参数时,对上式微分有

$$\frac{\partial \omega}{\partial C} = -\frac{1}{2}(LC)^{-\frac{3}{2}}L = \left(-\frac{1}{2}\right)\frac{\omega}{C}$$

所以,当参数 C 发生变化时,谐振回路的瞬时频率

$$\omega = \omega_0 \pm \Delta\omega = \omega_0\left(\ln\frac{\Delta C}{2C_0}\right)$$

此式表明,回路的振荡频率与调谐参数呈线性关系,即在一定范围内,它与被测参数的变化存在线性关系。它是一个频率调制式,ω_0 相当于中心频率,而 ΔC 则相当于调制部分。这种把被测参数变化直接转换为振荡频率的变化的电路,称为直接调频式测量电路。

调频波的解调,或称鉴频,就是把频率变化变换为电压幅值的变化过程。在一些测试仪器中,常常采用变压器耦合的谐振回路方法,如图 3-29 所示。

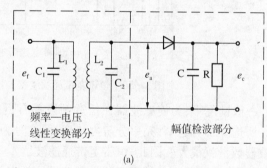

图中 L_1、L_2 是变压器耦合的一次侧、二次侧线圈,它们和 C_1、C_2 组成并联谐振回路。将等幅调频波 e_f 输入,在回路的谐振频率 f_n 处,线圈 L_1、L_2 中的耦合电流最大,二次侧输出电压 e_a 也最大。e_f 频率离开 f_n,e_a 也随之下降。e_a 的频率虽然和 e_f 保持一致,但幅值 e_a 却随频率而变化,如图 3-29b 所示。通常用 e_a—f 特性曲线的亚谐振区近似直线的一段实现频率-电压变换。当测量参数(如位移)为零值时,调频回路的振荡频率 f_0 对应特性曲线上升部分近似直线段的中点。

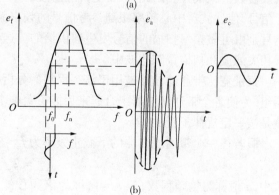

随着测量参数的变化,幅值 e_a 随

图 3-29　用谐振振幅进行鉴频

调频波频率而近似线性变化,调频波 e_f 的频率却和测量参数保持近似线性关系。因此,把 e_a 进行幅值检波就能获得测量参数变化的信息,且保持近似线性关系。

三、模拟滤波器的应用

模拟滤波器在测试系统或专用仪器仪表中是一种常用的变换装置。例如,带通滤波器用作频谱分析仪中的选频装置;低通滤波器用作数字信号分析系统中的抗频混滤波;高通滤波器被用于声发射检测仪中的剔除低频干扰噪声;带阻滤波器用作电涡流测振仪中的陷波器,等等。

用于频谱分析装置中的带通滤波器可根据中心频率与带宽之间的数值关系分为两种:一种是带宽 B 不随中心频率 f_0 而变化,称为恒带宽带通滤波器,如图 3-30a 所示,其中心频率处在任何频段上时,带宽都相同;另一种是带宽 B 与中心频率 f_0 的比值是不变的,称为恒带宽比带通滤波器,如图 3-30b 所示,其中心频率越高,带宽也越宽。

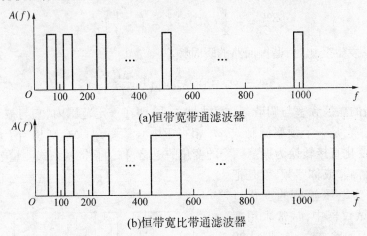

(a)恒带宽带通滤波器

(b)恒带宽比带通滤波器

图 3-30　恒带宽带通滤波器与恒带宽比带通滤波器比较

一般情况下,为使滤波器在任意频段都有良好的频率分辨力,可采用恒带宽带通滤波器。所选择带宽越窄,频率分辨力越高,但这时为覆盖所要检测的整个频率范围,所需要的滤波器数量就很大。因此,恒带宽带通滤波器不一定做成固定中心频率的,而是利用一个参考信号,使滤波器中心频率跟随参考信号的频率而变化。在做信号频谱分析的过程中,参考信号是由可做频率扫描的信号发生器供给的。这种可变中心频率的恒带宽带通滤波器被用于相关滤波和扫描跟踪滤波中。

恒带宽比带通滤波器被用于倍频程频谱分析仪中。这是一种具有不同中心频率的滤波器组,为使各个带通滤波器组合起来后能覆盖整个要分析的信号频率范围,其中心频率与带宽是按一定规律配置的。

假若任一个带通滤波器的下截止频率为 f_{C1},上截止频率为 f_{C2},令 f_{C2} 与 f_{C1} 之间的关系为

$$f_{C2} = 2^n f_{C1}$$

式中,n 值称为倍频程数,若 $n=1$,称为倍频程滤波器;若 $n=1/3$,则称为 1/3 倍频程滤波器。滤波器的中心频率 f_0 取几何平均值,即

$$f_0 = \sqrt{f_{C1} f_{C2}}$$

根据上述两式,可以得到

$$f_{C1} = 2^{-\frac{n}{2}} f_0, \quad f_{C2} = 2^{\frac{n}{2}} f_0$$

则滤波器带宽

$$B = f_{C2} - f_{C1} = (2^{\frac{n}{2}} - 2^{-\frac{n}{2}})f_0$$

或者用滤波器的品质因数 Q 值来表示,即

$$\frac{1}{Q} = \frac{B}{f_0} = 2^{\frac{n}{2}} - 2^{-\frac{n}{2}}$$

因此,倍频程滤波器 $n = 1$,$Q = 1.41$;$n = 1/3$,$Q = 4.38$;$n = 1/5$,$Q = 7.2$。倍频数 n 值越小,则 Q 值越大,表明滤波器分辨力越高。

  为了使被分析信号的频率成分不致丢失,带通滤波器组的中心频率是倍频程关系,同时带宽又需是邻接式的,通常的做法是使前一个滤波器的 $-3\mathrm{dB}$ 上截止频率与后一个滤波器的 $-3\mathrm{dB}$ 下截止频率相一致,如图 3-31 所示。这样的一组滤波器将覆盖整个频率范围,称之为"邻接式"。

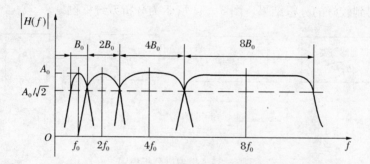

图 3-31 带通滤波器的邻接

  图 3-32 表示了邻接式倍频程滤波器,方框内数字表示各个带通滤波器的中心频率,被分析信号输入后,输入、输出波段开关顺序接通各滤波器,如果信号中有某带通滤波器通频带成分,那么就可以在显示、记录仪器上观测到这一频率成分。

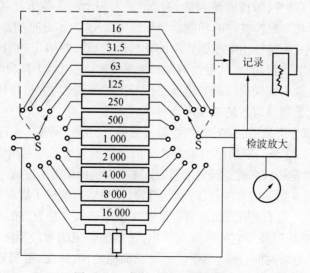

图 3-32 邻接式倍频程滤波器

四、模拟频谱分析

以随机信号的功率谱分析为例。若将信号 $x(t)$ 通过一个中心频率为 f_0、带宽为 B 的带通滤波器后的输出为 $x(f_0,B,t)$，则输出信号在样本长度 T 区的平均功率为

$$\frac{1}{T}\int_0^T x^2(f_0,B,T)\,\mathrm{d}t$$

那么随机信号 $x(t)$ 在 $f = f_0$ 点的自功率谱密度可写为

$$G_x(f_0) = \lim_{T\to\infty,B\to 0}\frac{\dfrac{1}{T}\displaystyle\int_0^T x^2(f_0,B,T)\,\mathrm{d}t}{B}$$

改变滤波器的中心频率，在给定的频率范围内扫描(频率扫描)，就可以得出被分析信号的频谱。

实际分析时，样本长度 T 取有限长度，B 为有限带宽。在信号比较平稳时，滤波器带宽 B 较小，可以得到较好的分析结果。图 3-33 所示为分析系统框图。

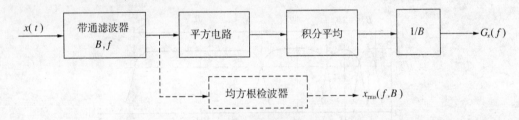

图 3-33　模拟谱分析框图

当使用恒带宽中心频率连续可调带通滤波器时，最后一个除以恒带宽的过程只是一个比例变换和幅值标定的问题。如果使用等比例带宽中心频率连续可调带通滤波器，随着滤波器中心频率的增加，带宽呈比例增加，就必须进行带宽补偿。使用中频率连续可调带通滤波器可以得出连续的自谱。

在大多数测试仪器中，带通滤波器的输出是进入一个称为均方根检波器的电路，如图 3-33 中虚线所示。均方根检波器的功能相当于信号的平方、积分平均及平方根运算。在连续的频率扫描过程中，系统输出电压随频率的变换即为滤波器输出的窄带信号的均方根幅值谱。在经带宽补偿后就是随机信号的有限傅里叶变换，它相当于自功率谱。

对于周期信号，频率扫描得出的频谱就是信号的幅值谱(均方根幅值谱)。为了区分频率相邻近的频谱线，带通滤波器的带宽应当很小。

瞬变信号的模拟分析常用的方法是所谓重复脉冲分析法。其基本原理是将瞬变信号按一周期延拓为周期信号，这个周期信号的离散频谱的包络线就表示原始瞬变信号的连续频谱。即离散谱的幅值除以延拓频率就是瞬变信号的该频率点的幅值谱密度值。在信号分析实践中常常使用环形磁带记录瞬变信号，回放时，瞬变信号循环输出就成了周期延拓信号，其延拓周期是循环回放周期 T。为了使所得离散谱有足够的分辨率，要求滤波器的带宽 $B<1/T$。

由于滤波器的响应时间与它的带宽成反比，选用窄带宽的滤波器能得到比较精细的频谱，同时需要较长的分析时间，也就需要信号是长而稳定的;反之，若要进行快速分析，只能选用带宽较宽的滤波器，得到较为概略的频谱。实际分析中往往必须在分析精度和分析时间之间进行权衡。

习　题　3

3-1　以阻值 $R = 120\Omega$、灵敏度 $S = 2$ 的电阻丝应变片与阻值为 120Ω 的固定电阻组成电桥,供桥电压为 3V,并假定负载电阻为无穷大,当应变片为 $2\mu\varepsilon$ 和 $2000\mu\varepsilon$ 时,分别求出单臂、双臂电桥的输出电压,并比较两种情况下的灵敏度。

3-2　有人在使用电阻应变仪时,发现灵敏度不够,于是试图在工作电桥上增加电阻应变片数以提高灵敏度。试问,在下列情况下,是否可提高灵敏度? 说明原因。

①半桥双臂各串联一片。

②半桥双臂各并联一片。

3-3　为什么在动态应变仪中除了设有电阻平衡旋钮外,还设有电容平衡旋钮?

3-4　用电阻应变片接成全桥,测量某一构件的应变,已知其变化规律为

$$\varepsilon(t) = A\cos10t + B\cos100t$$

如果电桥激励电压

$$u_0 = E\sin10000t$$

试求此电桥的输出信号频谱。

3-5　已知调幅波

$$x_a(t) = (100 + 300\cos2\pi f_\Omega t)(\cos2\pi f_C t)$$

其中 $f_C = 10\text{kHz}$,$f_\Omega = 500\text{ Hz}$。

①试求 $x_a(t)$ 所包含的各分量的频率及幅值。

②绘出调制信号与调幅波的频谱。

3-6　调幅波是否可以看成是载波与调制信号的叠加? 为什么?

3-7　试从调幅原理说明,为什么 Y6D3A 型动态应变仪的电桥激励电压频率为10 kHz,而工作频率为 $0 \sim 1500$ Hz?

3-8　什么是滤波器的分辨力? 与哪些因素有关?

3-9　已知 RC 低通滤波器(图3-17),$R = 1\text{ k}\Omega$,$C = 1\ \mu\text{F}$。

①试确定该滤波器的 $H(s)$、$H(f)$、$A(f)$、$\phi(f)$。

②输入信号 $u_x = 10\sin1000\ t$,求输出信号 u_y,并比较其与输入信号的幅值及相位关系。

3-10　已知低通滤波器的频率特性为 $H(f) = 1/(1 + \text{j}2\pi f\tau)$,式中 $\tau = 0.05\text{s}$,当输入信号

$$x(t) = 0.5\cos10t + 0.2\cos(100t - 45°)$$

时,求其输出 $y(t)$,并比较 $y(t)$ 与 $x(t)$ 的幅值与相位有何区别。

3-11　试用一阶惯性环节对阶跃输入的响应特性和所取“稳定时间”讨论低通滤波器的带宽 B 和建立时间 T_e 的关系。

3-12　若将高、低通网络直接串联如题图3-1所示,问是否能组成带通滤波器? 请写出网络的传递函数,并分析其幅、相频率特性。

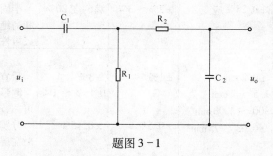

题图 3-1

第四章　常见工程量测试

机械工程中,常用工程量有位移、速度、力、压力、振动、噪声和温度等。本章分别介绍这些物理量的测试方法。实际测试时,既要选择合适的传感器,又要选择正确的测试系统。

第一节　位移测量

位移包括线位移和角位移,是工程中最基本的量。这不仅因为工程中常需要精确确定零部件位移、位置和尺寸,而且有许多机械量如压力、力、扭矩等的测量常转换为位移来测量。

位移是向量,因此,必须确定其大小和方向。在测量时应注意测量方向和被测位移方向间的关系。

一、常用位移传感器

测量位移的方法很多,因而形成多种位移传感器,并且不断向小型化、数字化和智能化方向发展。

按所测位移量大小来分,一般分为大位移测量和微小位移测量。表4－1列出常用位移传感器的主要特点和使用性能。本节只介绍计量光栅和一些角位移传感器,其余未介绍的传感器请读者参考第一章或其他有关资料。

表4－1　位移传感器一览表

	型　式		测量范围	精确度	线性度	特　点
电阻式	滑线式	线位移	$1 \sim 300$ mm*	$\pm 0.1\%$	$\pm 0.1\%$	分辨率较好,可用于静态或动态测量,机械结构不牢固
		角位移	$0° \sim 360°$	$\pm 0.1\%$	$\pm 0.1\%$	
	变阻器	线位移	$1 \sim 1000$ mm*	$\pm 0.5\%$	$\pm 0.5\%$	结构牢固、寿命长,但分辨率差、电噪声大
		角位移	$0 \sim 60$ 转	$\pm 0.5\%$	$\pm 0.5\%$	
应变式	非粘贴		$\pm 0.15\%$ 应变	$\pm 0.1\%$	$\pm 1\%$	不牢固
	粘贴		$\pm 0.3\%$ 应变	$\pm 2\% \sim 3\%$		
	半导体		$\pm 0.25\%$ 应变	$\pm 2\% \sim 3\%$	满刻度20%	牢固、使用方便,需温度补偿和高绝缘电阻输出幅值大,温度灵敏性高
电感式	自感式变气隙型		± 0.2 mm	$\pm 1\%$	$\pm 3\%$	只宜用于微小位移测量
	螺管型		$1.5 \sim 2$ mm		$0.15\% \sim 1\%$	测量范围较前者宽,使用方便可靠,动态性能较差
	特大型		$300 \sim 2000$ mm*			分辨率好,受到杂散磁声干扰时需屏蔽
	差动变压器		$\pm 0.08 \sim 75$ mm*	$\pm 0.5\%$	$\pm 0.15\%$	

（续表 4 - 1）

型　式		测量范围	精确度	线性度	特　　点
电感式	涡电流式	$\pm 2.5 \sim \pm 250$ mm*	$\pm 1\% \sim 3\%$	$<3\%$	分辨率好，受被测物体材料、形状、加工质量影响
	同步机	$360°$	$\pm 0.1 \sim \pm 7°$	$\pm 0.5\%$	可在 1200 r/min 的转速下工作，坚固，对温度和湿度不敏感
	微动同步器	$\pm 10°$	$\pm 1\%$	$\pm 0.05\%$	线性误差与变压比和测量范围有关
	旋转变压器	$\pm 60°$		$\pm 0.1\%$	
电容式	变面积	$10^{-3} \sim 100$ mm*	$\pm 0.005\%$	$\pm 1\%$	介电常数受环境湿度、温度的影响
	变间距	$10^{-3} \sim 10$ mm*	1%		分辨率很好，但测量范围很小，只能在小范围内近似地保持线性
	霍尔元件	± 1.5 mm	0.5%		结构简单，动态特性好
感应同步器	直线式	$10^{-3} \sim 10\,000$ mm*	2.5μm/250mm		模拟和数字混合测量系统，数字显示（直线式感应同步器的分辨率可达 1μm）
	旋转式	$0 \sim 360°$	± 0.5		
计量光栅	长光栅	$10^{-3} \sim 10\,000$ mm*（还可接长）	3μm/1m		模拟和数字混合测量系统，数字显示（长光栅分辨率 0.1 ～ 1μm）
	圆光栅	$0 \sim 360°$	± 0.5 角秒		
磁栅	长磁栅 圆磁栅	$10^{-3} \sim 10\,000$ mm* $0 \sim 360°$	5μm/1m ± 1 角秒		测量时工作速度可达 12m/min
角度编码器	接触式	$0 \sim 360°$	10^{-6} rad		分辨率好，可靠性高
	光电式	$0 \sim 360°$	10^{-8} rad		

　* 　系指这种传感器形式能够达到的最大可测位移范围，而每一种规格的传感器有一定的工作量程，往往小于此范围。

二、光栅数字位移传感器

　　光栅是一种基体材料上刻制有等间距条纹的光学元件。用于位移测量的光栅按照光路可分为透射光栅和反射光栅；按结构形式可分为长光栅和圆光栅。

　　透射光栅如图 4 - 1 所示。放大图中 a 为刻线宽度，b 为缝隙宽度，$a + b = W$ 称为光栅栅距（或光栅常数）。一般 $a = b$，也可做成 $a : b = 1.1 : 0.9$，刻线密度一般为 10,25,50,100 条/mm。

　　光栅传感器（又称光栅读数头）的基本组成如图 4 - 1c 所示。使用时，指示光栅与标尺光栅之间有微小的空隙 d（$d = W^2 / \lambda$，λ 为有效光波长），将其中一片固定，另一片随被测物体移动。

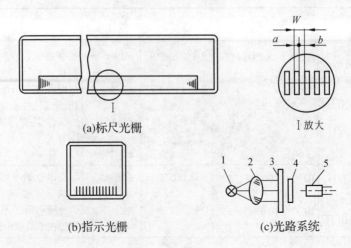

(a)标尺光栅　　　　　　　　Ⅰ放大

(b)指示光栅　　　　　(c)光路系统

图 4-1　透射光栅示意图

1—光源;2—聚光镜;3—标尺光栅;4—指示光栅;5—光电元件

光栅位移传感器具有较高的分辨率(0.1 μm)、测量范围大和动态范围宽等优点,易于实现数字测量和自动控制,广泛用于数控机床和精密测量中。但它在工业现场使用时,要求密封,以防止油污、尘埃和铁屑的污染。

(一)测量原理

当指示光栅与标尺光栅的线纹相交一个微小的夹角时,由于挡光效应(刻线密度≤50 条/mm 的光栅)或光的衍射作用(刻线密度≥100 条/mm 的光栅),在两线纹夹角的等分线上产生明暗相间的条纹,这些条纹称为"莫尔条纹",如图4-2所示。

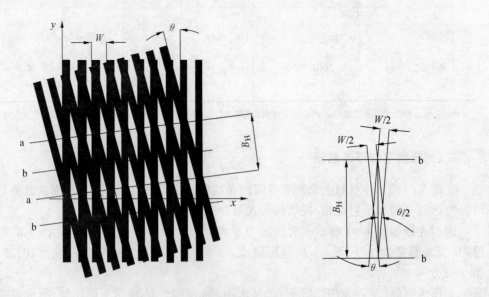

图4-2　光栅莫尔条纹的形成

$a-a$—亮条纹;$b-b$—暗条纹

莫尔条纹有如下重要特点:

①莫尔条纹由光栅的大量刻线共同形成,能在很大程度上消除由于线纹的刻线误差所引起的短周期误差影响。

②当两光栅沿刻线的垂直方向作相对移动时,莫尔条纹在刻线方向移动。当两光栅相对移动一个栅距 W 时,莫尔条纹移动一个间距 B_H,其固定点的光强变化一个周期。

③莫尔条纹的间距 B_H 与两光栅线纹夹角 θ(单位 rad)之间关系为

$$B_H = \frac{W}{2\sin\dfrac{\theta}{2}} \approx \frac{W}{\theta} \qquad (4-1)$$

由上式可见,θ 愈小,则 B_H 愈大,相当于把栅距放大了 $1/\theta$ 倍。

通过光电元件,可将莫尔条纹移动时光强的变化转换成近似于正弦变化的电信号,如图 4-3b 所示。其电压

$$U = U_0 + U_m\sin\frac{2\pi x}{W} \qquad (4-2)$$

式中,U_0 为输出信号的直流分量;U_m 为输出信号幅值;x 为两光栅的相对位移。

将此电压信号放大、整形变为方波,经微分转换成脉冲信号,再经辨向电路和可逆计数器计数,则可用数字形式显示出位移量,位移量等于脉冲数与栅距的乘积。测量分辨率等于栅距。

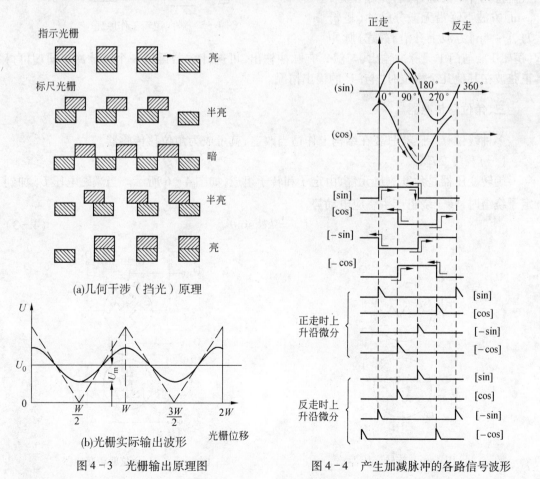

(a)几何干涉（挡光）原理

(b)光栅实际输出波形

图 4-3 光栅输出原理图

图 4-4 产生加减脉冲的各路信号波形

（二）细分与辨向

提高测量分辨率的常用方法是细分，且电子细分应用较广。将图 4-1c 中光电元件改为两个，两元件相隔 1/4 莫尔条纹间距，当光栅相对移动时，这两个光电元件感应出的电压波形相位差为 90°，如图 4-4 中的（sin）和（cos）信号，再将（sin）和（cos）信号整形和反相，就可得到 4 个依次相差为 90°的方波［sin］、［cos］、［-sin］和［-cos］，经微分后就可在光栅相对移动一个栅距的位移（即电压波形在一个周期内）时，得到 4 个计数脉冲，将分辨率提高 4 倍，这就是通常说的电子 4 倍频细分。

将图 4-4 的方波与脉冲经逻辑组合，就可把光栅正走引起脉冲（正脉冲）和光栅反走引起脉冲（负脉冲）送到可逆计数器计数，计算结果能准确反映光栅的位移和方向。例如，在正弦波经过 0°的瞬间，［cos］方波处于高电平（逻辑 1）。若光栅正走，［sin］方波上升沿经微分得到一个脉冲（逻辑 1），［-sin］方波下降沿无微分脉冲（逻辑 0），图 4-5 中与门 1 有脉冲输出（［sin］方波微分与［cos］方波相与），与门 2 无脉冲输出（［-sin］方波微分与［cos］方波相与），可逆计数器得到一个加脉冲；若光栅反走，［sin］方波下降沿无微分脉冲（逻辑 0），［-sin］方波上升沿有微分脉冲

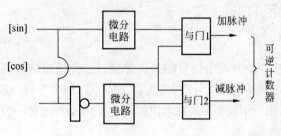

图 4-5　辨向逻辑工作原理

（逻辑 1），与门 1 无脉冲输出，与门 2 有脉冲输出，可逆计数器得到一个减脉冲。同理可得正弦波在其他几个相位时"与门"的输出情况。

三、角位移传感器

多种线位移传感器只要在结构上作适当改造，就可成为角位移传感器。

（一）旋转变压器

旋转变压器是角度测量元件，由定子和转子组成，如图 4-6 所示。当激磁电压 U_1 加到定子绕组时，转子绕组产生感应电动势

$$U_2 = kU_1\sin\theta \qquad\qquad (4-3)$$

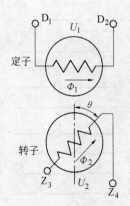

图 4-6　旋转变压器

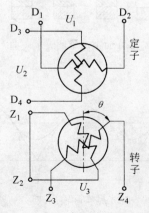

图 4-7　正、余弦旋转变压器

式中,k 为旋转变压器转子、定子绕组的匝数比,$k = N_1/N_2$。

　　旋转变压器为了使输出电压按正弦规律变化,在设计与制造时保证定子与转子之间空气气隙内磁通分布符合正弦规律。当转子绕组加上负载时,其绕组输出电路中便有正弦感应电流通过,使定子与转子间气隙中磁通畸变,影响输出电压的正弦性。为了克服此缺点,通常采用正、余弦旋转变压器,如图 4-7 所示。正、余弦旋转变压器定子上有励磁绕组和辅助绕组,它们的轴线互成 90°。转子上也有两个互成 90° 的输出绕组,一般将其中一个绕组(如 Z_1、Z_2)短接,当定子绕组用两相位差 90° 的电压激磁时,有 $U_1 = U_m\sin\omega t$,$U_2 = U_m\cos\omega t$,由式(4-3)得转子绕组输出电压

$$U_3 = kU_1\sin\theta + kU_2\sin(90° + \theta)$$
$$= kU_m\cos(\omega t - \theta) \tag{4-4}$$

可见,测得转子绕组感应电压的幅值和相位,可间接得到转子转角 θ 的变化。

　　线性旋转变压器按图 4-8 接线,此时输出电压

$$U_3 = \frac{kU_1\sin\theta}{1 + k\cos\theta} \tag{4-5}$$

当 $k = 0.5$ 时,在 $\theta \leqslant 34.7°$ 的范围内,输出电压 U_3 与转角 θ 之间保持线性关系;当 $k = 0.54$ 时,若线性误差不超过 $\pm 0.1\%$,转角范围可扩大到 $\pm 60°$。

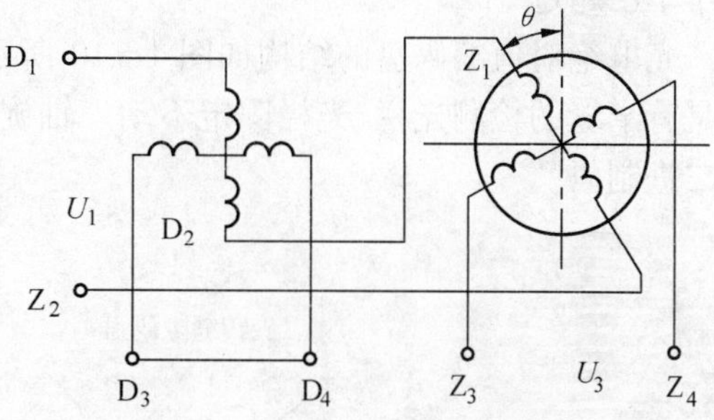

　　旋转变压器结构简单,动作灵敏,对环境无特殊要求,维护方便,输出信号幅值大,抗干扰性强,广泛用于数控技术检测中。

(二)脉冲编码盘

　　编码盘是角位移检测元件,按工作原理分为接触式、光电式和电磁式等;按编码方式分为增量式和绝对式两种。

图 4-8　线性旋转变压器原理图

1. 增量式编码盘

　　光电式增量编码盘的结构原理如图 4-9a 所示。固定在转轴上的窄缝圆盘均匀地刻有许多径向直线,刻线宽度与两根刻线之间间隔宽度相等。经铬蒸镀处理后刻线不透光,而刻线间的间隙透光。玻璃制成的检测圆盘不动,与窄缝圆盘相隔一很小间隙,它沿径向有两个小的刻线区,每个小刻线区内的刻线情况与窄缝圆盘刻线相同,两个小刻线区之间错开 1/2 刻线宽度(即 1/4 周期)。其目的是使两个光电池输出信号的相位相差 90°,检测盘与圆盘的配置如图 4-9b 所示。窄缝圆盘随轴一起转动时,光源发出的光投射到窄缝圆盘与检测圆盘上。当窄缝圆盘上的刻线正好与检测圆盘上的间隙对齐时,光线被全部遮住,光电变换器输出电压为最小;当窄缝圆盘上的刻线正好与检测圆盘上的刻线对齐时,光线全部通过,光电变换器输出电压为最大。窄缝圆盘每转过一个刻线周期,光电变换器将输出一个近似的正弦波电压,且光电变换器 A、B 的输出电压相位差为 90°。经逻辑电路处理就可以测出被测轴的相对转角和转动方向,其逻辑处理和输出波形与光栅相似。

　　增量式编码盘的输出只能反映两次读数之间转轴的角位移增量。若需测轴的转速,需

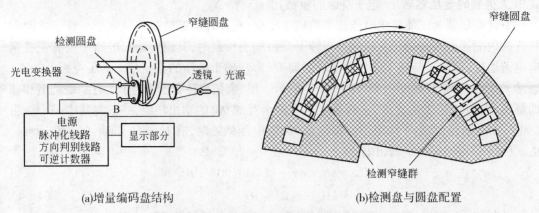

(a)增量编码盘结构　　　　　　　　　　(b)检测盘与圆盘配置

图4-9　光电式增量编码盘的结构原理图

要一个时间基准,记下单位脉冲时间内的脉冲数。

2. 绝对值编码盘

绝对值编码盘是用读取轴上码盘的图案来表示轴的位置。以光电编码盘应用较多,其分辨率已超过$2\pi/2^{20}$。

光电绝对值编码盘的结构如图4-10所示。轴上安装带有图案的绝对码盘,与它对应的是有窄缝的检测光栏,光栏固定不动。轴旋转时,对应不同的角位置,感光元件输出不同的二进制码。

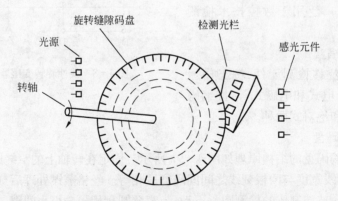

图4-10　光电绝对值编码盘的结构图

(1)二进制光码盘

四位二进制光码盘如图4-11所示。最外层的图案为低位道码,靠盘中心为高位道码。黑色部分表示高电平"1"(实际此部分是挖掉的),白色部分表示低电平"0"(这部分遮断光源)。在OA直线上每一码道设置一个光源。待测的角位移可由各个码道上的二进制数表示,如OB直线上所代表的二进制码为"0010",它表示轴的绝对角位移。

四位二进制码盘能分辨的最小角度

$$\theta = \frac{360°}{2^n} \tag{4-6}$$

式中,n为码盘的码道数(图4-11中,$n=4$)。

　　二进制码盘虽然很简单,但有可能出现非单值性,如在直线 OA 上,二进制码可能出现"0011"或"0100"等多种数码。为了避免这种误差产生,可以采用循环码盘。

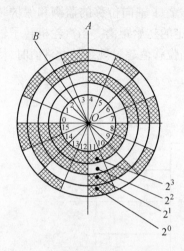

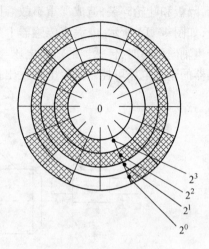

　　图 4-11　四位二进制光码盘　　　　　　　　　　　图 4-12　循环码盘

　　(2)循环码盘(格雷码盘)

　　循环码盘的特点是相邻两个数码之间只有一位数的变化,因此,产生的误差最多只是最低的一位数。循环码盘如图 4-12 所示。

四、位移测量实例

　　(一)机床主轴径向跳动的测量

　　机床主轴径向跳动测量系统如图 4-13 所示,在主轴端部粘结一个精密钢球 2,球的中心与主轴回转轴线略有偏心 e(由摆动盘 1 进行调整),在球的横向互相垂直的位置上安装两个位移传感器 3 和 6,并与钢球保持一定间隙,如果钢球是绝对圆的,主轴回转无误差,则示波器将显示一个以偏心 e 为半径的真圆;反之,若主轴旋转存在径向圆跳动,则其跳动量叠加到球心所作圆周运动上。包容该图形半径为最小的两个同心圆的半径差,即为主轴回转轴线径向圆跳动。

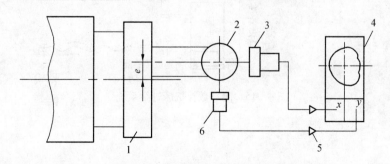

图 4-13　机床主轴径向跳动测量系统

1—摆动盘;2—精密钢球;3,6—位移传感器;4—示波器;5—放大器

（二）汽轮机监测

汽轮机在启停和运行中,如果转子轴推力轴瓦已烧坏,则转子就要发生前后窜动,因而引起转子轴的轴向位移增大,使汽轮机内部动、静部件间发生摩擦和碰撞,导致大批叶片折断,隔板和叶轮碎裂,造成严重事故。因此,一般汽轮机都设置了轴向位移的监测和保护装置,如图4-14所示,电涡流传感器1与转子轴端面保持一定的初始距离。当汽轮机转子轴产生轴向位移时,传感器的输出电压与轴向位移成比例。当位移值超过规定的允许值时,传感器的输出电压可控制报警电路发出报警信号。

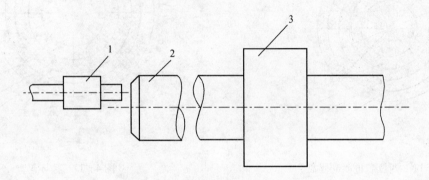

图4-14　汽轮机转子轴推力轴瓦监测
1—电涡流传感器;2—转子轴;3—推力轴瓦

（三）闭环数控机床

闭环数控机床的进给系统如图4-15所示,比较器将位移指令与位移传感器测得的实际位移信号进行比较,将其差值根据进给速度的要求按一定规律进行转换后,得到进给伺服系统的速度指令。与此同时,速度传感器测得伺服电机转速,得到速度反馈信号,与速度指令相比较,即得速度误差信号,对伺服电机的转速随时进行校正,提高进给系统的位置精度。

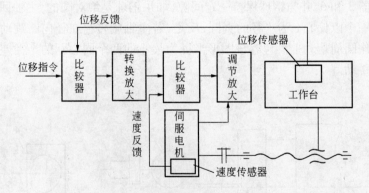

图4-15　闭环数控机床进给系统

第二节　速度测量

运动速度是衡量物体运动状况的一项重要指标,也是描述物体振动的重要参数。速度可分为线速度和角速度,或分为瞬时速度和平均速度。瞬时速度测量要求测出速度的时间历程,平均速度测量要求测定平均时间内指定对象移动的距离。

一、线速度测量

常用速度传感器有磁电式速度传感器。

(1)直接用速度传感器测量。在金属切削过程颤振的监测、预报和控制系统中,可通过对工件的振动位移和顶尖振动速度进行监测,从中找到颤振将要产生的信息,并及时控制主轴切削速度和刀具走刀量,以便抑制颤振过程的发生,其原理如图4-16所示。其微机在线信号分析系统对位移、速度信号分析处理后,以图像或文字形式表达出来,以便观察。

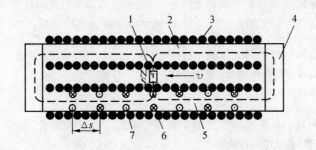

图4-16　金属切削过程颤振的监测、识别与控制系统
1—永久磁铁;2,5—铁心;3,6—速度线圈;4—磁轭;7—位移线圈

(2)用定距测量法测量。最简单的方法是用示波器同时记录位移、时间脉冲信号,如图4-17所示,其中图4-17a是测试系统框图,图4-17b所示为光线示波器在记录纸上的记录结果。曲线1是位移脉冲信号,每个脉冲等价于线位移 Δx;曲线2是时间脉冲信号(即时标),时标周期为 t_0。若与位移 Δx 对应的时标脉冲数为 n,则其平均速度 $v = \dfrac{\Delta x}{nt_0}$。

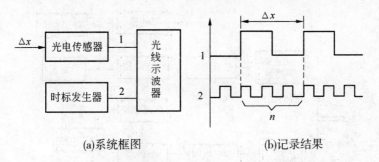

(a)系统框图　　　　　　　　(b)记录结果
图4-17　定距测量法测试系统框图及记录结果示意图

此外,还可用多普勒测速方法和本书在第五章第八节介绍的相关测速方法。

二、角速度测量

角速度(转速)的测量,最早以机械式和直接发电式方法居多。目前数字脉冲式发展为主流,机械式已少用。常用的转速测量方法列于表4－2。

表4－2　常用转速测量方法

类　型		测量方法	适用范围	特　点	测速仪
测速发电机	直流	激磁一定,发电机输出电压与转速成正比	中、高速,最高达 10 000 r/min	可远距离指示	交、直流测速发电机
	交流				
磁电式		转轴带动磁性体旋转产生计数电脉冲,其脉冲数与转速成比例	中、高速,最高达 48 000 r/min	机构较复杂,精度高	数字式磁电转速计
光电式		利用转动圆盘的光线使光电元件产生电脉冲	中、高速,最高达 48 000 r/min	没有扭矩损失,机构简单	光电脉冲转速计
同步闪光式		用已知频率的闪光来测出与旋转体同步的频率(即旋转体转速)	中、高速	没有扭矩损失	闪光测速仪
旋转编码盘		把码盘中反映转轴位置的码值转换成电脉冲输出	低、中、高速	数字输出,精度高	光电式码盘

数字式转速测量系统原理结构如图4－18所示。这里使用数字测速测频法:给定标准时间测得旋转角度,它包括时基电路、计数控制器和计数器三个基本环节。时基电路提供时间基准(0.1s,1s,2s,…)。由时基调节后得到所需的时间基准,通过控制电路,得到相应的控制指令,用来控制门电路开关。门电路打开,计数器对传感器输出信号进行计数;门电路关闭时,计数停止;其结果由数码管显示。

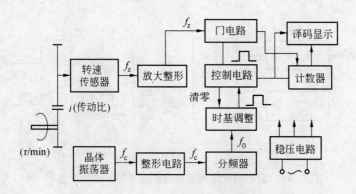

图4－18　数字式转速测量系统原理结构图

第三节　力与压力测量

　　力的作用使物体改变运动状态或使物体产生变形，它是衡量设备负荷状况或运动原因的物理量。在机械加工、材料性能、设备性能和状态监测中常要测量力，这里主要介绍动态力的测量。

　　压力是单位面积承受的力，又称压强。这里只介绍流体压力测量。流体压力是液压、气压传动中很重要的参数。

一、力的测量

　　测力传感器种类很多，按工作原理可分为弹性式、电阻应变式、电感式、电容式、压电式和磁电式等。而电阻应变式和压电式测力传感器应用较广泛。

（一）电阻应变式测力仪

　　电阻应变式测力仪具有精度高、频率响应好、测力范围宽、简便等优点，且有静态和动态两种形式。

　　电阻应变式测力仪原理如图4-19所示。力作用于弹性元件上，使其产生应变，贴在弹性元件的应变片的电阻将发生变化，由电桥调制输出电压信号，经放大，相敏检波、滤波之后，送A/D采样，变换成数字量显示出来。应变仪一般都要温度补偿。下面对弹性元件和电桥作简单介绍。

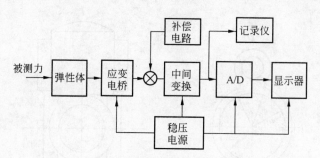

图4-19　电阻应变式测力仪原理图

1. 弹性元件

　　弹性元件是电阻应变测力仪的重要组成部分，它直接影响电阻应变测力仪的测量精度和测量范围。弹性元件结构形式很多，主要有柱式、梁式、环式及轮辐式等。

　　柱式弹性元件有圆柱形、圆筒形等几种，如图4-20a、b所示。其受力后，产生应变

$$\varepsilon = \frac{F}{AE} \tag{4-7}$$

式中，F 为作用力；E 为弹性体材料的弹性模量；A 为弹性体的横截面积。

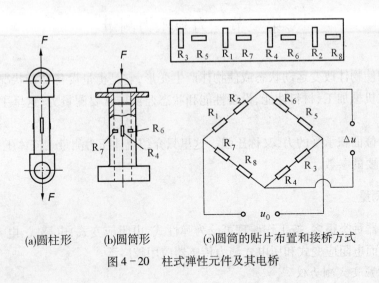

(a)圆柱形　　(b)圆筒形　　(c)圆筒的贴片布置和接桥方式

图4-20　柱式弹性元件及其电桥

薄壁圆环形弹性元件如图4-21所示,图4-21b所示为纯圆环,图4-21a所示为带刚性部分圆环,图中φ_0角对应等厚度部分的AB段弧。φ角对应处截面应变

$$\varepsilon = \frac{1}{EW} \frac{FR_0}{2} \left(\frac{\sin\varphi_0}{\varphi_0} - \cos\varphi \right) \tag{4-8}$$

式中,W为圆环抗弯截面模量;R_0为环的平均半径。

以$\varphi = \varphi_0$和$\varphi = 0$代入式(4-8),可分别得到A、B两截面的应变。

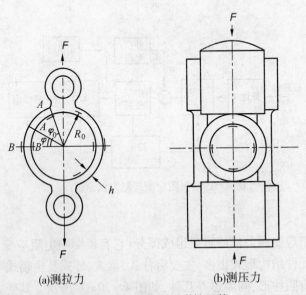

(a)测拉力　　　　　　(b)测压力

图4-21　薄壁环形弹性元件

梁型按其支承情况,又分悬臂梁式和两端固定梁式两种,如图4-22所示。

悬臂梁如图4-22a所示,在x方向截面处的应变值

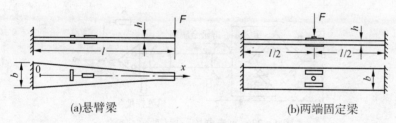

(a)悬臂梁　　　　　　　　　　　(b)两端固定梁

图 4 - 22　梁型弹性元件

$$\varepsilon_x = \frac{6F(l-x)}{Ebh^2} \tag{4-9}$$

两端固定梁如图 4 - 22 b 所示,在中心处的应变值

$$\varepsilon = \frac{3Fl}{4Ebh^2} \tag{4-10}$$

式中,l 为梁的长度;b 为梁的宽度;h 为梁的厚度。

悬臂梁式结构简单,灵敏度高,但量程小,线性度差,适用于小量程而精度不高的场合。

由式(4 - 7)、式(4 - 8)和式(4 - 9)可知,只要弹性元件的尺寸和材料确定后,弹性元件在外力作用下所产生的应变与外力成正比。

'2. 应变片的布置和接桥方式

应变片的布置和接桥方式,对提高传感器的输出灵敏度和消除有害因素的影响有很大关系。根据电桥的加减特性和弹性元件的受力性质,在贴片位置许可的情况下,贴 4 ～ 8 片应变片,其位置应在弹性元件应变最大的地方。

对于圆柱或圆筒断面,通常在贴片断面处沿圆周方向每隔 90°或 45°贴一片竖向片和横向片,其间隔如图 4 - 20 所示;对于薄壁圆环,通常贴在对称的 $B - B$ 断面的内外表面顺圆周方向或贴在 $A - A$ 断面的内表面,如图 4 - 21 所示;对于悬臂梁,如果是等强度梁,则在梁的任意便于贴片的断面上沿梁的长度方向上下各贴一片或两片,对于两端固定梁,则在中间加力的位置上下沿长度方向贴片,如图 4 - 22 所示。

接桥方式应根据应变片的多少、应变引起的电阻变化的符号、传感器灵敏度的大小以及消除有害因素影响的要求而定,常接成全桥。为了提高电桥的灵敏度,在相邻桥臂中贴上符号相反的应变片,如图 4 - 20c 所示。若要消除有害因素的影响,如温度影响,可将影响应变符号相同的应变片贴在相邻的桥臂中。

在此必须指出的是,电阻应变仪的供桥电压有直流和交流两种,而采用直流电源时,干扰的影响是不可忽略的。电干扰信号来自电桥相邻的载流导体的电磁场。为了抑制干扰,常采用如下措施:

(1)电桥的信号引出线须用双芯屏蔽线;

(2)屏蔽线的屏蔽金属网应当与电源至电桥的负接线端相联结,并与放大器的"机壳地"隔离,如图 4 - 23 所示;

(3)放大器应具有高共模抑制比,电桥两根双芯屏蔽线上的干扰信号在放大器的输出端相互抵消。

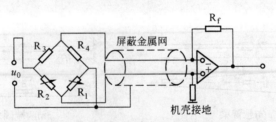

图 4 - 23　直流电桥干扰信号的抑制

（二）压电式测力方法

压电式测力传感器用于动态的力测量。三向压电式测力传感器的结构如图 4 - 24 所示。可以用来测 x、y、z 三个方向的作用力。它有三对石英晶体片，中间一对是纵向压电晶体，感受 z 方向的作用力 F_z；而上下两对是厚度切变变形压电晶体，分别感受 x 方向的作用力 F_x 和 y 方向的作用力 F_y。三块叠在一起，再接上三套测量电路，即成了三向压电式测力传感器。

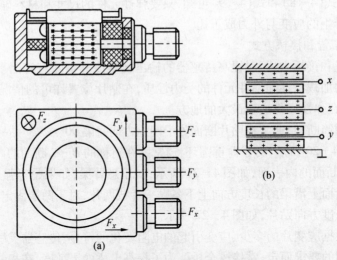

图 4 - 24　三向压电式测力传感器

二、压力的测量

常用压力测量方法有静重比较法和弹性变形法。前者多用于各种压力测量装置的静态定标，而后者是构成各种压力计和压力传感器的基础。弹性变形法依靠弹性敏感元件，在被测压力作用下，产生弹性变形（位移或应变），再通过放大机构或转换装置输出电压。

（一）弹性元件

常用的弹性元件有薄膜片、波纹管、波登管，其性能见表 4 - 3。

表 4-3　各种弹性元件的性能

类别	名称	示意图	测量范围 MPa 最小	测量范围 MPa 最大	输出量特性	动态性质 时间常数 s	动态性质 自振频率 Hz
薄膜式	平薄膜		$0\sim10^{-1}$	$0\sim10^{3}$		$10^{-5}\sim10^{-2}$	$10\sim10^{4}$
	波纹膜		$0\sim10^{-5}$	$0\sim10$		$10^{-2}\sim10^{-1}$	$10\sim100$
	挠性膜		$0\sim10^{-7}$	$0\sim1$		$10^{-2}\sim1$	$10\sim100$
波纹管式	波纹管		$0\sim10^{-3}$	$0\sim10$		$10^{-2}\sim10^{-1}$	$10\sim100$
波登管	C 型		$0\sim10^{-3}$	$0\sim10^{4}$			$10^{2}\sim10^{3}$
	螺旋型 螺线型		$0\sim10^{-4}$	$0\sim10^{3}$			$10\sim100$

（二）常用压力传感器

1. 电阻应变式压力传感器

电阻应变式压力传感器主要由弹性元件和电阻应变片组成。常用压力传感器有以下几种：

（1）应变管式压力传感器

应变管式压力传感器如图 4－25 所示。应变管是一个半封闭的薄壁圆管，图中应变片 1 是温度补偿片，它与工作应变片组成全桥。没有压力作用时，电桥平衡；当压力作用于应变管内腔时，圆管表面产生应变，工作应变片的电阻值发生变化，电桥有电压输出，其输出电压与压力成比例。

（2）平膜式压力传感器

平膜式压力传感器结构如图 4－26a 所示，其

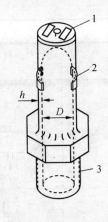

图 4－25　应变管式压力传感器
1—温度补偿片；2—工作应变片；3—应变管

弹性元件是周边固定的平膜片，图 4－26c 的箔式应变片 $R_1 \sim R_4$ 贴在平膜片上，并组成电桥。膜片在被测压力 p 作用下发生弹性变形，应变片在任意点半径 r 的应变 ε_r 和切线方向的应片 ε_t 分别为：

$$\varepsilon_r = \frac{3p(1 - \nu^2)}{8Eh^2}(r_0^2 - 3r^2) \tag{4-11}$$

$$\varepsilon_t = \frac{3p(1 - \nu^2)}{8Eh^2}(r_0^2 - r^2) \tag{4-12}$$

式中，E 为膜片材料弹性模量；ν 为膜片材料的泊桑比；h 为膜片厚度；r_0 为膜片有效工作半径。

它们的分布曲线如图 4－26b 所示。结合图 4－26c 应变丝栅排列可知，电阻 R_1 和 R_3 增大（受正的切向应变 ε_t）；而电阻 R_2 和 R_4 减小（受负的径向应变 ε_r）。因此，电桥有电压输出，且输出电压与压力成比例。

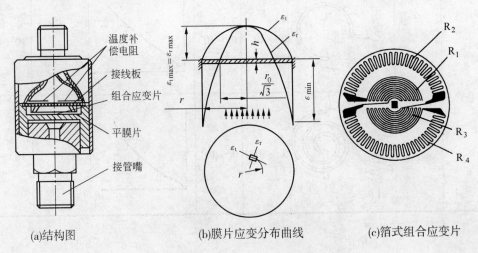

（a）结构图　　　　　　（b）膜片应变分布曲线　　　　　（c）箔式组合应变片

图 4－26　平膜式压力传感器

2. 压电式压力传感器

压电式压力传感器用压电晶片把压力转换成电荷或电压,其结构有活塞式和膜片式两种。

活塞式压电压力传感器结构如图 4-27 所示。测量时,传感器用螺纹旋在测孔上,流体压力通过活塞,砧盘作用在压电晶体上。

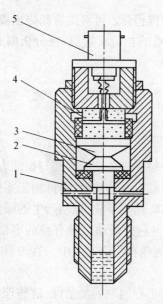

图 4-27 活塞式压电压力传感器
1—本体;2—活塞;3—砧盘;
4—压电元件;5—插座

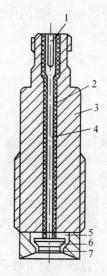

图 4-28 膜片式压电压力传感器
1—引线座;2—绝缘套;3—壳体;4—芯线;
5—晶体组件;6—锥形块;7—膜片

膜片式压电压力传感器结构如图 4-28 所示。该传感器结构简单,体积小,频响宽,谐振频率达 250 kHz,精度高,工作可靠,测量范围从几十帕到高压 800 MPa,因此得到广泛应用。

3. 压阻式压力传感器

压阻式压力传感器是利用半导体压阻效应制成的,其典型结构如图 4-29 所示。被测压力通过钢膜片和硅油传递给硅杯,硅杯的电阻通过引线 10 与绝缘端子相连。补偿电阻连接在印制电路板上。

压阻式压力传感器适用于中、低压力、微压和压差测量,固有频率为 500 kHz。

(三)压力测量时须注意的问题

在进行压力测量时,必须对压力测量装置定期进行静态和动态标定。静态标定一般采用静重比较法,常用装置有活塞压力

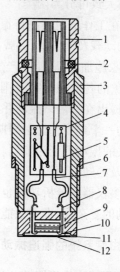

图 4-29 压阻式压力传感器结构
1—插座;2—橡皮圈;3—壳体;4—印制电路板;
5—补偿电阻;6—密封圈;7—连接导线;
8—玻璃绝缘馈线;9—硅杯组件;10—金引线;
11—硅油;12—钢膜片

计;动态标定采用动态校准设备给测量装置输入脉冲、阶跃或正弦变化的压力信号,然后测量其响应信号,从而得到输出与输入之间的动态关系。常用阶跃压力信号输入。产生阶跃压力信号装置有快速阀门装置和激波管,其工作原理可参考有关资料。

在进行动态压力测量时,传感器安装到测压点之后,可能引起被测系统动态性能变化,因此,在测量时必须给予考虑腔室和管道带来的影响。

有多个动态压力测点时,应尽可能选取同一类型的压力传感器。可对供货商提出要求,从中筛选出滞后相位一致的传感器。如果测量者知道各测点的相位滞后值,在分析时也可加以修正。

第四节　振动测试

机械振动是自然界和工程技术中普遍存在的现象,几乎每一设备及工程都与振动有关。一方面,在许多情况下,机械振动会造成危害,它影响精密仪器设备的功能,降低加工零件的精度和表面质量,加剧构件的疲劳破坏和磨损,甚至导致损坏,造成事故,振动产生的噪声从心理和生理方面危害人类健康,是公害之一。另一方面,也可利用振动来做有益的事情,如钟表,清洗、脱水、时效等振动机械,超声振动切削等。振动问题在生产实践中一直占有相当重要的地位。

多年来,已逐渐形成了较完善的机械振动理论。但鉴于工程问题的复杂性,这些理论对振动对象、边界条件、振动机理的描述和分析仍不可能完全符合实际。目前观测、分析、研究振动问题时,测试始终是一个重要的、不可或缺的手段。

振动测试大致可分为两类:

(1)对正在工作的对象进行振动测量和分析。其目的是评定对象振动强度,了解特定工况下结构的动载及动变形,寻找振源及传递路径,监测设备运行状况等。

(2)给对象施加激励,使其产生振动,再作测试。这类测试或用于研究对象的动力学特性,如识别对象的各阶固有频率、阻尼参数、振型等,或用于评估对象的抗振、耐振性能。

目前,已提出在线测试振动并识别其动力学参数的方法。

振动量的一个重要特征是周期性,故常需对其作频域的各种分析。此外,许多振动测试方法都以相关的振动理论为依据。从这两点来看,振动(以及噪声)测试比其他机械量测试要复杂,所涉及的知识面较广泛。振动(及噪声)测试分析涉及较多信号描述方法和数字处理方法等,许多仪器的分析功能也是为振动(或动态过程)测试而设计的。

鉴于振动的复杂性,本书只能讨论一些较基本和最常用的振动测试问题。

一、单自由度系统的强迫振动

对实际工程结构进行振动分析时,常把它作某些简化。最简单可简化为一个单自由度振动系统。表4-4分别列出了单自由度系统在质量块受力下和在基础运动下所引起的振动的力学模型、运动微分方程、频率特性和一些结论。

表 4-4　单自由度系统在两种激励下的振动

比较项目　输入	质量块受激励	基础激励
原理图	（原理图：质量块 m，受 $f(t)$ 作用，弹簧 k 与阻尼 C，位移 Z）	（原理图：质量块 m，位移 Z_0，弹簧 k 与阻尼 C，基础位移 $Z_1(t)$）
微分方程	$m\dfrac{\mathrm{d}^2 Z}{\mathrm{d}t^2} + C\dfrac{\mathrm{d}Z}{\mathrm{d}t} + kZ = f(t)$	$m\dfrac{\mathrm{d}^2 Z_{01}}{\mathrm{d}t^2} + C\dfrac{\mathrm{d}Z_{01}}{\mathrm{d}t} + kZ_{01} = -m\dfrac{\mathrm{d}^2 Z_1}{\mathrm{d}t^2}$ $Z_{01} = Z_0 - Z_1$ 为 m 相对基础的位移
频率特性	$H(f) = \dfrac{1/k}{[1-(f/f_n)^2]+\mathrm{j}2\xi(f/f_n)}$ $f_n = 2\pi\sqrt{k/m},\ \xi = C/(2\sqrt{mk})$	$H(f) = \dfrac{(f/f_n)^2}{[1-(f/f_n)^2]+\mathrm{j}2\xi(f/f_n)}$ $f_n = 2\pi\sqrt{k/m},\ \xi = C/(2\sqrt{mk})$
幅频特性图	（幅频曲线 $A(f)$ 对 f/f_n，阻尼比 $0,\ 0.05,\ 0.10,\ 0.15,\ 0.25,\ 0.375,\ 0.50,\ 1.0$；纵轴 $1/k,\ 2/k,\ 3/k$）	（幅频曲线 $A(f)$ 对 f/f_n，阻尼比 $\xi=0,\ 0.25,\ 0.5,\ 0.7,\ 1.0$；纵轴 $1.0,\ 2.0$）
相频特性图	（相频曲线 $\phi(f)$ 对 f/f_n，$0^\circ,\ -90^\circ,\ -180^\circ$，$\xi=0.1,\ 0.2,\ 0.3,\ 0.5,\ 0.7,\ 1.0$）	（相频曲线 $-\phi(f)$ 对 f/f_n，$90^\circ,\ 180^\circ$，$\xi=0,\ 0.05,\ 0.15,\ 0.375,\ 1.0$）

（续表 4 - 4）

比较项目 \ 输入	质量块受激励	基础激励
结　论	① $f/f_n=0$，总有 $A(f)=1/k$，$\phi(f)=0$。即单位静力使 m 发生静位移 $1/k$ ② $f\ll f_n$ 低频区，$A(f)$ 变化平缓，与"静态"激振力引起的位移接近，$\phi(f)<90°$ ③ $f/f_n=(1-2\xi^2)^{1/2}$，且 $\xi\le 1/\sqrt{2}$ 时，$A(f)$ 取极大值。$f_r=f_n(1-2\xi^2)^{1/2}$ 为位移共振频率，位移共振时的振幅值 $$A(f_r)=\dfrac{1/k}{2\xi\sqrt{1-\xi^2}}$$ 小阻尼时，f_r 很接近 f_n，故常用 f_n 作 f_r 的估计值 ④ $f/f_n=1$，总有 $\phi(f)=-90°$，称相位共振。对小阻尼系统，在 $f=f_n$ 附近，相频曲线陡峭，所以用相频曲线来测定固有频率比较准确 ⑤ $f\gg f_n$，高频区 $A(f)\to 0$，$\phi(f)\to 180°$，即系统振动位移和激励力反相。这一区域可用于指导减振设计	① $f\ll f_n$，m 相对于基础的振幅极小，几乎跟随着基础一起运动，这一区域可用于惯性式加速度传感器的设计 ② $f\gg f_n$，$A(f)\to 1$，这说明 m 相对于基础振动的振幅接近于基础振动的振幅，这一区域用于惯性式位移测振仪的设计；这也说明 m 在惯性坐标系中的振动振幅很小，几乎处于静止状态，这一原理可用于指导振动隔离

当然，也可选取基础运动速度或加速度为输入，选取质量块的速度或加速度为输出。这将对应不同的运动微分方程、频率特性和结论。进一步的介绍和推证请参考其他有关书籍。

二、测振传感器

本节主要讨论目前常用的测振传感器（又称为拾振器）。

拾振器的分类方法有：按拾振器是否与测振物接触，分为接触式和非接触式；按测振物选取的参考坐标，分为绝对式和相对式；按拾取的振动量，分为加速度计、速度计和位移计；按工作原理，分为压电式、磁电式、电动式、电容式、电感式、电涡流式、电阻应变式和光电式等。

在各类拾振器中，电涡流式位移计、磁电式速度计、压电式和电阻应变式加速度计使用较为广泛。前两种加速度计在第二章已讨论，这里只讨论后两种。

压电式和电阻应变式加速度计是用质量块对被测物的相对振动来测量被测物的绝对振动，因此又称为惯性式拾振器。

（一）惯性式拾振器的力学模型

惯性式拾振器如图 4 - 30 所示，拾振器内有一弹簧质量系统，拾振器外壳被固定在被测物上。

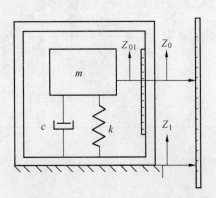

图 4 - 30　惯性式拾振器的力学模型

测振时,拾振器外壳与被测物一起作相同的绝对振动 Z_1(或速度 $\dot{Z}_1$ 或加速度 $\ddot{Z}_1$),质量块对外壳的相对振动为 Z_{01}(或速度 $\dot{Z}_{01}$ 或加速度 $\ddot{Z}_{01}$),图中 Z_0 为质量块的绝对振动。

以 Z_1 为输入, Z_{01} 为输出,称为位移拾振器,主要用于低频测量,如地震测量。

以 $\dot{Z}_1$ 为输入, $\dot{Z}_{01}$ 为输出,称为速度拾振器。如第二章所介绍的磁电式绝对速度计。

以 $\ddot{Z}_1$ 为输入, Z_{01} 为输出,称为加速度计。如再利用压电效应或应变将 Z_{01} 转换成电信号,则分别称为压电式加速度计或电阻应变式加速度计。

位移拾振器的频率特性请参见表4-4。显然,拾振器的固有频率应远小于被测振动的频率,在测量多频率成分的振动时,不可避免地存在相位失真。

加速度计的频率特性 $H(f)$、幅频特性 $A(f)$ 和相频特性 $\phi(f)$ 分别为

$$H(f) = \frac{-1/(2\pi f_n)^2}{1 - (f/f_n)^2 + j2\xi(f/f_n)} \tag{4-13}$$

$$A(f) = \frac{1/(2\pi f_n)^2}{\sqrt{[1 - (f/f_n)^2]^2 + [2\xi(f/f_n)]^2}} \tag{4-14}$$

$$\phi(f) = \pi - \arctan\left[\frac{2\xi(f/f_n)}{1 - (f/f_n)^2}\right] \tag{4-15}$$

当 $f \ll f_n$ 时, $A(f) \approx 1/(2\pi f_n)^2 = \text{const}$,此时,相对位移 Z_{01} 几乎不随振动频率变化。因此,为保证有较宽的工作频率,加速度计的固有频率应尽量高些。若取 $\xi = 0.65 \sim 0.7$,保证幅值误差不超过5%的工作频率可达 $0.58f_n$,并且此时其相移和频率呈线性关系,因此可以保证测量多频率成分的波形不失真。

惯性式拾振器必须固定在被测物上,只有拾振器的质量远小于被测物质量时,被测物的振动才不受拾振器质量的影响。加速度计可以做得很小,质量一般在 20 g 以下。

(二)压电式加速度计

压电式加速度计结构示意如图4-31所示,它首先将输入绝对振动加速度 $\ddot{Z}_1$ 转换成质量块对壳体的相对位移 Z_{01},再经"弹簧"将 Z_{01} 转换成与 Z_{01} 成正比的力,最后经压电片转换成电荷输出。由于第二次转换是比例转换,因而压电式加速度计的频率特性主要取决于第一次转换的频率特性。但由于压电片电路的电荷泄漏,实际加速度计的幅频特性如图4-32所示,在小于 1 Hz 的频段中,加速度计的输出明显减小。

压电式传感器有电荷放大器和电压放大器两种前置放大器。目前多用电荷放大器,并常在其内部增

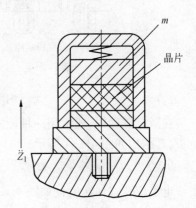

图4-31　压电式加速度计结构示意图

加低通滤波、压电式加速度计灵敏度适配和加速度(或速度或位移)输出选择等功能。质量好的压电式加速度计和电荷放大器最低可测量 0.01 Hz 的振动加速度。

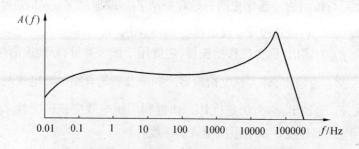

图 4-32　压电式加速度计的幅频特性

随着微电子技术的发展,现已将高阻抗集成放大器装在压电式加速度计壳体内。这种内置集成放大器的加速度计可直接用长信号线与大多数通用分析仪和记录仪相接。

加速度计产品说明书给出的幅频曲线是在刚性连接的情况下得到的。实际使用时,往往难以达到加速度计与被测物的刚性连接,此时加速度计的共振频率和使用上限频率会随之下降。加速度计的安装方法主要有钢螺栓固定、粘接、永久磁铁和手持探针等四种方法,如图 4-33 所示。多数厂家配套提供绝缘螺栓、薄云母垫片、永久磁铁片及探针。粘接剂可用 502 胶水和薄蜡等。共振频率与加速度计固定方式有关,用钢螺栓及硬性粘接固定时降低很少,用永久磁铁固定时降低较大。手持探针法仅能测低于 1 kHz 以下的振动,方便随时更换测点,但测量误差较大,重复性差。

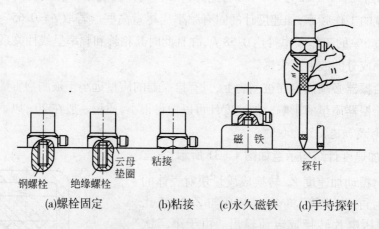

图 4-33　固定加速度计的方法

在激振试验中,还常用一种能同时输出激振力和拾取激振点响应加速度的传感器,即阻抗头,其结构如图 4-34 所示。

（三）电阻应变式加速度计

电阻应变式加速度计如图 4-35 所示。由式（4-14）可知,Z_{01} 与输入加速度 $\ddot{Z}_1$ 成比例,而粘贴在悬臂梁上的应变片将质量块的相对壳体的位移 Z_{01} 转换成电阻变化,再经电桥转换成电压输出。电阻应变式加速度计的频率特性主要由加速度计内的弹簧质量系统决定。该类加速度计工作频率较低,为 $0 \sim 1$ kHz,可测量超低频振动。

一般是电阻应变式加速度计常与动态应变仪配合使用。电阻应变式加速度计的安装方

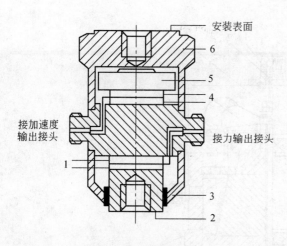

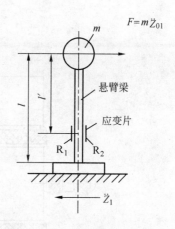

图 4-34　阻抗头　　　　　　　图 4-35　电阻应变式加速度计
1,4—压电片;2—激振平台;3—橡皮;5—质量块;6—钛质壳体

法与压电式类似,但应谨防敲击使弹簧质量系统过载而损坏。

（四）测振传感器的合理选择

选择测振传感器主要考虑被测量的参数（位移、速度或加速度）、测量的频率范围、量程及分辨率、使用环境和相移等问题。

理论上,位移、速度和加速度三个参数互成积分或微分关系,可通过微积分运算来实现它们之间的转换,但实际测量时很难做到。微分将极大地放大被测信号中的高频噪声,甚至淹没有用信号。对宽频信号（如加速度）积分,往往会因信号的频宽超出积分网络的适用频宽而使信号失真。许多电荷放大器的积分网络,对单频加速度信号,可通过一次积分或二次积分获得速度或位移;但对宽频加速度信号,积分就不适合了。因此,应按直接测取参数来选用测振传感器,尽量避免积分,特别是用微分去间接获得所需参数。

对相位有严格要求的振动测试项目,如相关分析、传递函数分析等,还应特别注意传感器及测试系统的相频特性。或对供货商提出要求,或在振动台上实测相差,对传感器作筛选或在分析时作修正。

三、振动的激励及激振器

在结构动态特性测试中,常要激励试件,使其按测试的要求作振动。其激励方式一般有稳态正弦激振、瞬态激振和随机激振。

（一）稳态正弦激振

对试件输入一个幅值稳定、单一频率的正弦信号,让试件作稳态强迫振动后再作测量。若要获得试件在某频率范围的信息,必须在该频率范围内,以不同频率作多次激振和多次测量,即频率扫描,因此,稳态正弦激振试验周期长。但因其信噪比高,测试精度高,可靠性也较高,测试设备和仪器较简单,故目前仍较多使用。

常用正弦激振器有绝对式和相对式两种。

绝对激振常用电动式激振器,其结构示意图如图 4-36 所示。它的激振力来自磁场对通电导体的电动力,驱动线圈 6 装在激振杆 12 上,并由两支承弹簧支承在壳体 8 中,且正好

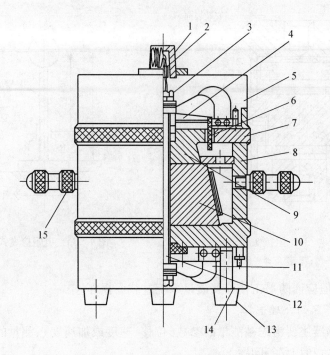

图 4-36　电动式激振器
1—保护罩;2—连接杆;3—螺母;4—连接骨架;5—上罩;6—线圈;7—磁极板;
8—壳体;9—铁心;10—磁钢;11—弹簧;12—激振杆;13—底脚;14—下罩;15—手柄

位于磁极板 7 与铁心 9 的气隙中。激励信号经功率放大后以交变电流流经驱动线圈,线圈将受到与该电流成正比的交变电动力的作用,通过激振杆向试件传递,激励试件振动。

激振力幅值由功率放大器控制,实际试验时按所测试件的振动量来调节功率放大器。不要误认为激振力幅值总与线圈电动力幅值相等。若要测试激振力,可在杆与试件间连接一力传感器。

用于绝对激振的电动式激振器,安装时应尽量使激振器的能量用于对试件激振上,其安装方法如图 4-37 所示。

在图 4-37a 中,激振器外壳固定在刚性很好的支架或地面上,支架或地基的固有频率应大于 3 倍激振频率。激振器可按说明书规定的最低频率和最大激振力激振试件,它适用于低频激振。

在图 4-37b 中,激振器外壳用一个软弹簧悬挂,并使悬挂系统的固有频率至少低于最低激振频率的 1/3。激振时,激振器外壳基本静止,激振力接近于驱动线圈的电动力,它适用于较高频率激振。

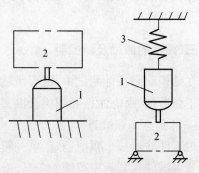

(a)激振器安装在地面　(b)激振器悬挂
图 4-37　绝对激振时激振器的安装
1—激振器;2—试件;3—弹簧

激振时,为防止激振杆与试件脱离,一般应用激振杆对试件预加一静力。这可由激振器自身重(见图 4-37b)或另加配重来实现。

激振杆与试件间常用一根轴向刚度较大而横向刚度很小的金属细杆连接,既保证传递激振力又尽量减少对试件回转的约束。

电动激振器频率宽,激振力波形良好,操作较方便,但其激振力有限;另外,激振杆等质量不可避免地附加到了试件上,对小质量试件有一定影响。

相对激振常用电磁式激振器,其结构如图4-38所示。它直接用电磁力作激振力,多用于非接触激振。例如,要激励卧式铣床工作台与铣刀杆间的相对振动,激振器铁心部分安装在工作台上,衔铁装在旋转的刀杆上。移动工作台,调整铁心与衔铁间的间隙,即可对励磁线圈输入激励电流。必须指出,为了确保一次激振力的出现,电磁式激振器的铁心必须同时有一个直流励磁线圈和一个交流励磁线圈。

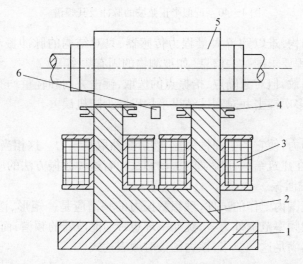

图4-38 电磁式激振器

1—底座;2—铁心;3—励磁线圈;4—力检测线圈;5—衔铁;6—位移传感器

用微机控制作自动频率扫描、记录、分析处理,可大大缩短试验周期。

(二)瞬态激振

瞬态激振是一种宽带激振方法。目前主要有以下几种方式:

1. 脉冲激振

脉冲激振是给试件施加一脉冲力,试件在脉冲力作用下将产生一自由振动。由控制理论可知,若以理想脉冲为输入,系统的输出就是脉冲响应函数,再经傅里叶变换即可获得系统的频率特性。

实际上大多用装有力传感器的锤子(叫脉冲锤,结构如图4-39所示)锤击试件,产生近似半正弦波的脉冲力,如图4-40所示。由图可知,此脉冲力并非理想的δ函数。脉冲持续时间τ越短,脉冲力的频带越宽。使用不同的锤头垫材料(如铝、橡皮等)可以得到不同频宽的脉冲。用

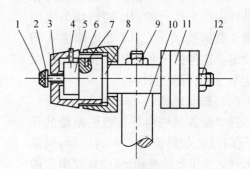

图4-39 脉冲锤结构

1—锤头垫;2—锤头;3—压紧套;4—力信号引出线;
5—力传感器;6—预紧螺母;7—销;8—锤体;9—螺母;
10—锤柄;11—配重块;12—螺母

不同质量配重的锤头和敲击速度,可获得不同大小的脉冲力。若同步记录脉冲力(输入)和振动响应,可经计算获得系统的频率特性。

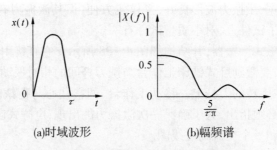

(a)时域波形　　　　　(b)幅频谱

图4-40　近似半正弦波的脉冲及其频谱

对一些特大型结构,难以购置大量程力传感器,只对结构的脉冲振动响应信号作谱分析,也可获得满足工程要求的一些信息(如被测物的固有频率等)。

脉冲激振简便高效,但对激励点、拾振点的选取,锤击方向和轻重均有较高要求,脉冲力是一种随机输入,需多次锤击并对测试结果平均以减少随机误差。

2. 阶跃激振

对试件施加一静力,使它产生弹性变形,然后突然取消该力。这相当于对试件施加了一个负的阶跃激振力,在建筑结构和桥梁的振动测试中有这种激振方法的应用。

3. 快速正弦扫描激振

对在某一频带范围内工作的试件,理想激振力的频谱应是一矩形,谱幅值在上、下限频率内相等,在上、下限频率范围外为零,犹如一理想带通滤波器的频谱,而等幅线性频率扫描的正弦力函数可基本满足这一要求,该力函数时域表达式

$$f(t) = A\sin 2\pi(at^2 + bt) \quad (0 < t < T) \tag{4-16}$$

$$a = (f_{max} - f_{min})/T \quad , \quad b = f_{min} \tag{4-17}$$

式中,T 为激振力持续时间;f_{min}、f_{max} 为下限和上限的扫描频率。

$f(t)$ 的时域波形及频谱如图4-41所示。

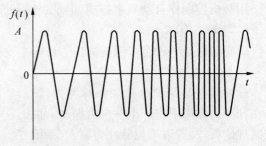

快速频率扫描正弦信号发生器可在几秒钟内产生 $0 \sim 20\,kHz$ 的恒幅的线性扫描正弦函数,f_{min}、f_{max}、T 和力幅值 A 均可设定。这种快速激振法可有较大的激振能量,测试精度也较高。

(三)随机激振

许多设备或结构是在随机振动的环境下工作的,如路面对车辆的激励、风浪对海洋钻井平台的激励、风或地震引起的建筑物振动等。用实验模拟真实的随机振动环境,对结构或试件进行动强度、动刚度或性能等试验,无疑具有重要的意

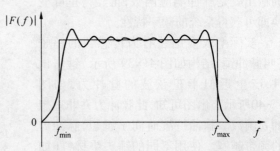

图4-41　快速正弦扫频信号及其频谱

义。此外,随机激振也可用于试件动态特性的识别。

为模拟工况的随机振动环境,必须先对工况的随机激励做大量的实测和统计,也可利用道路、地震、海浪和风灾等方面已有的统计资料。一旦确定了工况的随机信号,还需模拟该随机激励。目前,多由微机经数模转换器(DAC)、功放和激振器,最后输出模拟的随机激振信号。

四、振动测试实例

（一）金属切削机床的振动试验

按国家标准及相应规范,金属切削机床新产品样机应进行多种振动试验,作为评定机床等级的主要指标之一。

（1）绝对振动及相对振动试验　如外圆磨床,要求测量磨床空运转时砂轮架及头架沿水平方向的绝对振动速度、砂轮架与头架间沿水平方向的相对振动位移峰峰值。绝对振动拾振器可用压电晶体加速度计或磁电式速度计,相对振动拾振器可用电涡流式位移计。

（2）激振试验　如对车床主轴(在夹持的轴状零件悬置端)作激振试验,如图4-42a所示,获得机床主轴在激振点的动柔度曲线;在卧式铣床主轴与工作台间进行相对激振试验,如图4-42b所示,获得主轴与工作台间的相对动柔度曲线。

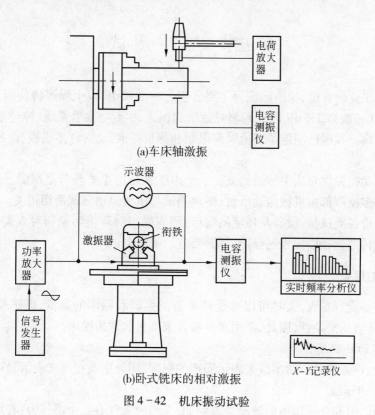

(a)车床轴激振

(b)卧式铣床的相对激振

图4-42　机床振动试验

（3）抗振性切削试验　按机床设计性能选择各种刀具、被加工材料和不同的切削用量进行切削加工。在振动敏感位置安装绝对式拾振器监测振动。一般以产生颤振的极限切削宽度作为机床抗振性指标。

（二）振动监测及诊断

在机械设备故障诊断技术中,振动监测仍是最常用的方法之一。

对燃气轮机、压缩机等转轴组件,或测试机组壳体、基础处的绝对振动,或测试转子对机壳间的相对振动,并进行专门分析,可以发现转子失去平衡、装配件松动或失落、轴承烧伤、基座变形和转轴裂纹等多种故障。

对滚动轴承测振(一般在轴承座上安置加速度计)并进行分析,可对轴承滚动体或滚道表面剥落、点蚀、划痕、裂纹及保持架严重磨损或断裂等失效原因作出判断。

拾取齿轮箱敏感部位的振动并分析,可对各个齿轮的齿面剥落、齿面裂纹、齿尖断裂、齿面点蚀、擦伤等故障作出判断。

（三）查找振源及振源传递路径识别

例如,某大型水电站在某一发电工况下,其厂房产生强烈振动。按理论分析和经验估计,振源可能来自水轮机或发电机的机械振动,或来自流道某一部分(如引水管、蜗壳、导叶、尾水管)的水体振动。为查找振源及振源向厂房传递的路径,在水轮发电机组和厂房多处安置拾振器,在流道多处安置压力传感器。试验时,用多台磁带记录仪同步记录近百个测点的振动及压力波动。试验完后,对记录的信号进行分析,查找出强振振源来自导叶与尾水管间的局部水体共振。

第五节 噪 声 测 试

随着现代工业的发展,噪声已成为主要公害之一。90 dB 以上噪声将使听力受损,长期受强噪声刺激(一般指 115 dB 以上),将导致听力损失,引起心血管系统、神经系统及内分泌系统等方面疾病。我国已制定了环境噪声限制和测量标准,也对许多机械、设备制定了相应的噪声标准。

声音是振动在弹性介质中传播的波。一个声学系统的主要环节是声源、传播途径和受者。工程中许多噪声都由机械振动所致,噪声测试与机械振动测试密切相关。

为正确评价各类机械、设备及环境的噪声,研究噪声对环境污染和对人类健康的影响,寻找噪声源及传播途径以便控制噪声,都需要进行噪声测试。

一、噪声的度量

噪声的主要受者是人,人耳可以感受到声音的强弱和频率的高低,但感受程度因人而异,由于声音传播的复杂性,因此,需用多种参数来度量和评价噪声。

（一）噪声的物理度量

用声压级、声强级和声功率级来表示噪声的强弱,用频率或频谱来表示噪声的高低。

1. 声压和声压级

声压指声波引起介质压力的波动量。例如,无声时大气有一个静压力;有声时大气在静压上又叠加一个波动压力。这个由声波传播引起的波动压力就是声压。一般用 p 表示,单位是 Pa。

声压是随时间而波动的函数,常用均方根值来衡量其大小。声压比大气压力小得多,正常人耳刚刚能听到的 $1000\,Hz$ 纯音的声压为 $2 \times 10^{-5}\,Pa$ ，称为听阈声压，该值被规定为基准声压，记为 p_0。人耳所能承受的最大声压大约是 $20\,Pa$ ，称为疼阈声压。疼阈声压与听阈声压之比为 $10^6:1$ ，相差 100 万倍。用声压的绝对值表示声音的强弱极不方便，因此，常用声压级 L_p 来表示声压强弱，它定义为

$$L_p = 20\lg(p/p_0) \ (dB) \tag{4-18}$$

2. 声强和声强级

声音的强弱也可用能量来表示。在某点垂直于声音传播方向的单位面积上，单位时间通过的声能量称为声强。正向平面波的声强

$$I = \frac{p^2}{\rho c} \ (W/m^2) \tag{4-19}$$

式中，ρ 为媒质密度；c 为声速。

显然，声强是矢量，其方向沿声能的传播方向。基准声强 I_0 取为 $10^{-12}\,W/m^2$。声强级 L_I 定义为

$$L_I = 10\lg(I/I_0) \ (dB) \tag{4-20}$$

3. 声功率和声功率级

声功率是声源在单位时间内发射出的声能量。通过垂直于传播方向的面积 A 的平均声功率

$$W = IA \ (W) \tag{4-21}$$

基准声功率 W_0 取为 $10^{-12}\,W$，因此，声功率级 L_W 定义为

$$L_W = 10\lg(W/W_0) \ (dB) \tag{4-22}$$

4. 声压级、声强级和声功率级的关系

将式(4-19)代入式(4-20)得

$$L_I = 10\lg\frac{p^2}{I_0\rho c} = L_p + 10\lg\frac{p_0^2}{I_0\rho c} \tag{4-23}$$

令 $a = 10\lg\dfrac{I_0\rho c}{p_0^2}$，它是一个取决于环境空气和气温的常数。温度为 $20\,℃$ 时，一个标准大气压下的空气 $\rho c = 415\,Ns/m^2$，$a \approx 0.16\,dB$。因此，在噪声测量中，对自由行波可认为

$$L_I \approx L_p \tag{4-24}$$

将式(4-21)代入式(4-22)得

$$L_W = 10\lg\frac{I}{I_0} + 10\lg\frac{A}{A_0} = L_I + 10\lg\frac{A}{A_0} \tag{4-25}$$

式中，A_0 为取得基准声功率 W_0 时的面积，即 $W_0 = I_0 A_0$。

当被测面积 $A = A_0$，则

$$L_W = L_I \tag{4-26}$$

将式(4-23)代入式(4-25)得

$$L_W = L_p - a + 10\lg\frac{A}{A_0} \tag{4-27}$$

略去 a，当 $A = A_0$，则

$$L_W = L_p \tag{4-28}$$

可见，若测出声压级，那么声功率级和声强级可通过换算得到。

各种典型声源的声压级和声功率级如图4-43所示。

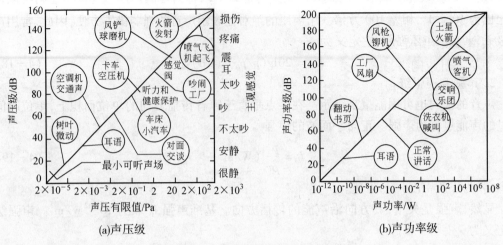

图4-43　典型声源的声压级和声功率级

声压级、声强级和声功率级都是无量纲的相对量,在运算时要特别注意。例如,两个声源同时引起某点声压,其合成声压级(或声强级)不应简单等于各个声源引起的声压级相加。又如,某声源的声功率减少了50%,则其声功率级减少了3 dB,而不是减少了原声功率级的50%。

5. 噪声的频谱

声音的高低主要与其频率有关,实际噪声极少是单频率的。噪声的频谱可反映出该噪声在不同频率范围内强度的分布状况。对噪声作频域分析时,通常取多个较宽的频带来分析噪声的声级(声压级、声强级和声功率级),最常用的频带宽度是倍频程和1/3倍频程。目前可闻声音各频带的标准中心频率见表4-5。

表4-5　倍频程和1/3倍频程的频带宽度　　　　　　　　　(单位:Hz)

倍频程频率范围		1/3倍频程频率范围			
中心频率	频率范围	中心频率	频率范围	中心频率	频率范围
31.5	22.4～45	25	22.4～28	800	710～900
63	45～90	31.5	28～35.5	1000	900～1120
125	90～180	40	35.5～45	1250	1120～1400
250	180～355	50	45～56	1600	1400～1800
500	355～710	63	56～71	2000	1800～2240
1000	710～1400	80	71～90	2500	2240～2800
2000	1400～2800	100	90～112	3150	2800～3550
4000	2800～5600	125	112～140	4000	3550～4500
8000	5600～11200	160	140～180	5000	4500～5600
16000	11200～22400	200	180～224	6300	5600～7100
		250	224～280	8000	7100～9000
		310	280～355	10000	9000～11200
		400	355～450	12500	11200～14000
		500	450～560	16000	14000～18000
		630	560～710		

（二）噪声的主观评价

噪声与人的主观感觉之间的关系十分复杂,各国学者为此提出了许多主观评价标准。这里只介绍噪声的频率计权网络及声级。

频率计权网络是为了模拟人耳对不同声压和频率声音有不同感觉而设置的,主要有 A、B、C、D 四条计权网络,其中最常用的是 A 计权网络。它们的频率特性曲线如图 4 - 44 所示。多数噪声经 A 计权网络滤波后,与人耳的感觉有较好的相关性。

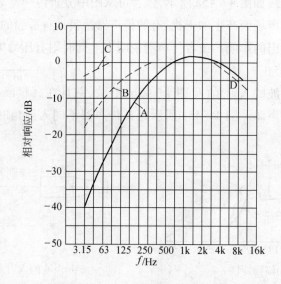

图 4 - 44　计权网络频率特性曲线

频率计权是在测试时将所测噪声信号经模拟滤波或数字滤波而实现的。经计权网络后测得的声压级称为声级,并按不同计权网络分别称为 A 声级(L_A)、B 声级(L_B)、C 声级(L_C)和 D 声级(L_D),其单位也分别称为 dB(A)、dB(B)、dB(C)、dB(D)。经计权网络测得的声强级、声功率级也需特别注明,如 A 声强级、A 声功率级等。目前,许多通用机械及城市环境的噪声等级多采用 A 声级来评定。

二、噪声测试常用仪器

常用的噪声测试仪器有传声器、声级计、磁带记录仪、校准器和频谱分析仪。按不同的测试要求,可单独用声级计或用多种仪器组合。下面主要讨论传声器和声级计。

（一）传声器

传声器是噪声测试的传感器,通常用膜片将声波信号转换成电信号。

1. 传声器的压力响应和自由场响应

对传声器,除具有一般传感器性能外,还要有高的声阻抗、声发射和绕射对声场的影响要小、低电噪声、平坦幅频特性、输出电信号与声压间极小相移等性能。

传声器置于声场之中,由于反射和绕射现象,会干扰原来的声场,通常会使传声器膜片的声压增大。这种干扰与声波波长、声波入射方向、传声器的尺寸和形状有关。通常用压力响应及自由场响应来描述不同声场中传声器的特性。

　　压力响应是指传声器的膜片上受到均匀声压时,其输出与声压之比。这相当于尺寸很小的传声器正对一个自由平面行波呈现的响应,没有干扰声场。

　　自由场是指只有直达声而没有反射声的声场,实际上是指反射声与直达声相比可以忽略的声场,例如,消声室是人工模拟的自由场实验室。传声器在自由场中的输出与原(假设传声器不在时)声压值之比称自由场响应。某典型传声器的压力响应和自由场响应(入射角为 0 °)的幅频特性曲线如图 4-45a 所示,读者可从图中分析传声器对不同频率声波的影响。为减少传声器放入声场而产生的干扰,有的传声器振膜具有适当的阻尼,以补偿高频段所产生的压力增量对输出的影响。或者传声器说明书上同时附有压力响应曲线和自由场响应曲线,以便使用时作修正。

　　自由场响应还与声波的入射角(见图 4-45b)有关,并且在高频段更明显,因此测试时应尽可能使传声器正对声源。图 4-45c 所示是某传声器不同入射角时的自由场响应与压力响应的比值曲线。

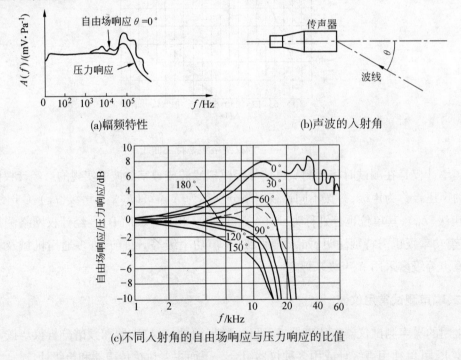

(a)幅频特性　　　　　　　　　　　(b)声波的入射角

(c)不同入射角的自由场响应与压力响应的比值

图 4-45　某一传声器的压力响应和自由场响应

2. 电容式传声器

　　按转换原理分类,传声器有电容式、压电式和动圈式等。精密测量中最常用的是电容式传声器。某电容式传声器的原理如图 4-46 所示,由振膜和固定的背极组成可变电容。振膜可近似看成一单自由度振动系统,在声压作用下产生振动,将改变电容器的电容。

（二）声级计

声级计集传声器、衰减放大、显示、计权网络、模拟或数字信号输出为一体。它体积小，携带方便；既可以独立测量、读数，又可以将所测信号接入磁带记录仪或分析仪或外接滤波器构成频谱分析系统。声级计是噪声测试中最常用的仪器，其方框图如图 4－47 所示。

噪声测试一般都选用精密声级计，测量误差小于 1 dB。精密声级计的传声器多为电容式。有些声级计设有峰值和最大有效值（均方根值）保持器，可测量冲击噪声。

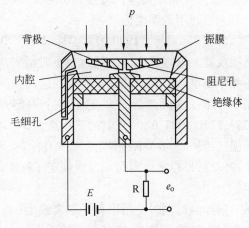

图 4-46 电容式传声器原理图

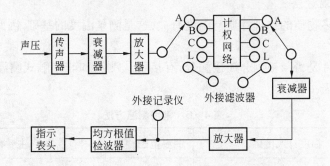

图 4-47 声级计方框图

声级计必须定期校准。某些行业噪声测量标准规定，每次测量前后都必须对测量装置进行校准，且前后两次校准读数差值不得大于 1 dB，否则测量结果无效。工业上常用活塞发声器校准声级计。

第六节　温度测量

温度是最常遇到的测量参数之一，如室温、炉温、切削温度、轴承和设备的温升等。

一、温度、温标及常用测温方法

（一）温度与温标
温度是表示物体冷热程度的物理量，它反映物体内部分子热运动状况。

温标是衡量物体温度的标准尺度，是温度的数值表示方法。

建立温标的过程是十分曲折的，从 17 世纪的摄氏、华氏温标、热力学温标、1968 国际实用温标到 1990 国际温标，反映了测温技术的漫长发展过程。

（1）摄氏温标　摄氏温标以水银为测温物质。规定水的冰点为 0 度，水的沸点为 100

度,将这两点间水银体积均分 100 格,每格定为 1 度,记为 1℃,一般用 t 表示。摄氏温标是工程上最通用的温度标尺。

(2)国际温标 1990 国际温标(ITS-90)是以热力学理论为基础,规定以气体温度计为基准仪器。以理想气体的压力为零时所对应的温度为绝对 0 度,以水的三相点(固、液、气三相平衡点)温度为 273.16 度。在这两点间均分 273.16 格,每格称 1"开尔文"(K),一般用 T 表示。国际温标还规定了多个固定点作为温度的基准点。例如,以铜的凝固点为 1357.77 K(1084.62℃),氧的三相点为 54.3548 K(-218.7961℃)等。规定了四个温区,第一温区:0.65~5.0 K;第二温区:3.0~24.5561 K;第三温区:13.8033~1234.93 K;第四温区:961.78 K 以上。对每一温区规定了标准仪器及相应的插值公式进行温度分度,以连续测温。

国际温标同时使用国际开尔文温度(T_{90})和国际摄氏温度(t_{90}),它们的单位分别为开尔文(K)和摄氏度(℃),其相互关系为 $t_{90} = T_{90} - 273.15$ 。如水的三相点温度,既可表示为 273.16 K,也可表示为 0.01℃。

(二)常用测温方法

人们发现许多物质的物理性质与温度有关,这是测量温度的基础,因此出现了各种温度计。

若按测温元件是否与被测介质接触分,有接触式测温和非接触式测温两大类。工业上常用测温方法见表 4-6。

表 4-6 常用测温方法

测温方式	温度计或传感器	测温范围/℃	主要特点
接触式	热膨胀式 ①液体膨胀式(玻璃温度计) ②固体膨胀式(双金属温度计)	-100~600 -80~600	结构简单,价廉,一般用于直接读数
	压力式 ①气体式 ②液体式	-200~600	耐振,价廉,准确度不高,滞后性大,可转换成电信号
	热电偶	-200~1700	种类多,结构简单,价廉,感温部小,广泛用于电测
	热电阻 ①金属热电阻	-260~600	种类多,精度高,感温部较大,广泛用于电测
	②半导体热敏电阻	-260~350	体积小,响应快,灵敏度高,广泛用于电测
非接触式	辐射式温度计 ①光学高温计 ②比色高温计 ③红外光电温度计	-20~3500	不干扰被测温度场,可对运动体测温,响应较快。测温计结构复杂,价高,需定标修正测量值

各种工业测温方法中,热电偶、热电阻使用最广泛。下面就这两种测温法进行较深入的讨论。

二、热电偶测温

热电偶是电势输出型感温元件,动态响应较快,性能稳定,易于实现自动测量,是工程技术中首选的测温元件。

(一)热电偶测温原理

将 A、B 两种材料的导体首尾相接,构成闭合回路,如图 4－48 所示,导体两接点温度为 t 及 t_0,记 t 为热端(又称工作端),t_0 为冷端(又称参考端)。当 $t \neq t_0$ 时,回路内就会产生电动势。A、B 两导体称为热电极,由 A、B 导体组成的回路称热电回路。

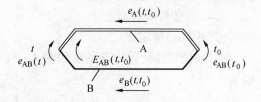

图 4－48　接触电势、温差电势和回路电势

热电偶产生的热电势由两导体接触电势和单一导体温差电势组成。金属导体存在大量的自由电子,不同导体的自由电子密度也不同。当 A、B 两种导体接触时,自由电子会穿过接触面相互扩散,且由密度大的(假设为 A)导体向密度小的(假设为 B)导体扩散多,导体 A 失去较多电子将带正电,导体 B 则将带负电。于是在接触点将形成电场,电场方向由 B 指向 A。显然,该电场将阻碍电子的进一步扩散。这种扩散与阻碍扩散的最后结果使 A、B 间电子的双向运动达到动平衡,在 A、B 的两接点间形成一稳定的电位差,这就是接触电势。接触电势的大小既与材料 A、B 有关,也与接触点温度有关,通常记做 $e_{AB}(t)$,注脚 A、B 分别表示正极、负极。热电偶回路中两接点接触电势如图 4－49 所示。

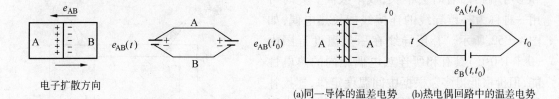

电子扩散方向

图 4－49　接触电势

(a)同一导体的温差电势　(b)热电偶回路中的温差电势

图 4－50　温差电势

另外,对同一导体,其高温($t℃$)端的电子能量比低温($t_0℃$)端的电子能量大,高温端移向低温端的自由电子多于低温端移向高温端的电子。其结果是高温端失去电子多带正电,低温端获得电子多带负电,因此,在同一导体,高、低温端形成温差电势,如图 4－50a 所示。

温差电势与导体材料及高、低温端温差有关。在热电偶回路中,如图 4－50b 所示,分别记为 $e_A(t,t_0)$ 及 $e_B(t,t_0)$,也可记为 $e_A(t) - e_A(t_0)$ 及 $e_B(t) - e_B(t_0)$。温差电势比接触电势小得多。

热电偶回路的合成电势

$$\begin{aligned}
E_{AB}(t,t_0) &= e_{AB}(t) + e_B(t,t_0) - e_{AB}(t_0) - e_A(t,t_0) \\
&= [e_{AB}(t) + e_B(t) - e_A(t)] - [e_{AB}(t_0) + e_B(t_0) - e_A(t_0)] \\
&= f_{AB}(t) - f_{AB}(t_0)
\end{aligned} \tag{4-29}$$

式中,$f_{AB}(t)$、$f_{AB}(t_0)$ 分别为接触电势、温差电势合成的分电动势,与材料质量和温度有关。

上式说明,当热电极材料 A、B 确定后,若使冷端温度 t_0 不变,热电势就只是热端温度 t 的单值函数。测出热电势,就可求出温度 t,这就是热电偶测温的基本原理。热电偶确定后,正、负热电极也确定了。

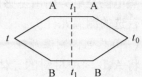

热端、冷端只是一种习惯性提法。测温时,冷端温度可高于热端,此时热电势为负值。

(二)热电偶的基本定律

(1)中间温度定律

一热电偶回路,若接点温度如图 4 - 51 所示,则回路总电势

图 4 - 51　具有中间温度的热电偶回路

$$E_{AB}(t,t_0) = E_{AB}(t,t_1) + E_{AB}(t_1,t_0) \qquad (4-30)$$

这就是中间温度定律的数学表达式。

根据此定律,只要给出参考端为 0℃ 的热电势与温度关系(即热电偶分度表),就可按不同参考端温度 t_1 测得的热电势 $E_{AB}(t,t_1)$,查出所测的工作端温度 t。

例　用镍铬-镍硅热电偶测量某一温度时,已知参考端温度 $t_1 = 30℃$,测得热电势 $E_{AB}(t,t_1) = 33.29\,mV$,求工作端温度 t。

解　查热电偶分度表　　$E_{AB}(30,0) = 1.20\,mV$

由式(3-30)得　$E_{AB}(t,0) = E_{AB}(t,30) + E_{AB}(30,0) = 33.29 + 1.20 = 34.49(mV)$

再查分度表得　　$t = 827.0℃$

中间温度定律的另一个重要应用是为工业测温时加补偿导线提供了理论依据。

为使热电偶参考端温度保持恒定,工作端和参考端距离有时会很长,成本太高。此时可用一种称为补偿导线的连接线加长热电偶,如图 4 - 52 所示。补偿导线在一定温度范围内 (0～150℃)具有和所连热电偶相同的热电性能,但价格低得多。根据中间温度定律,连接补偿导线的热电回路和直接用长热电偶的热电回路有同样的热电性能。

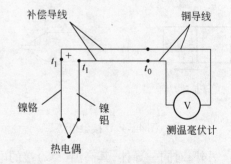

图 4 - 52　补偿导线法

(2)中间导体定律

在热电偶回路中接入中间导体,只要该导体两端温度相同,它对回路的总热电势没有影响。

如图 4 - 53 中 C 和毫伏表都是接入回路的中间导体,其两端温度均为 t_0,中间导体无温差电势,但 A 与 C、B 与 C 接点处有接触电势。由接触电势产生的原理可知,在 A、B 导体中接入一有限长的导体 C,并不影响 A、B 间自由电子的扩散,即

$$e_{BC}(t_0) - e_{AC}(t_0) = -e_{AB}(t_0)$$

故整个回路电势

$$\begin{aligned}
E_{ABC}(t,t_0) &= e_{AB}(t) + e_B(t,t_0) + e_{BC}(t_0) - e_{AC}(t_0) - e_A(t,t_0) \\
&= e_{AB}(t) + e_B(t,t_0) - e_{AB}(t_0) - e_A(t,t_0) \\
&= E_{AB}(t,t_0)
\end{aligned}$$

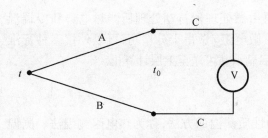

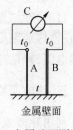

图 4-53　中间导体连接测温系统　　　图 4-54　开路热电偶的使用

因有中间导体定律,才能在回路中引入各种仪表及各种连接导线等,使热电偶测温成为可能。同样,也允许用各种金属焊接热电偶,可用所谓的开路热电偶对液态金属或金属壁面测温,如图 4-54 所示。

(三)标准化热电偶

按不同的测温要求,可用不同的热电极材料组成各种热电偶。

标准化热电偶是指已成批生产和广泛使用、工艺成熟、性能稳定并列入专业标准或国家标准、具有统一分度表的热电偶。目前的八种标准化热电偶列于表 4-7。

表 4-7　八种标准化热电偶

型号标志	材　料	使用温度/℃
S	铂铑 10 - 铂	-50～1768
R	铂铑 13 - 铂	-50～1768
B	铂铑 30 - 铂铑 6	0～1820
K	镍铬 - 镍硅	-270～1372
N	镍铬硅 - 镍硅	-270～1300
E	镍铬 - 铜镍合金(康铜)	-270～1000
J	铁 - 铜镍合金(康铜)	-210～1200
T	铜 - 铜镍合金(康铜)	-270～400

注:不同热电偶又分为几种准确度等级。

非标准化热电偶是指尚未定型、无统一分度表、针对一些特殊的测温场合专门研制的热电偶,如超低温、超高温、高真空、核辐射环境等。

(四)热电偶的冷端温度补偿

热电偶的热端温度是热电势和冷端温度的单值函数。实际测温时,可用冷端恒温法、冷端校正法和电桥补偿法等方法来处理冷端温度。下面只介绍前面两种,其他方法可参考有关书籍。

(1)冷端恒温法　将冷端置于 0℃ 的冰、水混合物中,或置于恒温箱中。冷端到仪表可用其他导线,如图 4-55 所示。

(2)冷端温度校正法　同时测出热电势和冷端温度,再

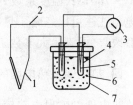

图 4-55　冰点槽恒温法
1—热电偶;2—补偿导线;
3—显示仪表;4—试管;5—变压器油;6—冰水混合物;7—容器

由热电偶分度表或分度公式计算出所测温度。

目前,冷端温度多用热敏电阻直接测量,再由微处理器自动处理所测热电势和冷端温度,获得热端温度。整个测量电路(包括内置热敏电阻)做得十分精巧,可以外接多种标准化热电偶,补偿热电偶非线性。所测温度以数字显示并可送至上层计算机。

三、热电阻测温

利用导体或半导体的电阻率随温度变化的性质测温的方法,称为热电阻测温法。测温元件可分为金属热电阻和半导体热敏电阻。热电阻的测温范围主要在中、低温区域($-200 \sim 650$℃)。

(一)金属丝热电阻

一般金属导体具有正的电阻温度系数,即电阻率随温度的升高而增加。在一定温度范围内,电阻与温度的关系为

$$R_t = R_0 + \Delta R_t \tag{4-31}$$

如铜电阻,在 $0 \sim 100$℃ 范围内有

$$R_t = R_0(1 + \alpha t) \tag{4-32}$$

式中,R_t 为温度为 t 时的电阻值;R_0 为温度为 0℃ 时的电阻值;α 为电阻温度系数。

铂、铜电阻的电阻值与温度的关系曲线如图 4-56 所示。

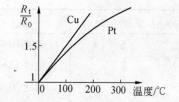

图 4-56 铂、铜的电阻值与温度的关系

作为工业标准,铜热电阻规定了 Cu_{50}($R_0 = 50\,\Omega$)及 Cu_{100}($R_0 = 100\,\Omega$)两种分度号。铂热电阻规定了 Pt_{10}($R_0 = 10\,\Omega$)及 Pt_{100}($R_0 = 100\,\Omega$)两种分度号。显然,这是以 0℃ 时的名义热电阻值 R_0 来规定的。

工业热电阻的不同准确度等级与阻丝材料的纯度有关,不同准确度等级体现在 R_0 值的允许误差、比阻 W_{100}(R_{100}/R_0)值的允许误差和分度表的允许误差上。

热电阻的一个缺点是体积较大、灵敏度较低,如 Cu_{100} 灵敏度仅为 $0.433\,\Omega/℃$。

(二)半导体热敏电阻

热敏电阻是一种常用的热敏元件。它多制成珠状和片状,体积小。据报导,已生产出直径为 0.05 mm、引线直径为 0.02 mm 的珠状热敏电阻。微型热敏电阻可以用来测量点区域的温度。由于其体积与热容量都小,故响应时间短,可达毫秒级;热敏电阻元件的电阻值可达 $1 \sim 700\,k\Omega$,温度系数 $B = 3\% \sim 5\%/℃$,是金属电阻温度系数的 10 倍左右,因此,连接导线电阻往往可以忽略。热敏电阻存在非线性大、互换性差、稳定性差等缺点,互换性目前已大有改善,可满足大多数工业应用的要求。

四、热电偶及热电阻的测温电路

热电偶的输出电势较小,仅为几毫伏或几十毫伏,因此特别要注意防止周围电磁场的干扰,要根据所用的测试线路对所测热电势适当放大。在测定缓变温度时,可选用模拟低通滤波或积分式模数转换器和数字滤波器,以防止干扰。在测定快速变化的温度时,要注意热电偶输出的时域波形会滞后于实际温度,有的可达 10 s 以上。

热电阻是电阻输出型感温元件,因此大多数热电阻测温电路均是电桥型的。

五、热电偶和热电阻的校验

热电偶、热电阻以及由它们组成的测温系统,在使用前和使用中都需要进行校验(称为标定)。校验的目的是,核对热电偶的热电势—温度曲线和热电阻的电阻—温度曲线是否符合标准;或是标定非标准热电偶的热电势—温度曲线;或者确定测量系统的误差并加以修正。

校验的方法有定点法和比较法。定点法是用纯物质的沸点或凝固点作为温度标准;比较法是将被校验测温元件和高一级的标准测温元件放在同一温度的介质中,并以标准温度计的读数作为温度标准。对工业热电偶和热电阻多用比较法,一般用管状电炉提供均匀温度场。比较法所需校验的多个温度点及校验步骤,对不同的热电偶及热电阻,国家均有专门的规定。若热电偶经校验,发现误差超出规定范围时,可将原来的热端剪去一段,重新焊接后再校验。

习　题　4

4-1　已知测试系统的幅频特性,如何根据幅值测量误差确定可测信号的带宽?

4-2　试述光栅测量的基本原理。

4-3　试述位移检测在闭环位置数控系统中的作用和重要性。

4-4　试述 4 倍频电子细分电路的工作原理。有一光栅,其刻线是 250 线/mm,要用它测 0.5 μm 的位移,应采取什么措施?

4-5　比较光栅和光电码盘输出信号及其后续处理电路的异同。

4-6　试述辨向电路的工作原理。

4-7　压力传感器在动态测量时的安装、连接问题应如何考虑?

4-8　有一应变式测力传感器,弹性元件为实心圆柱,直径 $D = 40\,\text{mm}$。在圆柱轴向和周向各贴两片应变片(灵敏度系数 $s = 2$),组成差动全桥电路,供桥电压为 10 V。设材料弹性模量 $E = 2.1 \times 10^{11}\,\text{Pa}$,泊松比 $\nu = 0.3$。试求测力传感器的灵敏度(该灵敏度用 μV/kN 表示)。

4-9　在稳态正弦激振中,加速度、速度与位移之间有如下关系:$\ddot{x} = \omega^2 x$,$\dot{x} = \omega x$,是否可以只测位移,然后对位移微分,求速度或加速度? 或者只测加速度,然后对加速度积分求得速度或位移? 为什么?

4-10　一个二阶测试系统,受激励力 $F_0 \sin\omega t$ 作用,共振时测得振幅为 20 mm,在 0.8 倍的共振频率时测得振幅为 12 mm,求系统的阻尼系数 ξ(提示,假定在 0.8 倍的共振频率时,阻尼项可忽略)。

4-11　试述热电阻温度计与热电偶温度计的异同点;它们各自选用何种测温电路? 为什么?

4-12　用镍铬-镍硅热电偶测量物体温度,该物体在不同时刻温度分别为 15 ℃,0 ℃,-15 ℃,测量仪表所处量温为 15 ℃,热电偶直接与仪表相连。问在上述时刻仪表测得的热电势分别是多少?

第五章 信号描述及处理

测试技术作为一门学科,不仅要将各种物理量转换为信号,更要运用数学工具对信号加以分析研究,从中得到一些具有普遍意义的理论,这些理论称为信号的分析处理。实际上,前面各章已涉及了信号分析处理的一些知识。

信号的分析处理理论作为测试技术的重要组成部分,极大地推动了测试技术的发展,并已成为一门独立的学科。本章仅对常用的信号描述和处理方法做一些介绍。

随着计算机的不断推广和发展,数字信号处理正逐步取代传统的模拟处理方法。因此,本章在介绍传统的信号分类和描述方法后,主要介绍目前已占主导地位的数字信号处理技术,包括最常用的快速傅里叶变换技术及数字滤波方法等等。

绪论中已指出,工程信号多随时间或空间而变化,为用数学工具对信号作准确、定量的描述、分析及研究,测试技术中将信号统一抽象为时间的函数。

第一节 信号的分类与描述

一、信号的分类

通常从三个角度对信号进行归类。

(一)确定性信号与随机信号

确定性信号是指能以确定的时间函数表示的信号,在其定义域内的任意时刻它都有确定的数值。确定性信号又分为周期信号和非周期信号。

(1)周期信号

周期信号是指每隔一固定的时间间隔周而复始地重现的信号,可表示为

$$x(t) = x(t + nT) \qquad (n = 0, \pm 1, \pm 2, \cdots) \qquad (5-1)$$

式中,T 为信号的周期。

例如,正弦信号 $x(t) = A_0 \sin 2\pi f_0 t$ 是简单周期信号。在机械系统中,回转体不平衡引起的振动信号,常作周期信号来处理。

(2)非周期信号

非周期信号是指确定性信号中那些不具有周期重复性的信号,它又分为准周期信号和瞬变信号。准周期信号由有限多个简单周期信号合成,且各分量间不具有公共周期,例如 $x(t) = A_1 \sin t + A_2 \sin 3t + A_3 \sin \sqrt{5} t$,由这三个正弦信号合成的信号 $x(t)$ 不再呈现周期性。准周期信号之外的其他非周期信号,统称为瞬变信号。这类信号的特征在于它的瞬变性,或在一定的时间区间内存在,或随着时间的延长而逐渐衰减。如图 5-1 所示,承载绳索突然断裂时的应力信号;单自由度质量-弹簧-阻尼系统的自由振动信号都属于非周期瞬变信号。

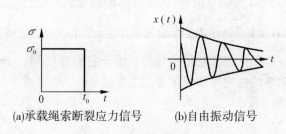

(a)承载绳索断裂应力信号　　　(b)自由振动信号

图 5-1　瞬变非周期信号

非确定性信号又称为随机信号,它所描述的物理现象是一种随机过程,它的变化过程无法用确定的数学关系式来描述,不能预测其未来任何瞬时值。然而,其值的变化服从统计规律,借助概率统计的方法,可以找出其统计特征。工程中许多信号均可当作随机信号来处理,如汽车行驶所产生的振动信号、电路中的噪声信号等。

（二）连续信号与离散信号

按描述信号的数学关系式的独立变量取值是否连续,可将信号分为连续信号和离散信号。连续信号的幅值可以是连续的,也可以是离散的。独立变量和幅值均取连续的信号称为模拟信号,如图 5-2a 所示。离散信号又可分时间离散而幅值连续的采样信号和时间离散而幅值量化的数字信号。模拟信号经等间隔"采样"得到的信号是采样信号,而采样信号经幅值量化后就成为数字信号,图 5-2 表示了它们之间的关系。应该指出,图 5-2c 中的分隔单位 Δ 称为量化单位,其大小直接影响数字信号与离散采样信号的接近程度。通常该误差很小,这也是离散信号常被简称为数字信号的原因。

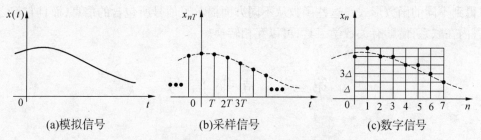

(a)模拟信号　　　　　(b)采样信号　　　　　(c)数字信号

图 5-2　模拟信号、采样信号和数字信号的关系

（三）能量信号与功率信号

从电流或电压通过电阻时使其发热,可知电信号是携带能量的。其实,声、光和力等信号也都携带能量。人们依照电能量和电功率的计算公式,定义信号 $x(t)$ 的能量

$$W = \lim_{T \to \infty} \int_{-\frac{T}{2}}^{\frac{T}{2}} x^2(t) \, \mathrm{d}t \qquad (5-2)$$

定义信号 $x(t)$ 在上述时间间隔内的平均功率

$$P = \lim_{T \to \infty} \frac{1}{T} \int_{-\frac{T}{2}}^{\frac{T}{2}} x^2(t) \, \mathrm{d}t \qquad (5-3)$$

若 $0 < W < \infty$,则称 $x(t)$ 为能量信号,如矩形脉冲信号、衰减指数信号等。

若 $W \to \infty$,但它在有限区间 (t_1, t_2) 的平均功率 $\dfrac{1}{t_2 - t_1} \displaystyle\int_{t_1}^{t_2} x^2(t) \, dt$ 是有限的,则称 $x(t)$ 为功率信号,如直流信号、周期信号和随机信号等。由于它们在区间 $(-\infty, \infty)$ 内能量是无限值,在这种情况下,从功率的角度来研究信号更为合适。

同样,对于离散信号 x_n ,

$$W = \lim_{k \to \infty} \sum_{n=-k}^{k} x_n^2 \tag{5-4}$$

且 $0 < W < \infty$ 时,则称 x_n 为能量信号。不满足 $0 < W < \infty$ 的信号 x_n ,

$$P = \lim_{k \to \infty} \frac{1}{2k} \sum_{n=-k}^{k} x_n^2 \tag{5-5}$$

且 $P < \infty$ 时,则称 x_n 为功率信号。

二、信号的描述

信号的描述是指借助数学工具从不同方面表示信号的特征。

以时间为独立变量表示信号瞬时值的变化特征,称为信号的时域描述。在该域内分析信号的特征就称为信号的时域分析。时域分析比较直观、简便,是信号分析的最基本方法。

由于时域描述不能明显揭示信号的频率组成,在工程实际中,常需研究信号的频率结构、各频率成分的幅值和相位关系,这要在频率域对信号进行描述,即以频率为独立变量来表示信号,对信号进行频谱分析。

此外,还可进行幅值域、时差域(自相关、互相关)和倒频域分析等。在不同的域上分析,可得到不同的函数形式。这些函数从不同方面揭示了信号所包含的信息,而且它们之间存在着内在联系,借助有关数学工具,可以互相转换。

第二节　周　期　信　号

一、周期信号的时域描述

周期信号时域的最显著特征在于它的周期性,经过一个周期 T 后,其波形又重复出现,周而复始。式(5-1)中周期 T 反映了出现同一幅值的时间间隔。一般只需研究其一个周期的变化特征便可知整个信号。

正、余弦信号是简单周期信号,常称为简谐信号,而周期性的方波、三角波和锯齿波等是工程中常见的非简谐周期信号。表5-1左边列出了常用周期信号的时域表达式及相应波形。表中 A 为幅值、f_0 为频率、φ_0 为初始相位角。

表 5-1　常用周期信号的时域波形和频谱图

名　称	时域表达式	时域波形	幅频谱	相频谱
正　弦	$x(t)=A\sin(2\pi f_0 t+\varphi_0)$	$x(t)$，A，0，T，t，$\dfrac{\varphi_0}{2\pi f_0}$	A_n，A，0，f_0，nf_0	ϕ_n，0，$-\dfrac{\pi}{2}$，f_0，$\dfrac{\pi}{2}+\varphi_0$，nf_0
余　弦	$x(t)=A\cos 2\pi f_0 t$	$x(t)$，A，0，$-A$，$\dfrac{T}{2}$，$-\dfrac{T}{2}$，t	A_n，A，0，f_0，nf_0	ϕ_n，$\dfrac{\pi}{2}$，0，f_0，nf_0
方　波	$x(t)=\begin{cases} A & 当\,\lvert t\rvert\leqslant\dfrac{T}{2} \\[2mm] -A & 当\,\lvert t\rvert\geqslant\dfrac{T}{2} \end{cases}$	$x(t)$，A，0，$-A$，$\dfrac{T}{2}$，$-\dfrac{T}{2}$，t	A_n，A，$\dfrac{4A}{\pi}$，$\dfrac{4A}{3\pi}$，$\dfrac{4A}{5\pi}$，$\dfrac{4A}{7\pi}$，0，f_0，$3f_0$，$5f_0$，f_0，nf_0	ϕ_n，π，$\dfrac{\pi}{2}$，0，$3f_0$，$7f_0$，nf_0

（续表 5-1）

名　称	时域表达式	时域波形	幅频谱	相频谱
三角波	$x(t) = \begin{cases} \dfrac{4A}{T}t & \text{当}\ \lvert t \rvert \leqslant \dfrac{T}{4} \\[2mm] 2A - \dfrac{4A}{T}t & \text{当}\ \dfrac{T}{4} < t \leqslant \dfrac{T}{2} \\[2mm] -2A - \dfrac{4A}{T}t & \text{当}\ -\dfrac{T}{2} \leqslant t < -\dfrac{T}{4} \end{cases}$	时域波形：$x(t)$，峰值 A，$-A$，周期点 $-\dfrac{T}{2}$、$\dfrac{T}{2}$（三角形波）	A_n：$\dfrac{8A}{\pi^2}$（f_0）, $\dfrac{8A}{9\pi^2}$, $\dfrac{8A}{25\pi^2}$, $\dfrac{8A}{49\pi^2}$（$7f_0$）；A	ϕ_n：$\dfrac{\pi}{2}$, 0, $-\dfrac{\pi}{2}$（$3f_0$, $7f_0$, nf_0）
锯齿波	$x(t) = \begin{cases} \dfrac{2A}{T}t & \text{当}\ -\dfrac{T}{2} < t < \dfrac{T}{2} \\[2mm] 0 & \text{当}\ t = \pm\dfrac{T}{2} \end{cases}$	时域波形：$x(t)$，峰值 A、$-A$，$-\dfrac{T}{2}$、$\dfrac{T}{2}$（锯齿波）	A_n：$\dfrac{2A}{\pi}$（f_0）, $\dfrac{2A}{2\pi}$, $\dfrac{2A}{3\pi}$（$3f_0$）, $\dfrac{2A}{4\pi}$（$5f_0$, $7f_0$, nf_0）	ϕ_n：$\dfrac{\pi}{2}$, 0, $-\dfrac{\pi}{2}$（$2f_0$, $4f_0$, $6f_0$, nf_0）
正弦全波整流	$x(t) = \lvert A\sin 2\pi f_0 t \rvert$	时域波形：$x(t)$，峰值 A、$-A$，$\dfrac{\pi}{2}$、π（全波整流正弦）	A_n：$\dfrac{A}{\pi}$, $\dfrac{4A}{2\pi}$, $\dfrac{4A}{3\pi}$, $\dfrac{4A}{15\pi}$, $\dfrac{4A}{35\pi}$（f_0, $3f_0$, $5f_0$, nf_0）	ϕ_n：π, $\dfrac{\pi}{2}$, 0, $-\dfrac{\pi}{2}$（f_0, $3f_0$, $5f_0$, nf_0）

二、周期信号的频域描述

周期信号的频域特性可借助傅里叶级数这一数学工具来研究。

（一）傅里叶级数的三角函数展开式与三角级数频谱

周期信号 $x(t)$，若在 $[-T/2, T/2]$ 内满足获里赫利条件，则可以展开成傅里叶级数。其级数的三角函数形式如下：

$$x(t) = a_0 + \sum_{n=1}^{\infty}(a_n \cos n2\pi f_0 t + b_n \sin n2\pi f_0 t) \qquad (5-6)$$

式中，

$$\left.\begin{aligned}
a_0 &= \frac{1}{T}\int_{-\frac{T}{2}}^{\frac{T}{2}} x(t)\,\mathrm{d}t \\[2mm]
a_n &= \frac{2}{T}\int_{-\frac{T}{2}}^{\frac{T}{2}} x(t)\cos n2\pi f_0 t\,\mathrm{d}t \qquad (n = 1,2,3,\cdots) \\[2mm]
b_n &= \frac{2}{T}\int_{-\frac{T}{2}}^{\frac{T}{2}} x(t)\sin n2\pi f_0 t\,\mathrm{d}t \qquad (n = 1,2,3,\cdots) \\[2mm]
f_0 &= \frac{1}{T}
\end{aligned}\right\} \qquad (5-7)$$

a_0、a_n 和 b_n 称为傅里叶系数，f_0 称为基波频率，简称基频。

若将式（5-6）中同频项合并，则可改写成

$$x(t) = a_0 + \sum_{n=1}^{\infty} A_n \cos(n2\pi f_0 t + \phi_n) \qquad (5-8)$$

式中，$A_n = \sqrt{a_n^2 + b_n^2}$；$\phi_n = -\arctan\dfrac{b_n}{a_n}$。

式（5-8）表明，满足获里赫利条件的周期信号，可表示成一个直流分量与许多个参数不同的简谐信号分量的叠加。这些简谐信号分量的频率必定是基频 f_0 的整数倍，而幅值 A_n 和相位 ϕ_n 又与频率 nf_0 有关。

将组成 $x(t)$ 的各频率谐波信号的三要素（即 A_n、nf_0、ϕ_n），用两张坐标图表示出来，即以频率 nf_0 为横坐标，分别以幅值 A_n 和相位 ϕ_n 为纵坐标，那么 $A_n—nf_0$ 称为信号幅频谱图，$\phi_n—nf_0$ 称为相频谱图，两者统称为信号的三角级数频谱图，简称"频谱"。从频谱图可以清楚而直观地看出周期信号的频率分量组成、各分量幅值及相位的大小。由于 n 取正整数序列，使横坐标 nf_0 的取值为离散的，相邻频率的间隔等于基频 f_0，因此可得出结论：周期信号的频谱必是离散的。

式（5-8）也可用正弦谐波表示，此时其相应幅频谱和相频谱含义有所不同。本书的频谱图均用式（5-8）来表达。

例 5-1 求表 5-1 所示的周期三角波信号 $x(t)$ 的频率结构，并绘制其频谱图。

解 $x(t)$ 在一个周期内的时域描述见表 5-1，它对称于纵轴，为偶函数。由式（5-7）得

$$a_0 = \frac{2}{T}\int_0^{\frac{T}{2}}\left(A - \frac{4A}{T}t\right)\mathrm{d}t = 0$$

$$a_n = \frac{4}{T} \int_0^{\frac{T}{2}} \left(A - \frac{4A}{T}t \right) \cos n2\pi f_0 \mathrm{d}t$$

$$= \begin{cases} 0 & \text{当 } n = 2,4,6,\cdots \\ \dfrac{8A}{n^2\pi^2} & \text{当 } n = 1,3,5,\cdots \end{cases}$$

$$b_n = \frac{2}{T} \int_{\frac{T}{2}}^{\frac{T}{2}} x(t) \sin n2\pi f_0 t \mathrm{d}t = 0$$

因此,

$$x(t) = \frac{8A}{\pi^2}\left(\cos 2\pi f_0 t + \frac{1}{3^2}\cos 6\pi f_0 t + \frac{1}{5^2}\cos 10\pi f_0 t + \cdots \right) \tag{5-9}$$

可见,偶函数的三角波只含有初始相角为零的余弦谐波。幅频谱图和相频谱图如表5-1所示。

用同样的方法,将表5-1所示的方波信号再展开成三角函数式

$$x(t) = \frac{4A}{\pi}\left(\sin 2\pi f_0 t + \frac{1}{3}\sin 6\pi f_0 t + \frac{1}{5}\sin 10\pi f_0 t + \cdots \right) \tag{5-10}$$

可以看出,奇函数的周期方波只含有初相角为零的正弦谐波。表5-1右边列举了一些常见周期信号的频谱图。

由表5-1可知周期信号的频谱特点:

①周期信号的频谱是离散谱;

②周期信号的频率成分是基频的整数倍;

③满足获里赫利条件的周期信号,其谐波幅值总的趋势是随谐波频率的增大而减小。

(二)傅里叶级数的复指数展开式及复频谱

在实际应用中,特别是公式推导中,常将周期信号展成复指数函数式。

由欧拉公式

$$\left.\begin{array}{l} \cos 2\pi ft = \dfrac{1}{2}\left(\mathrm{e}^{-\mathrm{j}2\pi ft} + \mathrm{e}^{\mathrm{j}2\pi ft} \right) \\[3mm] \sin 2\pi ft = \mathrm{j}\dfrac{1}{2}\left(\mathrm{e}^{-\mathrm{j}2\pi ft} - \mathrm{e}^{\mathrm{j}2\pi ft} \right) \end{array}\right\} \tag{5-11}$$

将上式代入式(5-6)中,并整理归类得

$$x(t) = a_0 + \sum_{n=1}^{\infty}\left[\frac{1}{2}(a_n + \mathrm{j}b_n)\mathrm{e}^{-\mathrm{j}n2\pi f_0 t} + \frac{1}{2}(a_n - \mathrm{j}b_n)\mathrm{e}^{\mathrm{j}n2\pi f_0 t} \right] \tag{5-12}$$

令

$$\left.\begin{array}{l} c_0 = a_0 \\[2mm] c_n = \dfrac{1}{2}(a_n - \mathrm{j}b_n) \\[2mm] c_{-n} = \dfrac{1}{2}(a_n + \mathrm{j}b_n) \end{array}\right\} \tag{5-13}$$

则

$$x(t) = c_0 + \sum_{n=1}^{\infty} c_{-n}\mathrm{e}^{-\mathrm{j}n2\pi f_0 t} + \sum_{n=1}^{\infty} c_n\mathrm{e}^{\mathrm{j}n2\pi f_0 t}$$

上式可合写成

$$x(t) = \sum_{n=-\infty}^{\infty} c_n e^{jn2\pi f_0 t} \qquad (n = 0, \pm 1, \pm 2, \cdots) \qquad (5-14)$$

这就是傅里叶级数的复指数函数形式。

将式(5-7)代入式(5-13),c_0、c_{-n} 和 c_n 可合写成一个式子

$$c_n = \frac{1}{T} \int_{-\frac{T}{2}}^{\frac{T}{2}} x(t) e^{-jn2\pi f_0 t} dt \qquad (n = 0, \pm 1, \pm 2, \cdots) \qquad (5-15)$$

在通常情况下,c_n 为复数,可以写成模与幅角的形式

$$c_n = \mathrm{Re} c_n + \mathrm{jIm} c_n = |c_n| e^{j\phi_n} \qquad (5-16)$$

式中,

$$|c_n| = \sqrt{\mathrm{Re}^2 c_n + \mathrm{Im}^2 c_n} \qquad (5-17)$$

$$\phi_n = \arctan \frac{\mathrm{Im} c_n}{\mathrm{Re} c_n} \qquad (5-18)$$

$|c_n|$—$n f_0$ 和 ϕ_n—$n f_0$ 的关系图分别称为幅频谱图及相频谱图,统称复频谱图,而 $\mathrm{Re} c_n$—$n f_0$ 和 $\mathrm{Im} c_n$—$n f_0$ 的关系图分别称为实频谱图和虚频谱图。需要指出的是,由于 n 的取值为所有正、负整数,使横坐标 $n f_0$ 在 $(-\infty \sim \infty)$ 范围内变化,这种频谱称为双边谱。双边谱中的负频率分量只是一种数学表达形式,没有实际物理意义。

例 5-2 已知周期信号 $x(t) = \begin{cases} -A & 当 -\dfrac{T}{2} \leq t < 0 \\ A & 当 0 < t \leq \dfrac{T}{2} \end{cases}$,求其傅里叶级数复指数展开式,

并画出复频谱图。

解 由式(5-15),可得

$$c_n = \frac{1}{T} \Big[\int_{-\frac{T}{2}}^{0} (-A) e^{-jn2\pi f_0 t} dt + \int_{0}^{\frac{T}{2}} A e^{-jn2\pi f_0 t} dt \Big]$$

$$= \begin{cases} -j\dfrac{2A}{n\pi} & 当 n = \pm 1, \pm 3, \pm 5, \cdots \\ 0 & 当 n = 0, \pm 2, \pm 4, \cdots \end{cases}$$

所以它的傅里叶级数复指数形式为

$$x(t) = \sum_{n=-\infty}^{\infty} \Big(-j\frac{2A}{n\pi} \Big) e^{jn2\pi f_0 t} \qquad (n = \pm 1, \pm 3, \pm 5, \cdots)$$

其幅频谱和相频谱分别为

$$|c_n| = \frac{2A}{\pi |n|} \qquad (n = \pm 1, \pm 3, \pm 5, \cdots)$$

$$\phi_n = \begin{cases} -\dfrac{\pi}{2} & 当 n = 1, 3, 5, \cdots \\ \dfrac{\pi}{2} & 当 n = -1, -3, -5, \cdots \end{cases}$$

如图 5-3 所示。可以看出:幅频谱图是关于纵轴对称的,相频谱图是关于原点对称的。必须指出,其他周期信号的复频谱图也都有这个特点。

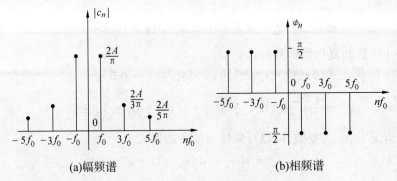

(a)幅频谱　　　　　　　　　　　　(b)相频谱

图 5-3　周期方波的双边频谱图

读者可自行分析其他周期信号频谱与复频谱之间的关系。

三、周期信号的幅值描述

周期信号的幅值描述常以峰值、峰-峰值、均值、绝对均值、均方值和有效值来表示,它确定测量系统的动态范围。周期信号幅值描述的几何含义如图 5-4 所示。

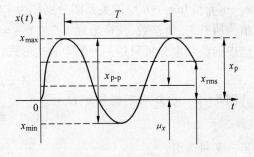

（一）峰值 x_{p} 和峰-峰值 $x_{\mathrm{p-p}}$

峰值 x_{p} 是指在一个周期内信号 $x(t)$ 可能出现的最大绝对瞬时值,即

$$x_{\mathrm{p}} = |x(t)|_{\max} \qquad (5-19)$$

峰-峰值 $x_{\mathrm{p-p}}$ 是指在一个周期内信号最大瞬时值 $x_{\max}$ 与最小瞬时值 $x_{\min}$ 之差的绝对值,即

图 5-4　周期信号幅值描述的几何表示

$$x_{\mathrm{p-p}} = |x_{\max} - x_{\min}| \qquad (5-20)$$

信号的峰值和峰-峰值给出了信号变化的极限范围,是选择测试装置的量程和动态范围的依据,被测信号的峰-峰值应该在测试装置的线性范围内,以防止信号发生畸变和削波。

（二）均值 μ_x 和绝对均值 $\mu_{|x|}$

周期信号的均值

$$\mu_x = \frac{1}{T}\int_0^T x(t)\,\mathrm{d}t \qquad (5-21)$$

表达了信号变化的中心趋势,是信号的常值分量。

周期信号的绝对均值 $\mu_{|x|}$ 定义为经全波整流后的信号均值,即

$$\mu_{|x|} = \frac{1}{T}\int_0^T |x(t)|\,\mathrm{d}t \qquad (5-22)$$

（三）均方值 P_{av} 和有效值 x_{rms}

周期信号属于功率信号,其能量无限,平均功率

$$P_{\mathrm{av}} = \frac{1}{T}\int_0^T x^2(t)\,\mathrm{d}t \qquad (5-23)$$

它反映了信号的功率大小,但需注意,平均功率未必具有真实功率的量纲。

平均功率的平方根就是信号的有效值 x_{rms} ,即

$$x_{rms} = \sqrt{\frac{1}{T}\int_0^T x^2(t)\,\mathrm{d}t} \qquad (5-24)$$

有效值 x_{rms} 也常称为均方根值。

第三节　非周期信号

一、工程常见非周期信号的时域描述

非周期信号包括准周期和瞬变信号。由周期信号的频谱可知,准周期信号具有离散频谱,故称为准周期。工程中常见的非周期信号是瞬变信号。

（一）矩形脉冲信号

矩形脉冲信号的时域表达式

$$w(t) = \begin{cases} A & \text{当} |t| \leqslant \dfrac{T}{2} \\ 0 & \text{当} |t| > \dfrac{T}{2} \end{cases} \qquad (5-25)$$

它只在某一时间范围内有常值 A ,其他时刻为0。习惯上,当时间范围 t 较小时,称 $w(t)$ 为方波脉冲或矩形脉冲;而当 T 较大时,称 $w(t)$ 为矩形窗函数。该信号的应用很广,在对连续信号进行分析处理时,往往是截取某一段时间的信号,这就相当于在时域上用矩形窗函数与连续信号作乘积运算。

（二）单边指数信号

单边指数信号的时域表达式

$$x(t) = \begin{cases} Ae^{-\beta \cdot t} & \text{当} t \geqslant 0 \\ 0 & \text{当} t < 0 \end{cases} \qquad (5-26)$$

当 $\beta > 0$ 时, $x(t)$ 为单边指数衰减信号;当 $\beta < 0$ 时, $x(t)$ 为指数上升信号;当 $\beta = 0$ 时, $x(t)$ 就转化为另一重要信号——阶跃信号。它们的波形分别如图 5-5所示。

常将 β 绝对值的倒数记为 τ ,即 $\tau = 1/|\beta|$,称其为单边指数衰减信号的时间常数。 τ 愈大,指数信号变化愈缓慢。

（三）单位阶跃信号

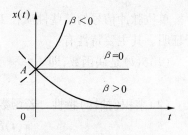

图 5-5　单边指数信号

幅值 $A = 1$ 的阶跃信号称为单位阶跃信号,通常以符号 $u(t)$ 表示,

$$u(t) = \begin{cases} 1 & \text{当} t > 0 \\ 0 & \text{当} t < 0 \end{cases} \qquad (5-27)$$

利用单位阶跃信号可方便地表达各种单边信号,如单边正弦信号为 $u(t)\sin t$ 、单边指数

衰减振荡信号为 $u(t)Ae^{-|\beta|t}\sin 2\pi f_0 t$ 等。此外,它还能表示单边矩形脉冲信号

$$g(t) = u(t) - u(t - T) \tag{5-28}$$

式中,T 为矩形脉冲持续时间。单边矩形脉冲与阶跃信号的关系如图 5-6 所示。

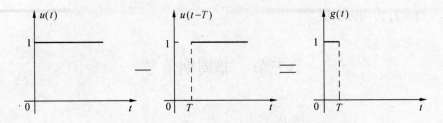

图 5-6　单边矩形脉冲与阶跃信号的关系

(四)单位脉冲信号

单位脉冲信号常以符号 $\delta(t)$ 表示,称为 δ 函数。它是一个广义函数,满足

$$\begin{cases} \delta(t) = \begin{cases} 0 & \text{当 } t \neq 0 \\ \infty & \text{当 } t = 0 \end{cases} \\ \int_{-\infty}^{\infty} \delta(t)\,\mathrm{d}t = 1 \end{cases} \tag{5-29}$$

的信号定义为单位脉冲信号,$\int_{-\infty}^{\infty} \delta(t)\,\mathrm{d}t$ 的值称为脉冲强度,因为脉冲强度是 1 个单位,又称单位脉冲信号。工程中用有向线段表示脉冲信号,如图 5-7 所示,线段长度表示脉冲强度。

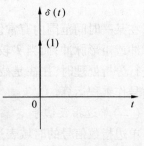

图 5-7　单位脉冲信号

广义函数可以是普通函数序列的极限。如

$$x_1(t) = \begin{cases} 0 & \text{当 } |t| > \dfrac{\varepsilon}{2} \\ \dfrac{1}{\varepsilon} & \text{当 } |t| < \dfrac{\varepsilon}{2} \end{cases} \tag{5-30}$$

则 $\delta(t) = \lim\limits_{\varepsilon \to 0} x_1(t)$。

单位脉冲信号的某些性质在工程实用上是很有价值的,它能从其定义推导出来,在此不予证明。其主要特性有:

(1)$\delta(t)$ 是偶函数,即

$$\delta(t) = \delta(-t) \tag{5-31}$$

(2)乘积(抽样)特性　若函数 $x(t)$ 在 $t = t_0$ 处连续,则有

$$x(t)\delta(t - t_0) = x(t_0)\delta(t - t_0) \tag{5-32}$$

(3)积分(筛选)特性　若函数 $x(t)$ 在 $t = 0$ 处连续,则有

$$\int_{-\infty}^{\infty} x(t)\delta(t)\,\mathrm{d}t = x(0) \tag{5-33}$$

类似可得

$$\int_{-\infty}^{\infty} x(t)\delta(t - t_0)\,\mathrm{d}t = x(t_0) \tag{5-34}$$

（4）卷积特性　两个信号 $x_1(t)$ 与 $x_2(t)$ 卷积的定义：即定义 $\displaystyle\int_{-\infty}^{\infty} x_1(\tau)x_2(t-\tau)\mathrm{d}\tau$ 为信号 $x_1(t)$ 与 $x_2(t)$ 的卷积，记作 $x_1(t) * x_2(t)$，写成

$$x_1(t) * x_2(t) = \int_{-\infty}^{\infty} x_1(\tau)x_2(t-\tau)\mathrm{d}\tau \qquad (5-35)$$

卷积的积分结果仍是时间 t 的函数，而任何连续信号 $x(t)$ 和 $\delta(t)$ 的卷积是一种最简单的卷积积分，其结果就是此连续信号 $x(t)$，即

$$x(t) * \delta(t) = \int_{-\infty}^{\infty} x(\tau)\delta(t-\tau)\mathrm{d}\tau = x(t) \qquad (5-36)$$

同理，当 δ 函数为时延单位脉冲 $\delta(t \pm t_0)$ 时，有

$$x(t) * \delta(t \pm t_0) = \int_{-\infty}^{\infty} x(\tau)\delta(t \pm t_0 - \tau)\mathrm{d}\tau = x(t \pm t_0) \qquad (4-37)$$

连续信号与 δ 函数卷积结果的图形如图 5-8 所示。由图可见，信号 $x(t)$ 和 δ 函数卷积的几何意义，就是将信号 $x(t)$ 出现时延脉冲时间。

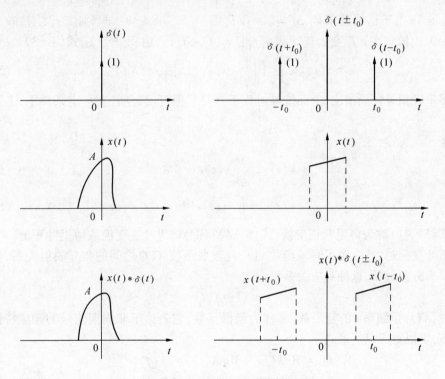

图 5-8　连续信号与 δ 函数卷积

工程中遇到的非周期信号形式多样，除以上介绍的几种之外，其他常见的还有：三角形脉冲、钟形脉冲、线性上升和线性下降等信号。

二、非周期信号的频域特性

若将非周期信号看成周期 $T \to \infty$ 的周期信号，就可以把周期信号的频谱分析方法推广到非周期信号中。

（一）傅里叶变换及频谱分析

设非周期信号 $x(t)$ 如图 5-9a 所示，由它可构造出一个周期为 T 的信号 $x_T(t)$。$x_T(t)$ 在区间 $[-T/2, T/2]$ 上等于 $x(t)$，在其他区域按周期 T 延拓出去，如图 5-9b 所示。很显然，T 越大，$x_T(t)$ 与 $x(t)$ 相等的范围就越大；当 $T \to \infty$ 时，周期信号 $x_T(t)$ 便转化为 $x(t)$ 了，即

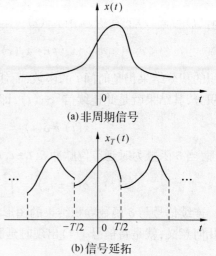

(a)非周期信号

(b)信号延拓

图 5-9 非周期信号及其延拓

$$x(t) = \lim_{T \to \infty} x_T(t) \qquad (5-38)$$

将式(5-14)和式(5-15)代入 $x_T(t)$，便得

$$x(t) = \lim_{T \to \infty} \sum_{n=-\infty}^{\infty} \left[\frac{1}{T} \int_{-\frac{T}{2}}^{\frac{T}{2}} x_T(t) \mathrm{e}^{-\mathrm{j}n2\pi f_0 t} \mathrm{d}t \right] \mathrm{e}^{\mathrm{j}n2\pi f_0 t} \qquad (5-39)$$

分析上式，当 $T \to \infty$ 时，时间轴 $[-T/2, T/2]$ 扩展为 $(-\infty, \infty)$；由于谱线的间隔 $\Delta f = f_0 = 1/T$，因 $\Delta f \to \mathrm{d}f \to 0$，离散频率 nf_0 变为连续频率 f；且 $x_T(t) \to x(t)$，由积分定义，式(4-39)又可写成

$$x(t) = \int_{-\infty}^{\infty} \left[\int_{-\infty}^{\infty} x(t) \mathrm{e}^{-\mathrm{j}2\pi f t} \mathrm{d}t \right] \mathrm{e}^{\mathrm{j}2\pi f t} \mathrm{d}f \qquad (5-40)$$

这就是傅里叶积分。须指出，上面推导过程不严格。但可以证明，在一定条件下，上式是成立的。

若令

$$X(f) = \int_{-\infty}^{\infty} x(t) \mathrm{e}^{-\mathrm{j}2\pi f t} \mathrm{d}t \qquad (5-41)$$

$$x(t) = \int_{-\infty}^{\infty} X(f) \mathrm{e}^{\mathrm{j}2\pi f t} \mathrm{d}f \qquad (5-42)$$

通常将式(5-41)称为傅里叶正变换，式(5-42)称为傅里叶逆变换或傅里叶积分。它们互称为傅里叶变换对，且表明了时域函数 $x(t)$ 与频域函数 $X(f)$ 之间的相互映射关系，是唯一对应的。为方便起见，这种对应关系可记为

$$x(t) \leftrightarrow X(f)$$

显然，$X(f)$ 是频率 f 的复函数，常称为频谱函数，它表达了非周期信号的频域特性。一般情况下，可以写成以下形式：

$$X(f) = \mathrm{Re}X(f) + \mathrm{j}\mathrm{Im}X(f) = |X(f)| \mathrm{e}^{\mathrm{j}\phi(f)} \qquad (4-43)$$

其中 $|X(f)|$—f 称为信号 $x(t)$ 的连续幅频谱，$|\phi(f)|$—f 称为信号 $x(t)$ 的连续相频谱，总称为频谱。

可以证明，$X(f)$ 是 f 的偶函数，而 $\phi(f)$ 是 f 的奇函数。将 $X(f) = |X(f)| \mathrm{e}^{\mathrm{j}\phi(f)}$ 代入式(5-42)，并由欧拉公式(5-11)得

$$x(t) = \int_{-\infty}^{\infty} |X(f)| \cos[2\pi f t + \phi(f)] \mathrm{d}f + \mathrm{j} \int_{-\infty}^{\infty} |X(f)| \sin[2\pi f t + \phi(f)] \mathrm{d}f$$

因为 $|X(f)| \cos[2\pi f t + \phi(f)]$ 是 f 的偶函数，而 $|X(f)| \sin[2\pi f t + \phi(f)]$ 是 f 的奇函数，所以

$$x(t) = 2 \int_0^{\infty} |X(f)| \cos[2\pi f t + \phi(f)] \mathrm{d}f \qquad (5-44)$$

与式(5-8)比较,不难看出,非周期信号也可分解成无穷多个幅值各为$|X(f)|\mathrm{d}f$的谐波信号之和。谐波包含了$(0,\infty)$的所有频率范围,故非周期信号的频谱是连续谱。

非周期信号的频谱函数$X(f)$与周期信号的频谱c_n既有相同之处,又有明显的区别。相同之处在于两者都反映信号的频域特性。区别则表现在两方面:其一,周期信号的频谱为离散频谱,非周期信号的频谱为连续频谱;其二,两者的物理概念和量纲都不相同,$|c_n|$就是各谐波分量的幅值,而$|X(f)|$只是单位频宽上的幅值,因此,确切地说,$|X(f)|$应称为频谱密度函数,简称频谱函数。

(二)几种典型非周期信号的频谱

1. 单边指数衰减信号

单边指数衰减信号$Ae^{-\beta t}u(t)(\beta>0)$,由式(5-41)得频谱函数

$$X(f) = \int_{-\infty}^{\infty} Ae^{-\beta t}u(t)e^{-j2\pi ft}\mathrm{d}t = \frac{A}{\beta + j2\pi f} \tag{5-45}$$

其幅频谱和相频谱分别为

$$|X(f)| = \frac{A}{\sqrt{\beta^2 + (2\pi f)^2}} \tag{5-46}$$

$$\phi(f) = -\arctan\frac{2\pi f}{\beta} \tag{5-47}$$

如图5-10a、b所示。

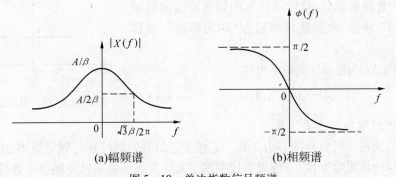

(a)幅频谱　　　　　　　　　(b)相频谱

图5-10　单边指数信号频谱

2. 矩形窗信号的频谱

矩形窗信号表达式为式(5-25),由式(5-41)得频谱函数

$$W(f) = \int_{-\frac{T}{2}}^{\frac{T}{2}} Ae^{-j2\pi ft}\mathrm{d}t = \frac{A}{\pi f}\sin\pi f T$$

若定义

$$\mathrm{sinc}(x) = \begin{cases} \dfrac{\sin x}{x} & \text{当 } x \neq 0 \\ 1 & \text{当 } x = 0 \end{cases} \tag{5-48}$$

为抽样函数,并将矩形窗信号$w(t)$的频谱函数写成

$$W(f) = AT\mathrm{sinc}(\pi f T) \tag{5-49}$$

$W(f)$为实函数,只有实部,没有虚部。其幅频谱和相频谱分别为

$$|W(f)| = AT|\text{sinc}(\pi f T)| \qquad (5-50)$$

$$\phi(f) = \begin{cases} 0 & \text{当 sinc}(\pi f T) > 0 \\ \pi & \text{当 sinc}(\pi f T) < 0 \end{cases} \qquad (5-51)$$

如图 5-11a、b 所示。

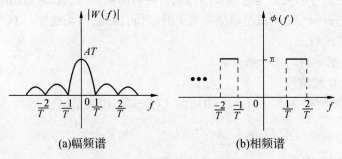

(a)幅频谱　　　　　　　　(b)相频谱

图 5-11　矩形窗信号波形及其频谱

3. $\delta(t)$ 信号的频谱

由傅里叶变换的定义和 $\delta(t)$ 的积分特性得频谱函数

$$\Delta(f) = \int_{-\infty}^{\infty} \delta(t) e^{-j 2\pi f t} dt = 1 \qquad (5-52)$$

可见，单位脉冲信号的频谱为常数，说明信号包含了 $(-\infty, \infty)$ 所有频率成分，且任一频率的频谱密度函数相等，如图 5-12 所示，故称这种频谱为"均匀频谱"，或称"白色谱"。

由 $x(t)$ 与 $X(f)$ 唯一对应关系可知

$$\int_{-\infty}^{\infty} e^{j 2\pi f t} df = \delta(t) \qquad (5-53)$$

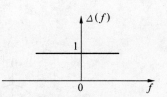

图 5-12　单位脉冲信号频谱

（三）傅里叶变换的主要性质

傅里叶变换是信号分析的有力工具。它建立了信号时域描述与频域描述之间的对应关系。基本信号的傅里叶变换，一般可直接利用定义计算或从傅里叶变换表中查得。然而，为了简捷求取其他工程信号的傅里叶变换，必须利用傅里叶变换的性质，因此，熟悉和掌握傅里叶变换的性质，对信号特性的研究是很有帮助的。

表 5-2 列出了傅里叶变换的主要性质。表中各项性质均可从定义出发直接证明。在此不予数学推导。下面介绍某些性质的应用。

表 5-2　傅里叶变换的主要性质

序　号	性质名称	时域 $x(t) \leftrightarrow$ 频域 $X(f)$
1	线性叠加	$ax_1(t) + bx_2(t) \leftrightarrow aX_1(f) + bX_2(f)$
2	对称	$X(t) \leftrightarrow x(-f)$
3	时间展缩	$x(k t) \leftrightarrow \dfrac{1}{|k|} X\left(\dfrac{f}{k}\right)$

（续表5-2）

序 号	性质名称	时域 $x(t) \leftrightarrow$ 频域 $X(f)$
4	时移	$x(t \pm t_0) \leftrightarrow X(f) e^{\pm j 2\pi f t_0}$
5	频移	$x(t) e^{\mp j 2\pi f_0 t} \leftrightarrow X(f \pm f_0)$
6	时域卷积	$x_1(t) * x_2(t) \leftrightarrow X_1(f) X_2(f)$
7	频域卷积	$x_1(t) x_2(t) \leftrightarrow X_1(f) * X_2(f)$
8	时域微分	$\dfrac{\mathrm{d}^n x(t)}{\mathrm{d} t^n} \leftrightarrow (j 2\pi f)^n X(f)$
9	频域微分	$(-j 2\pi t)^n x(t) \leftrightarrow \dfrac{\mathrm{d}^n X(f)}{\mathrm{d} f^n}$
10	积分特性	$\displaystyle\int_{-\infty}^{t} x(t) \mathrm{d}t \leftrightarrow \dfrac{1}{j 2\pi f} X(f)$
11	中心坐标	$x(0) = \displaystyle\int_{-\infty}^{\infty} X(f) \mathrm{d}f ; X(0) = \int_{-\infty}^{\infty} x(t) \mathrm{d}t$
12	巴什瓦恒等式	$\displaystyle\int_{-\infty}^{\infty} |x(t)|^2 \mathrm{d}t = \int_{-\infty}^{\infty} |X(f)|^2 \mathrm{d}f$

例5-3 已知 $W(t) = A f_0 \mathrm{sinc}(\pi f_0 t)$，利用对称性质求 $\mathscr{F}[W(t)]$。

解 让式（5-49）中 $T = f_0, f = t$，则 $W(f)$ 即为 $W(t)$，由对称性质可知 $\mathscr{F}[W(t)]$ 应为式（5-25），注意式中 $T = f_0, t = f$，即 $\mathscr{F}[W(t)] = w(f)$。$W(t)$ 与 $w(f)$ 对应关系如图5-13a所示。

同理可得图5-13b对应的变换对。

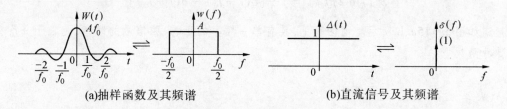

(a)抽样函数及其频谱　　　　　(b)直流信号及其频谱

图5-13 傅里叶变换对称性质的应用

例5-4 用 $w(t) \leftrightarrow W(f)$ 和时间展缩性质，作出 $w\left(\dfrac{t}{2}\right), w(2t)$ 的频谱图。

解
$$\mathscr{F}\left[w\left(\dfrac{t}{2}\right)\right] = 2 W(2f)$$

$$\mathscr{F}[w(2t)] = \dfrac{1}{2} W\left(\dfrac{f}{2}\right)$$

其频谱图如图5-14a、c所示，由图可见，信号持续的时间越长，信号的频带越窄；反之，则频带越宽。

例5-5 利用频移性质求 $\mathscr{F}[\cos 2\pi f_0 t]$ 和 $\mathscr{F}[\sin 2\pi f_0 t]$。

解
$$\mathscr{F}[\cos 2\pi f_0 t] = \dfrac{1}{2} \mathscr{F}[e^{j 2\pi f_0 t}] + \dfrac{1}{2} \mathscr{F}[e^{-j 2\pi f_0 t}]$$

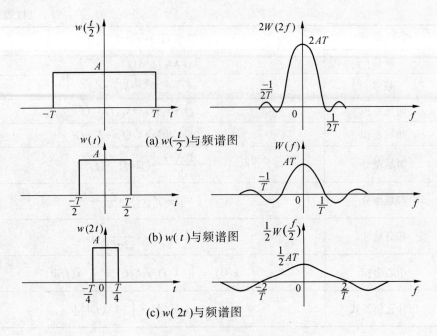

(a) $w\left(\dfrac{t}{2}\right)$ 与频谱图

(b) $w(t)$ 与频谱图

(c) $w(2t)$ 与频谱图

图 5-14　时间展缩特性举例

由式(5-53)和频移性质,可得

$$\mathscr{F}[\cos 2\pi f_0 t] = \frac{1}{2}[\delta(f+f_0) + \delta(f-f_0)] \tag{5-54}$$

同理可得

$$\mathscr{F}[\sin 2\pi f_0 t] = \mathrm{j}\frac{1}{2}[\delta(f+f_0) - \delta(f-f_0)] \tag{5-55}$$

其频谱如图 5-15a、b 所示。由图可见,具有单一频率的正、余弦信号的频谱,是位于 $\pm f_0$ 处的脉冲函数。

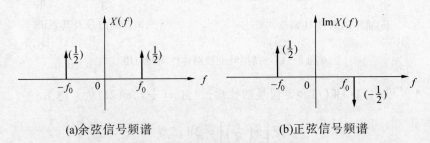

(a)余弦信号频谱　　　　　　(b)正弦信号频谱

图 5-15　余弦、正弦信号的频谱

读者还可利用频移性质求 $\mathscr{F}[x(t)\cos 2\pi f_0 t]$,$\mathscr{F}[x(t)\cos^2(2\pi f_0 t)]$ 的频谱,它是前面调幅与解调的数学基础。

傅里叶变换的以上性质,在信号的频谱分析中有着广泛的应用。利用这些性质及一些典型信号的频谱,可以方便地求解许多复杂信号的频谱。利用中心坐标性质可检查傅里叶变换的计算结果是否正确。而巴什瓦恒等式及其应用,将在下一节介绍。

第四节 随 机 信 号

随机信号不能用确定的时间函数来描述,也无法预测其某一时刻的精确取值。若在相同条件下,对信号作重复观测,则每次观测的结果都不一样,其值的变动虽具有一定的规律,但这种规律必须通过统计大量观测数据后才呈现出来。因此,研究随机信号,是以大量观测实验为基础,概率和统计的方法是其分析的主要工具。

对一个随机现象进行多次长时间观测,可以得到无限多个随时间变化的信号历程,如图 5 – 16 所示,将其中任一信号历程称为样本函数 $x_i(t)$。一般的观测总是在有限时间段上进行的,这时的样本函数则称为样本记录。而在相同试验条件下得到的全部样本函数的集合,便构成整个随机信号,记作 $\{x(t)\}$,即 $\{x(t)\} = \{x_1(t), x_2(t), \cdots, x_i(t), \cdots\}$。

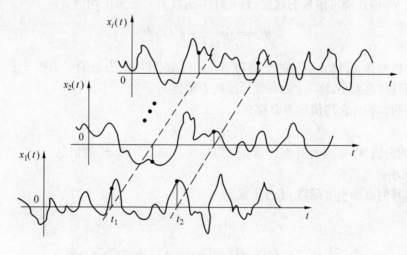

图 5 – 16 随机过程与样本函数

一般情况下,统计是以随机信号集合中的所有样本函数为对象的,即对所有样本函数在同一时刻 t_i 的观测值作统计,这种统计称集合平均。若各种集合平均值(如均值、方差、均方值等)不随时间 t_i 变化,则称该信号为平稳随机信号,否则为非平稳随机信号。

在平稳随机信号中,若任一个样本函数的时间平均值(即对单个样本按时间历程作时间平均)等于信号的集合均值,则称该平稳随机信号为各态历经信号。尽管各态历经信号只是随机信号中的特殊情况,但在工程技术的各个领域,许多随机现象都属于或近似各态历经信号。因此,研究这类信号具有普遍和现实的意义。它不需要做大量重复试验,只要根据一个或少数几个样本记录,就可以用时间平均值推断和估计随机信号的集合平均特征。

本节仅讨论各态历经随机信号的处理方法。与确定性信号的描述方法相似,对各态历经随机信号的描述仍可从幅值域、时域和频域来描述。

一、随机信号的幅值描述

各态历经随机信号的幅值描述包括:均值、方差、均方值和概率密度函数等。

（一）均值、方差和均方值

均值 μ_x 是指各态历经随机信号的样本函数 $x(t)$ 在观测时间 T 上的平均值，即

$$\mu_x = \lim_{T \to \infty} \frac{1}{T} \int_0^T x(t) \, \mathrm{d}t \tag{5-56}$$

它表示随机信号的常值分量，是随机信号波动的中心值，描述了随机信号的静态分量。

方差 σ_x^2 描述随机信号的幅值波动程度。用样本函数 $x(t)$ 偏离均值 μ_x 的平方均值得到，即

$$\sigma_x^2 = \lim_{T \to \infty} \frac{1}{T} \int_0^T \left[x(t) - \mu_x \right]^2 \mathrm{d}t \tag{5-57}$$

由定义可知，方差的量纲与均值的量纲不同。为达到两者一致，常用的是方差的平方根 σ_x，也称标准偏差或标准差，它是分析随机信号的重要参数。信号波动的范围愈大，则 σ_x 也愈大。可见，标准差 σ_x 描述了随机信号的动态分量。

均方值 Ψ_x^2 描述随机信号的强度，它是样本函数 $x(t)$ 平方的均值，即

$$\Psi_x^2 = \lim_{T \to \infty} \frac{1}{T} \int_0^T x^2(t) \, \mathrm{d}t \tag{5-58}$$

它有明确的物理含义，代表信号的平均功率。工程上，常用均方值的平方根 $x_{\mathrm{rms}} = \sqrt{\Psi_x^2}$ 来等效信号的当量幅值大小，称 x_{rms} 为有效值或均方根值。

不难证明，均方值、均值和方差存在以下关系：

$$\Psi_x^2 = \mu_x^2 + \sigma_x^2 \tag{5-59}$$

由此可见，均方值 Ψ_x^2 既含有静态分量 μ_x 信息，又含动态分量 σ_x 的信息。

（二）概率密度函数

随机信号的概率密度函数 $p(x)$ 定义为

$$p(x) = \lim_{\Delta x \to 0} \frac{p_{\mathrm{r}}(x, x + \Delta x)}{\Delta x} \tag{5-60}$$

式中，$p_{\mathrm{r}}(x, x + \Delta x)$ 为信号幅值落在指定区间 $[x, x + \Delta x]$ 内的（频数）概率。

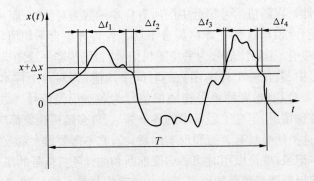

图 5-17　单个样本函数的概率测量

由图 5-17 可知，由于样本函数的瞬时数据值 $x(t)$ 落在区间 $[x, x + \Delta x]$ 内的次数和落在该区间的时间具有相同的频数，因此 $p_{\mathrm{r}}(x, x + \Delta x)$ 可用下式计算：

$$p_{\mathrm{r}}(x, x + \Delta x) = \lim_{T \to \infty} \frac{T_x}{T} \tag{5-61}$$

式中,T 为总观测时间;T_x 为观测时间内信号幅值落在区间 $[x,x+\Delta x]$ 内的总时间。

由图 5-17 可知

$$T_x = \Delta t_1 + \Delta t_2 + \cdots + \Delta t_i + \cdots + \Delta t_n = \sum_{i=1}^{n} \Delta t_i \tag{5-62}$$

因此,概率密度函数 $p(x)$ 又可表示为

$$p(x) = \lim_{\Delta x \to 0} \frac{1}{\Delta x} \left[\lim_{T \to \infty} \frac{T_x}{T} \right] \tag{5-63}$$

例 5-6　求具有随机初始相位角 φ 的正弦信号 $x(t) = x_0 \sin(2\pi f t + \varphi)$ 的概率密度函数。

解　由于 φ 的随机性,信号 $x(t) = x_0 \sin(2\pi f t + \varphi)$ 的取值也是随机的。若任意选定一个 φ 值,便可得一个样本函数,显然样本函数 $x(t)$ 是周期为 $T_0 = 1/f$ 的正弦信号,如图 5-18a 所示。假设观测时间 $T = nT_0$(n 为正整数),由式(5-63)得

$$p(x) = \lim_{\Delta x \to 0} \frac{1}{\Delta x} \left[\lim_{T \to \infty} \frac{T_x}{T} \right] = \lim_{\Delta x \to 0} \frac{1}{\Delta x} \left(\lim_{n \to \infty} \frac{2n\Delta t}{nT_0} \right)$$

$$= \frac{2}{T_0} \lim_{\Delta x \to 0} \frac{\Delta t}{\Delta x} = 2f \frac{\mathrm{d}t}{\mathrm{d}x}$$

利用 $x(t)$ 的反函数关系

$$t = \frac{1}{2\pi f} \left(\arcsin \frac{x}{x_0} - \varphi \right)$$

可以求得

$$\frac{\mathrm{d}t}{\mathrm{d}x} = \frac{1}{2\pi f \sqrt{x_0^2 - x^2}}$$

从而得到概率密度函数为

$$p(x) = \frac{1}{\pi \sqrt{x_0^2 - x^2}}$$

其概率密度函数图形如图 5-18b 所示。

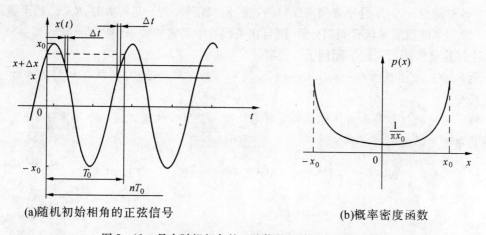

(a)随机初始相角的正弦信号　　　　(b)概率密度函数

图 5-18　具有随机相角的正弦信号及其概率密度函数

由此例可见,概率密度函数 $p(x)$ 是信号幅值 x 的函数,并具有以下性质:

(1)概率密度函数恒为正值,即 $p(x) \geqslant 0$。

(2)概率密度函数曲线 $p(x)$ 与幅值轴 x 所包围的面积 $\int_{-\infty}^{\infty} p(x)\mathrm{d}x = 1$,即出现各种可能幅值的概率之和等于1。

概率密度函数 $p(x)$ 提供了随机信号幅值分布的信息。不同的随机信号具有不同的概率密度函数图形,可以借此来识别信号的性质。

二、随机信号的时域描述

在时域,一般并不关心单个样本函数的波形或时域表达式,而是讨论信号在不同时刻瞬时值的相互依从关系——时域相关特性。单个信号的时域相关特性用自相关函数描述;两个信号之间的时域相关特性用互相关函数描述。由于相关函数描述的是一个信号与其或某信号延迟 τ 时刻后的关系,所以也称为时差域或延迟域描述。

（一）信号的自相关函数

研究信号的自相关函数 $R_x(\tau)$ 的目的,可以了解不同时刻同一个随机样本间的波形相似程度。假如 $x(t)$ 是随机信号的一个样本记录,$x(t+\tau)$ 是 $x(t)$ 延迟 τ 后的样本。对各态历经随机信号或功率信号,自相关函数可定义为

$$R_x(\tau) = \lim_{T \to \infty} \frac{1}{T}\int_0^T x(t)x(t+\tau)\mathrm{d}t \qquad (5-64)$$

式中,T 为样本记录长度(即观测时间)。

由自相关函数的定义,可以推出下列几个重要性质:

(1)自相关函数是偶函数,即 $R_x(\tau) = R_x(-\tau)$。

(2)自相关函数在 $\tau = 0$ 时可以获得最大值,并等于该随机信号的均方值 Ψ_x^2,即

$$R_x(0) = \lim_{T \to \infty} \frac{1}{T}\int_0^T x(t)x(t)\mathrm{d}t = \Psi_x^2 \geqslant R_x(\tau) \qquad (5-65)$$

(3)若随机信号中含有常值分量 μ_x,则 $R_x(\tau)$ 含有常值分量 μ_x^2。

(4)对均值 μ_x 为零且不含周期成分的"纯"随机信号,当 τ 足够大时,$R_x(\tau)$ 趋于零。

(5)如果随机信号含有周期分量,则自相关函数中必含同频率的周期分量。

上述这些性质可通过下面例子来说明。

例 5-7 求随机信号 $x(t) = x_0\cos(2\pi f_0 t + \varphi)$ 的自相关函数,其中 x_0 和 f_0 为常数,φ 为一随机变量。

解 该随机信号是各态历经信号并有零均值。其集合均值可用一个周期 $T = 1/f_0$ 内的时间均值表示。由式(5-64)得

$$R_x(\tau) = \frac{1}{T}\int_0^T x_0^2\cos(2\pi f_0 t + \varphi)\cos[2\pi f_0(t+\tau)+\varphi]\mathrm{d}t$$

$$= \frac{x_0^2}{2}\cos 2\pi f_0 \tau$$

由此可见,余弦函数的自相关函数仍是余弦函数,且为偶函数;在 $\tau = 0$ 时取得最大值;它保留了原信号的幅值和频率信息,但丢失了初始相位信息。

同样可以证明,两个具有零均值且相互独立的随机信号 $x_0\cos(2\pi f_0 t + \varphi)$ 和 $n(t)$,叠加形成的信号 $x(t) = x_0\cos(2\pi f_0 t + \varphi) + n(t)$,其自相关函数

$$R_x(\tau) = \frac{x_0^2}{2}\cos 2\pi f_0\tau + R_n(\tau)$$

式中,$R_n(\tau)$ 为随机信号 $n(t)$ 的自相关函数。

此结果说明:含有周期成分的随机信号的自相关函数也含有同频率的周期成分。

图 5-19 所示为四种典型信号及其自相关函数的图形,读者可自行分析并加深对自相关函数性质的理解。

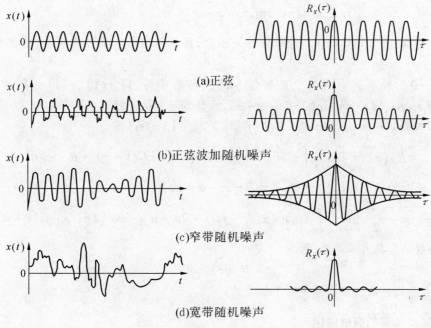

(a)正弦

(b)正弦波加随机噪声

(c)窄带随机噪声

(d)宽带随机噪声

图 5-19　四种典型信号及其自相关函数

(二)信号的互相关函数

两个各态历经随机信号或功率信号 $x(t)$ 和 $y(t)$ 的互相关函数可以反映两个样本在不同时刻之间的相互依从关系。其具体描述为:

$$R_{xy}^*(\tau) = \lim_{T\to\infty}\frac{1}{T}\int_0^T x(t)y(t+\tau)\mathrm{d}t \qquad (5-66)$$

由于所讨论的随机信号具有各态历经性,因此在 t 时刻从样本取值计算和在 $t-\tau$ 时刻从样本取值计算的互相关函数是相等的,即

$$R_{xy}(\tau) = \lim_{T\to\infty}\frac{1}{T}\int_0^T x(t)y(t+\tau)\mathrm{d}t = \lim_{T\to\infty}\frac{1}{T}\int_0^T x(t-\tau)y(t)\mathrm{d}t$$

$$= \lim_{T\to\infty}\frac{1}{T}\int_0^T y(t)x(t-\tau)\mathrm{d}t = R_{yx}(-\tau) \qquad (5-67)$$

---

* 对能量有限信号,相关函数应按 $R_x(\tau) = \int_{-\infty}^{\infty} x(t)x(t+\tau)\mathrm{d}t$ 和 $R_{xy}(\tau) = \int_{-\infty}^{\infty} x(t)y(t+\tau)\mathrm{d}t$ 计算。

可见,互相关函数一般既非偶函数也非奇函数,且求两信号的互相关函数时与顺序有关,即 $R_{xy}(\tau)$ 与 $R_{yx}(\tau)$ 是两个不同的函数,一般是不相等的。通过下面两个例子的讨论,可加深对工程测试有指导意义的互相关函数性质的理解。

例 5-8 设两个同频的正弦信号 $x(t)$ 和 $y(t)$,其相位差为 φ,即 $x(t) = x_0\sin(2\pi f_0 t + \theta)$,$y(t) = y_0\sin(2\pi f_0 t + \theta - \varphi)$,试求其互相关函数 $R_{xy}(\tau)$。

解 由于两信号均为相同周期的信号,其统计特征可用一周期内的时间平均表示,故

$$R_{xy}(\tau) = \frac{1}{T}\int_0^T x_0\sin(2\pi f_0 t + \theta)y_0\sin[2\pi f_0(t+\tau) + \theta - \varphi]\mathrm{d}t$$

$$= \frac{1}{2}x_0 y_0\cos(2\pi f_0\tau - \varphi)$$

由表达式可知:两个同频正弦信号的互相关函数,保留了这两个信号的频率、幅值和相位差信息。

例 5-9 若上例中的两个正弦信号的圆频率不等,即 $x(t)$、$y(t)$ 分别为 $x(t) = x_0\sin(2\pi f_1 t + \theta)$,$y(t) = y_0\sin(2\pi f_2 t + \theta - \varphi)$,试计算互相关函数 $R_{xy}(\tau)$。

解 因为 $x(t)$ 和 $y(t)$ 的频率不等 $(f_1 \neq f_2)$,由式 (5-66) 得

$$R_{xy}(\tau) = \lim_{T\to\infty}\frac{1}{T}\int_0^T x_0\sin(2\pi f_1 t + \theta)y_0\sin[2\pi f_2(t+\tau) + \theta - \varphi]\mathrm{d}t$$

利用三角函数的积化和(差)公式,并令 $2\pi f_2\tau - \varphi = \alpha$,得

$$R_{xy}(\tau) = -\frac{x_0 y_0}{2}\lim_{T\to\infty}\frac{1}{T}\int_0^T\{\cos[2\pi(f_1 + f_2)t + 2\theta + \alpha] - \cos[2\pi(f_1 - f_2)t - \alpha]\}\mathrm{d}t$$

又由于余弦函数具有零均值,因此

$$R_{xy}(\tau) = 0$$

可见,两个不同频的正弦信号是互不相关的。

三、随机信号的频域描述

相关函数能在时域内表达信号自身或与其他信号在不同时刻的内在联系。此外,工程应用中还经常研究这种内在联系的频域描述,这就是自功率谱和互功率谱密度函数。

(一)自功率谱密度函数

利用前面所述的均值为零、且不含周期成分的"纯"随机信号 $x(t)$,当 τ 足够大时,自相关函数 $R_x(\tau) \to 0$,说明 $R_x(\tau)$ 满足傅里叶变换中 $\int_{-\infty}^{\infty}|R_x(\tau)|\,\mathrm{d}\tau$ 绝对可积的条件。这样,可定义信号 $x(t)$ 的自功率谱密度函数

$$S_x(f) = \int_{-\infty}^{\infty}R_x(\tau)\mathrm{e}^{-\mathrm{j}2\pi f\tau}\mathrm{d}\tau \tag{5-68}$$

即为自相关函数 $R_x(\tau)$ 的傅里叶变换,常简称为自功率谱或自谱。而 $S_x(f)$ 的逆变换为

$$R_x(\tau) = \int_{-\infty}^{\infty}S_x(f)\mathrm{e}^{\mathrm{j}2\pi f\tau}\mathrm{d}f \tag{5-69}$$

$R_x(\tau)$ 与 $S_x(f)$ 通过傅里叶变换建立了一一对应关系,$S_x(f)$ 中包含了 $R_x(\tau)$ 的全部信息。由于 $R_x(\tau)$ 为实偶函数,由式 (5-68) 可证明 $S_x(f)$ 也为实偶函数,即 $S_x(f) = S_x(-f)$,

为双边功率谱。正因为如此,习惯上更常用正频率
$f \geq 0$ 范围定义自功率谱 $G_x(f)$

$$G_x(f) = 2S_x(f) \qquad f \geq 0 \qquad (5-70)$$

并将 $G_x(f)$ 称为信号 $x(t)$ 的单边功率谱,如图 $5-20$
所示。

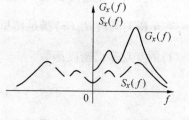

自功率谱 $S_x(f)$ 有明确的物理含义。当 $\tau = 0$ 时,
由式($5-65$)和式($5-69$)可得

图 $5-20$　单边功率谱与双边功率谱

$$R_x(0) = \lim_{T \to \infty} \frac{1}{T} \int_0^T x^2(t) \, \mathrm{d}t = \int_{-\infty}^{\infty} S_x(f) \, \mathrm{d}f$$

$$(5-71)$$

由式可见,$S_x(f)$ 曲线与频率轴 f 所包围的面积就是信号的平均功率。此式还表明 $S_x(f)$ 就
是信号的功率密度沿频率轴的分布,因此称 $S_x(f)$ 为自功率谱密度函数。

还需指出,在引入自功率谱概念时,假设信号 $x(t)$ 是非周期的且 $R_x(\tau)$ 必须满足绝对可
积的条件,其自功率谱 $S_x(f)$ 才存在。但是,对于某些周期性随机信号,虽不满足这些条件,
若引入 δ 函数,功率谱也可表示出来。

例 $5-10$　求随机相位正弦波 $x(t) = x_0 \sin(2\pi f_0 t + \varphi)$ 的自功率谱 $S_x(f)$。

解　例 $5-8$ 中,若令 $y(t) = x(t)$,可得正弦波 $x(t)$ 的自相关函数为 $R_x(\tau) = \frac{x_0^2}{2} \cos 2\pi f_0 \tau$。由定义

$$S_x(f) = \int_{-\infty}^{\infty} \frac{x_0^2}{2} \cos 2\pi f_0 \tau \, \mathrm{e}^{-\mathrm{j} 2\pi f \tau} \mathrm{d}\tau$$

$$= \frac{x_0^2}{4} \left[\delta(f - f_0) + \delta(f + f_0) \right]$$

可见,正弦波的 $S_x(f)$ 是在 $f = \pm f_0$ 处强度为 $x_0^2/4$ 的 δ 脉冲。

(二)巴什瓦恒等式

巴什瓦恒等式表明:在时域计算的信号总能量等于在频域计算的信号总能量,即

$$\int_{-\infty}^{\infty} x^2(t) \, \mathrm{d}t = \int_{-\infty}^{\infty} |X(f)|^2 \mathrm{d}f \qquad (5-72)$$

式中,$|X(f)|$ 为信号 $x(t)$ 的幅值谱。

巴什瓦恒等式从能量角度反映时域和频域关系,故称上式为能量恒等式,而称 $|X(f)|^2$
为能量谱密度,它是信号能量沿频率轴的分布密度。

然而,随机信号往往是非周期性的时域无限信号,能量也是无限的,故无法直接运用能
量等式,此时研究信号平均功率更合适。在整个时间轴上,信号平均功率

$$P_{\mathrm{av}} = \lim_{T \to \infty} \frac{1}{T} \int_0^T x^2(t) \, \mathrm{d}t = \int_{-\infty}^{\infty} \lim_{T \to \infty} \frac{1}{T} |X(f)|^2 \mathrm{d}f \qquad (5-73)$$

比较式($5-73$)和式($5-71$),可得自功率谱密度函数 $S_x(f)$ 与幅值谱 $|X(f)|$ 的关系

$$S_x(f) = \lim_{T \to \infty} \frac{1}{T} |X(f)|^2 \qquad (5-74)$$

可见,功率谱表示单位频带内信号 $x(t)$ 所具有的功率,或信号功率在频率轴上的分布。当
信号满足傅里叶变换条件时,其功率谱 $S_x(f)$ 可直接利用傅里叶变换来计算。

（三）互功率谱密度函数

若互相关函数 $R_{xy}(\tau)$ 满足傅里叶变换的条件（$\int_{-\infty}^{\infty} |R_{xy}(\tau)| \mathrm{d}\tau$ 收敛），则定义信号 $x(t)$ 和 $y(t)$ 的互功率谱密度函数

$$S_{xy}(f) = \int_{-\infty}^{\infty} R_{xy}(\tau) \mathrm{e}^{-\mathrm{j}2\pi f\tau} \mathrm{d}\tau \qquad (5-75)$$

即互相关函数 $R_{xy}(\tau)$ 的傅里叶变换常简称为互谱密度函数或互谱，而 $S_{xy}(f)$ 的逆变换为

$$R_{xy}(\tau) = \int_{-\infty}^{\infty} S_{xy}(f) \mathrm{e}^{\mathrm{j}2\pi f\tau} \mathrm{d}f \qquad (5-76)$$

$R_{xy}(\tau)$ 与 $S_{xy}(f)$ 通过傅里叶变换建立了一一对应关系。$S_{xy}(f)$ 包含了 $R_{xy}(\tau)$ 的全部信息，同样可推得

$$S_{xy}(f) = S_{yx}(-f) \qquad (5-77)$$

第五节　信号数字化

信号数字处理理论和技术是当代信息革命的催生者。它和其他数值分析处理理论及方法一起，推动了计算机的研制和发展。同时，计算机的发展也推动了数字信号处理的发展。

与模拟信号处理相比，数字信号处理具有极好的稳定性、高灵活性、高精度、高分辨率和高速实时处理、设备通用性强等优点，为设备智能化和成果共享提供了条件，因此近 30 年来，数字处理极大地促进了测试技术的发展，正逐步取代传统的模拟处理方式。

数字信号处理系统如图 5-21 所示。模拟信号经信号预处理变成适合于数字处理的信号，经 A/D 转换成数字信号，再送入数字信号分析仪或计算机完成数字信号处理。如果需要，再由 D/A 转换成模拟信号。

图 5-21　数字信号处理系统

由于数字计算机只能处理有限长的数字信号，因此必须先将一个连续变化的模拟信号转换成有限长的离散时间序列，这一转换称为模拟信号数字化。从概念上又可分成采样和截断两个过程。

一、采样

（一）采样的数学描述

采样相当于在连续信号上"摘取"一系列离散的瞬时值。数学上是将连续时间信号 $x(t)$ 与等时间间隔 Δ 的单位脉冲序列 $s(t)$ 相乘。记 $s(t) = \sum\limits_{n=-\infty}^{\infty} \delta(t-n\Delta)$，由 δ 函数的抽样性质可知，采样后信号

$$x_s(t) = x(t)s(t) = \sum_{n=-\infty}^{\infty} x(n\Delta)\delta(t - n\Delta) \tag{5-78}$$

这是脉冲强度变化的等间隔脉冲序列。各脉冲强度值

$$x_n = x(n\Delta) \qquad (n = -\infty, \cdots, -1, 0, 1, \cdots, \infty) \tag{5-79}$$

x_n 就是希望获得的离散时间序列,后面还需量化和截断。以上过程如图 5-22a、b、c 所示。

（二）时域采样定理（又称 Shannon 采样定理）

在什么条件下由 $x(t)$ 采样得到的 x_n:①可恢复原信号 $x(t)$,②可以确定 $x(t)$ 频谱 $X(f)$?时域采样定理可回答这一问题。

时域采样定理:若采样间隔 Δ 满足 $\Delta \leqslant 1/(2f_m)$ 的条件（f_m 是 $x(t)$ 频谱的最高截止频率）,则以等间隔 Δ 对 $x(t)$ 采样所得的 x_n 可恢复原信号 $x(t)$,并能完全确定它的频谱 $X(f)$。

由频域卷积性质可知,两信号时域乘积的傅里叶变换等于其各自傅里叶变换的卷积,即 $x_s(t)$ 的频谱 $X_s(f) = X(f) * S(f)$,如图 5-22c 所示。当 $\Delta \leqslant 1/(2f_m)$ 时,有 $1/\Delta \geqslant 2f_m$,在 $X(f)$ 与 $S(f)$ 作卷积时,无论如何相对移动 $S(f)$ 或 $X(f)$ 图形,在 $[-f_m, f_m]$ 区域内,只抽取 $X(f)$ 上的一个值,频域卷积只将 $X(f)$ 延拓成周期为 $1/\Delta$ 的周期函数。在一个周期内,总有 $X_S(f) = X(f)/\Delta$,即

$$X_S(f) = \frac{1}{\Delta}X(f) = X(f) * S(f)$$

$$= \sum_{n=-\infty}^{\infty} x_n e^{-j2\pi fn} \qquad \left(f \in \left[-\frac{1}{2\Delta}, \frac{1}{2\Delta}\right]\right) \tag{5-80}$$

称 $f_s = 1/\Delta$ 为采样频率。时域采样定理表明,要不失真地将 $x(t)$ 转换成 x_n,采样间隔 Δ 必须足够小,即采样频率 f_s 要足够高。

（三）频率混叠

若不满足采样定理,$x(t)$ 转换成 x_n 将产生失真。失真的一个重要表现是原 $X(f)$ 中高于 $\frac{1}{2\Delta'}$ 频段的频谱混到低频段,使 $X_S'(f)$ 相对于 $X(f)$ 发生变异,即出现所谓的频率混叠现象,如图 5-22d、e 所示。这是因为,当 $\Delta' > 1/(2f_m)$ 时,有 $1/\Delta' < 2f_m$ 存在。用式（5-80）作卷积时,区域 $[-f_m, f_m]$ 内的某一频率幅值等于 $X(f)$ 的多点值相加。

为防止频混,时域采样前应估计 $x(t)$ 的最高频率,或先对 $x(t)$ 作低通滤波。操作时,由于实际滤波器不可能有理想的截止特性,在其截止频率 f_c 后总有一定的过渡带,故常选 $f_s = (3 \sim 4)f_c$,将频混减少到工程允许的范围内。

（四）量化和量化误差

采样所得的离散序列值,需用有限字长的二进制码来表示,这一过程称为量化。

设模数转换板 ADC 的位数为 b 位（如 8 位）,工作电压范围为 D V（如 $0 \sim 10$ V）。则该 ADC 具有 2^b 个离散数码,而相邻两个离散数码对应的电平差 $\Delta U = D/2^b$。当某 x_n 落在 $k\Delta U$ 与 $(k+1)\Delta U$ 之间时,只能舍入到相近的一个电平上,此 x_n 与舍入后的值 x_n（量化值）之差称为量化误差。

.量化误差属随机误差,在 $[-\Delta U/2, \Delta U/2]$ 区间呈等概率密度分布。概率密度为 $1/\Delta U$,均值为零,均方值为 $(\Delta U)^2/12$,标准差为 $0.29\Delta U$。与信号获取、处理过程中的其他误差相比,

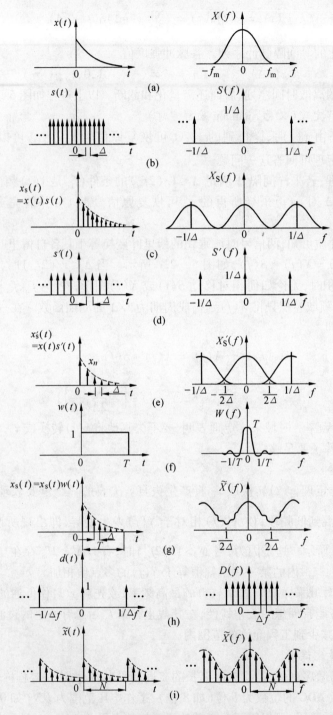

图 5 - 22　信号数字化及 DFT 的获取过程

（a）模拟信号及其幅频谱；（b）采样信号及其幅频谱（$\Delta \leqslant 1/2f_m$）；（c）采样后不产生频混的信号及其幅频谱；
（d）采样信号及其幅频谱（$\Delta' > 1/2f_m$）；（e）采样后产生频混的信号及其幅频谱；（f）时窗信号及其幅频谱；
（g）有限长离散信号及其幅频谱；（h）频域采样信号及其时域信号；（i）DFT 后的频谱及其时域信号

量化误差一般不算大。其最大值为 $\pm \Delta U/2$，也就是 A/D 转换时的幅值分辨率。为降低量化误差，经常在 A/D 转换前，调节 $x(t)$ 的增益，使它与 ADC 的工作范围相匹配。目前 ADC 的工作范围多为 $\pm 5\,\text{V}$ 或 $0 \sim 10\,\text{V}$。ADC 位数越高，量化误差会越小。当然这会导致转换速度随之降低，成本也会增高。在实际应用中，在满足精度的条件，两方面要作权衡。

由于量化误差甚小，在后面的讨论中不计及量化误差的影响。

二、截断

数字系统无法处理无限长的信号，因此，必须对信号进行截断以获取合适的采样长度。

（一）截断的数学描述

截断即只取有限长的一段信号来处理。数学上是将 $x(t)$ 乘以时域有限宽的矩形窗函数。矩形时窗函数

$$w(t) = \begin{cases} 1 & \text{当} \ 0 \leqslant t \leqslant T \\ 0 & \text{当} \ t < 0, t > T \end{cases} \tag{5-81}$$

式中，T 为窗的宽度。

采样并加窗后的时频域关系为 $F[x(t)w(t)] = X(f) * W(f)$，如图 5-22g 所示。

（二）泄漏

由图 5-11 可知矩形窗函数的频谱 $W(f)$ 是一无限带宽的连续频域函数 $\text{sinc}(\pi f T)$。因它是偶函数，将 $W(f)$ 相对于 $X_S(f)$ 平移时得两图形重叠区域内幅值乘积的积分值就是 $W(f)$ 与 $X_S(f)$ 的卷积。因此，截断后信号的频谱与原 $X_S(f)$ 相比，原谱峰值必将减小，原幅值为零的频带亦将出现非零幅值。这相当于使原比较集中在某一频带区域的能量向该区域外扩散，这一现象称为能量泄漏，简称泄漏，如图 5-22g 所示。

对无限长随机信号作傅里叶变换，泄漏是不可避免的。这是有限长傅里叶变换方法的先天不足。

然而，矩形窗谱 $W(f)$ 与 $X_S(f)$ 卷积，主要起作用的是其 $(-1/T, 1/T)$ 频域的主瓣区。$w(t)$ 在截断时可取较大的 T 值，使 $(-1/T, 1/T)$ 频带变窄。因此，泄漏引起的频谱畸变，从量上来看，并不太"严重"，此外，还可以用其他窗函数来减少泄漏的影响。

（三）窗函数及其选择

为了减小或抑制泄漏，提出用多种不同形式的窗函数对时域信号 $x(t)$ 进行加权处理。从卷积过程可知，窗函数应力求其频谱的主瓣宽度窄、旁瓣幅度小。窄的主瓣可以抑制原谱峰值的降低，提高频率分辨力；小的旁瓣可以使原零幅值频带出现尽量小的非零幅值，减少泄漏。因此，窗函数的优劣大致从最大旁瓣峰值与主瓣峰值之比、最大旁瓣 10 倍频程衰减率和主瓣宽度等三方面来评价。

几种常用窗函数及其特点如表 5-3 所示。

表5-3　窗函数的比较

名称	时域表达式和频谱函数	特点与应用场合	幅值谱
矩形窗	$w(t) = \begin{cases} 1 & \text{当} \|t\| \leqslant \dfrac{T}{2} \\ 0 & \text{当} \|t\| > \dfrac{T}{2} \end{cases}$ $W(f) = T\text{sinc}(\pi f T)$	主瓣高为 T、宽为 $2/T$、第一旁瓣幅高为主瓣高的21%，旁瓣衰减率为20 dB/dec。与其他窗比较，它的主瓣最窄，旁瓣则较高，泄漏较大。它适合于要获得精确主峰的频率、而对幅值精度要求不高的场合	见图5-11(图中 $A=1$)
汉宁窗又称余弦窗	$w(t) = \begin{cases} \dfrac{1}{2} + \dfrac{1}{2}\cos\dfrac{2\pi t}{T} & \text{当} \|t\| < \dfrac{T}{2} \\ 0 & \text{当} \|t\| \geqslant \dfrac{T}{2} \end{cases}$ $W(f) = \dfrac{1}{2}W_R(f) + \dfrac{1}{4}\left[W_R\left(f+\dfrac{1}{T}\right) + W_R\left(f-\dfrac{1}{T}\right) \right]$ 式中，$W_R(f) = T\text{sinc}(\pi f T)$	主瓣高为 $T/2$，宽为 $4/T$，第一旁瓣幅值为主瓣的2.5%，旁瓣衰减率为60 dB/dec。相比之下，它的旁瓣明显降低，具有抑制泄漏的作用；但主瓣较宽，致使频率分辨能力较差。在截断随机信号或非整周期截断周期函数时，为了平滑或削弱截取信号的两端，减小泄漏，宜加汉宁窗	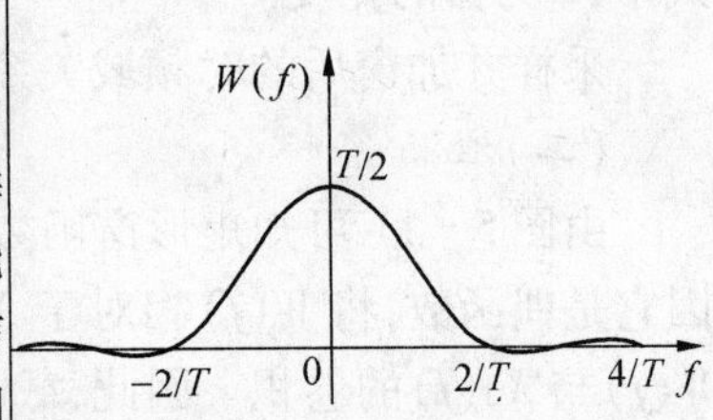
三角窗	$w(t) = \begin{cases} 1 - \dfrac{T}{2}\|t\| & \text{当} \|t\| \leqslant \dfrac{T}{2} \\ 0 & \text{当} \|t\| > \dfrac{T}{2} \end{cases}$ $W(f) = \dfrac{T}{2}\left(\text{sinc}\dfrac{\pi f t}{2} \right)^2$	三角窗主瓣高为 $T/2$，宽度约为矩形窗的2倍，但旁瓣低且无负值	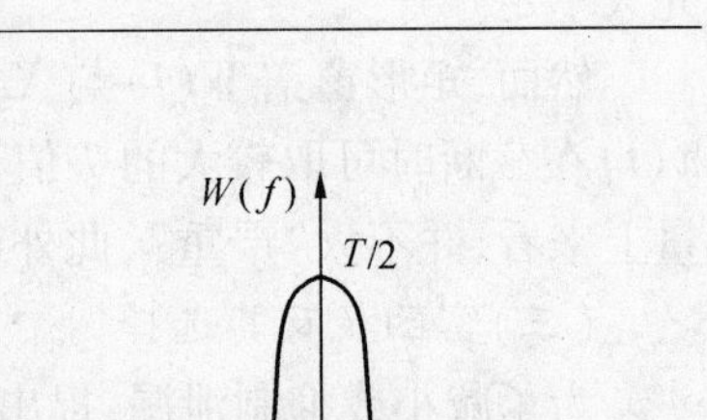
指数窗	$w(t) = \begin{cases} e^{-\beta t} & \text{当} 0 < t \leqslant T \\ 0 & \text{当} t \leqslant 0, t > T \end{cases}$ $W(f) = \dfrac{1}{\beta + j2\pi f}$	无旁瓣，主瓣很宽，其频率分辨力低。对脉冲响应类信号宜加指数窗，若适当选择衰减系数，可起到抑制噪声的作用	见图5-10(图中 $A=1$)

第六节　有限离散傅里叶变换与快速傅里叶变换

目前,工程信号数字处理的具体算法很多,但各种算法基本上都是以统计分析、傅里叶变换、数字滤波、现代时间序列分析四大类基本算法为基础。考虑到数字处理技术已成为现代工程技术人员不可回避的重要技术之一,故在时域采样、截断的基础上,进一步介绍离散信号在时域与频域内的离散关系,且讨论相应的算法。

一、有限离散傅里叶变换(DFT)

(一)时域离散信号的连续频谱

若将 $x(t)$ 采样、截断后的时域信号记为 $\tilde{x}_s(t)$,由式(5-80)可知其对应的频谱

$$\tilde{X}_S(f) = \sum_{n=0}^{N-1} \tilde{x}_n \mathrm{e}^{-\mathrm{j}2\pi n\Delta f} \tag{5-82}$$

$\tilde{X}_S(f)$ 是周期为 $1/\Delta$ 的连续频谱。只要满足采样定理,$\tilde{x}_s(t)$ 的频谱 $\tilde{X}_S(f)$ 与 $[x(t)w(t)]$ 的频谱在频域的一个周期内完全相同。

(二)时域离散信号的离散频谱

计算机只需对 $\tilde{X}_S(f)$ 计算一个周期,如在 $[0,1/\Delta]$ 上取若干个离散值。通常将一个周期分成 N 等分,如图5-22i所示,记 $f = k/(N\Delta)$,其离散值

$$\tilde{X}_k = \sum_{n=0}^{N-1} \tilde{x}_n \exp\left(-\mathrm{j}\frac{2\pi n\Delta k}{N\Delta}\right) = \sum_{n=0}^{N-1} \tilde{x}_n \exp\left(-\mathrm{j}\frac{2\pi}{N}nk\right) \quad (k = 0,1,\cdots,N-1) \tag{5-83}$$

由此得到的 N 点离散频谱 $\tilde{X}_k$ 完全可恢复 $\tilde{X}_s(f)$,也可完全恢复 $\tilde{x}_n$,且

$$\tilde{x}_n = \frac{1}{N}\sum_{k=0}^{N-1} \tilde{X}_k \exp\left(\mathrm{j}\frac{2\pi}{N}nk\right) \quad (n = 0,1,\cdots,N-1) \tag{5-84}$$

(三)有限离散傅里叶变换

至此,已在理论上不失真地将连续信号 $[x(t)w(t)]$ 与 $\mathscr{F}[x(t)w(t)]$ 变换成有限离散序列 $\tilde{x}_n$ 与 $\tilde{X}_k$,即建立了 N 个时域离散值与 N 个频域离散值对应的傅里叶变换关系。为方便,后面记 $\tilde{x}_n$ 为 x_n,$\tilde{X}_k$ 为 X_k,即

$$\begin{cases} X_k = \sum_{n=0}^{N-1} x_n \exp\left(-\mathrm{j}\frac{2\pi}{N}nk\right) \\ x_n = \frac{1}{N}\sum_{k=0}^{N-1} X_k \exp\left(\mathrm{j}\frac{2\pi}{N}nk\right) \end{cases} \quad (n,k = 0,1,\cdots,N-1) \tag{5-85}$$

上式称为有限离散傅里叶变换对(DFT),这是计算机能接受的时频域对应关系。在DFT中,尽管 x_n、X_k 分别是以 $N\Delta$ 及 $1/\Delta$ 为周期的周期函数,但在各自的一个周期内,DFT与连续傅里叶变换有类同的性质。

由于量化误差、泄漏及可能频混等原因,DFT 只是 FT 的一个近似,但就 DFT 自身而言, x_n 与 X_k 是一一对应的。

二、快速傅里叶变换(FFT)

DFT 方法在 20 世纪初已经提出,但其计算量太大,限制了应用。按式(5-85)由 N 个 x_n 计算出 N 个 X_k,需要 N^2 次复数乘法、$N(N-1)$ 次复数加法。直到 1965 年,美国的 Cooly 和 Turkey 提出了一种快速计算 DFT 的算法,仅需 $(N/2)\log_2 N$ 次复数乘法,$N\log_2 N$ 次复数加法,即可完成 DFT 计算。人们称这种快速算法为快速傅里叶变换(FFT)。在 Cooly 和 Turkey 的算法中,规定 N 取 2 的整数次幂,因此也称基 2 型 FFT。此后,又提出了一些进一步改进基 2 型 FFT 的算法,如 NFFT、WFFT 等,可再成倍减少计算次数。

目前实现 FFT 主要有软件和硬件两种方法。软件方法是在通用计算机上编程完成 FFT;硬件方法是用专门的数字处理芯片(DSP)完成 FFT。现在许多工具软件包均有 FFT 或基于 FFT 的子程序、子模块,用起来十分方便。

FFT 是功率谱、互谱、频率响应函数、相干函数等经典频域分析和许多相关分析方法的基础,它大大加快了数字信号处理的发展,是信号处理技术上一场划时代的革命。这里罗列出一些 FFT 的应用。

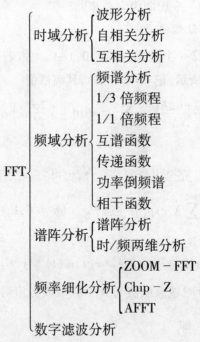

三、FFT 的参数选择

对一个连续信号作 FFT,一般按以下步骤选取参数:

(1)估计 $x(t)$ 的截止频率 f_c 或按所需的最高频率对 $x(t)$ 作低通滤波。

(2)估计所需的频率分辨率 Δf_1。由 FFT 得到的是离散频谱,如图 5-22i 所示。相邻两谱线间的频率间隔 Δf 必须小于 Δf_1,才能分辨出 $x(t)$ 中相邻的两频率峰值。

(3)确定采样间隔 Δ 或采样频率 f_s($\Delta \leqslant 1/2f_c$ 或 $f_s \geqslant 2f_c$)。

（4）确定 $x(t)$ 的一个样本的最小采样长度 N_{min}（$N_{min} = 1/(\Delta f_1 \Delta)$）。

（5）对基 2 型 FFT，按 2 的整数次幂及 $N \geqslant N_{min}$ 圆整采样点数 N。

由以上各步确定的采样间隔 Δ 和采样长度 N 将无频混产生，且保证 FFT 后的谱线间隔 $\Delta f = 1/(N\Delta) < \Delta f_1$。

（6）选取适当的窗函数。

若对 $x(t)$ 的物理性质了解不够，难以估计其截止频率 f_c 及频率分辨率 Δf_1，可用较小的采样间隔 Δ 及较大的采样长度 N 先试采样并作出 FFT，按作出的 FFT 再修正 Δ 及 N。若 $x(t)$ 长度不够采 N 点数据，可在 x_n 后加零补足 N 点。

有一种细化（Zoom）FFT 计算方法，可在完成 FFT 计算后，再将感兴趣的频段局部放大，增加该局部频段内的谱线数，提高频率分辨率。

在调用 FFT 子程序时，还常会遇到谱幅值的标定问题，即需按 x_n 相应的工程单位（如 m、m/s^2、N 等）来确定各 X_k 值。此时，可用前面介绍的巴什瓦恒等式（即信号时域、频域内的能量相等）来标定谱幅值。

第七节　基于 FFT 的谱分析方法

本节讨论几种最常用的谱分析方法，有关的定义前面已经论述。不同的是，这里用 FFT 来做有限长的数字计算。

实际的测试信号多为实函数。对实时序 x_n，其 $|X_k|$ 对称于 $f = 1/(2\Delta)$ 这条谱线。若只作谱分析（即不用 X_k 的结果作 FFT 逆变换），仅需取 N 条离散谱线的前一半即可。如 $N = 1024$ 的 x_n，其各类谱值的谱线数仅为 512 根，即 $k = 0, 1, \cdots, \dfrac{N}{2} - 1$。以下的讨论对此不再说明。

一、确定性信号的傅里叶谱

确定性信号的傅里叶谱 X_k 由式（5-85）确定。因 X_k 是复数，又可表示为如下几种形式：

（一）实频特性与虚频特性

将 X_k 写成 $X_k = \mathrm{Re}X_k + \mathrm{j}\mathrm{Im}X_k$ 的形式，式中 $\mathrm{Re}X_k$ 与 $\mathrm{Im}X_k$ 分别是 X_k 的实部与虚部。$\mathrm{Re}X_k$—f 与 $\mathrm{Im}X_k$—f 分别构成 x_n 的实频谱和虚频谱，如图 5-23 所示。

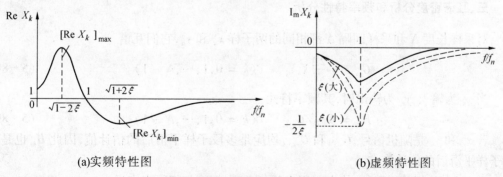

(a)实频特性图　　　　　　　　(b)虚频特性图

图 5-23　实频特性与虚频特性图

（二）幅频特性与相频特性

将 X_k 写成 $X_k = A_k e^{j\phi_k}$ 的形式，式中 A_k、ϕ_k 分别为 X_k 的幅值与相位。A_k—f，ϕ_k—f 分别构成 x_n 的幅值谱和相位谱，如图 5-24 所示。

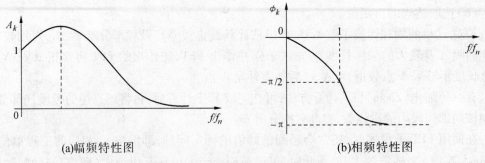

(a)幅频特性图　　　　　　　　　(b)相频特性图

图 5-24　幅频特性与相频特性图

X_k 的实频与虚频特性或幅频与相频特性，除了用线性坐标表示之外，还可用极坐标或对数坐标表示。

二、随机信号的自功率谱密度分析

自功率谱密度函数 $G_x(f)$ 是随机信号 $x(t)$ 在频域统计特性的一种描述。FFT 只能取有限长的 x_n 来计算 $G_{x\cdot k}$，因此 $G_{x\cdot k}$ 只是 $G(f)$ 的估计。

对 $x(t)$ 的一段子样 x_n，其功率密度函数的估计值

$$G_{x\cdot k} = \frac{2\Delta}{N} X_k \overline{X}_k = \frac{2\Delta}{N} |X_k|^2 \qquad \left(k = 0, 1, \cdots, \frac{N}{2} - 1\right) \tag{5-86}$$

式中，X_k 与 $\overline{X}_k$ 互为共轭复数。

可以证明，由单个子样 x_n 所得 $G_{x\cdot k}$ 估计的随机误差为 100%，这是不容许的。为减少估计的随机误差，可用多段采样平滑的方法，该方法在 $x(t)$ 上取 q 个等长子样，按式（5-86）分别对每段子样计算，得各 $G_{x\cdot kq}$。平均后的功率谱估计

$$G_{x\cdot k} = (G_{x\cdot k1} + G_{x\cdot k2} + G_{x\cdot k3} + \cdots + G_{x\cdot kq})/q \tag{5-87}$$

多段子样平滑后 $G_{x\cdot k}$ 估计的随机误差 $\varepsilon = (1/q)^{\frac{1}{2}}$。对某些要求较高的功率谱密度分析，子样数 q 需上百个。

三、互谱密度分析和频率特性分析

对采样长度 N 和采样间隔 Δ 都相同的两子样 x_n 和 y_n，它们互谱

$$G_{xy\cdot k} = \frac{2\Delta}{N} \overline{X}_k Y_k \qquad (k = 0, 1, \cdots, N - 1) \tag{5-88}$$

当 x_n 为输入，y_n 为输出时，其频率特性

$$H_k = G_{xy\cdot k}/G_{x\cdot k} \qquad (k = 0, 1, \cdots, N - 1) \tag{5-89}$$

若 x_n 和 y_n 是随机信号，$G_{x\cdot k}$ 和 $G_{xy\cdot k}$ 均应是多段子样平滑后的估计值，因此 H_k 也是多段子样平滑后的估计值。

$G_{xy\cdot k}$ 和 H_k 都是复函数，故也可用实频与虚频、幅频与相频来表示。

四、相干函数分析

相干函数亦称凝聚函数。对采样长度 N 和采样间隔 Δ 都相同的两子样 x_n 和 y_n，其中 x_n 为输入，y_n 为输出，其相干函数

$$\gamma^2_{xy \cdot k} = |G_{xy \cdot k}|^2 / G_{x \cdot k} G_{y \cdot k} \qquad \left(k = 0, 1, \cdots, \frac{N}{2} - 1\right) \qquad (5-90)$$

$\gamma^2_{xy \cdot k}$ 值表示在 $f = k \cdot \Delta f$ 这一频率上，y_n 对 x_n 的线性相关程度。在 $k \cdot \Delta f$ 频率分量上，若 y_n 完全由 x_n 所引起，则 $\gamma^2_{xy \cdot k} = 1$；若 y_n 与 x_n 完全线性无关，则 $\gamma^2_{xy \cdot k} = 0$；若 y_n 部分由 x_n 所致，则 $0 < \gamma^2_{xy \cdot k} < 1$，这是因为系统还受到噪声或非线性干扰所致。

相干函数只是一种估计值，因此，必须用多段子样平滑后的 $G_{x \cdot k}$、$G_{y \cdot k}$ 和 $G_{xy \cdot k}$ 来计算 $\gamma^2_{xy \cdot k}$ 以获得其估计值。若只用一段子样，哪怕是两个毫无关系的 x_n 和 y_n，由式 (5-90) 计算出来的各 $\gamma^2_{xy \cdot k}$ 都将为 1，这显然是错误的。

第八节 相关分析和谱分析的工程应用

相关分析和谱分析是当前工程测试中最广泛使用的工具之一，本节简要介绍它们在机电工程中的一些应用。

一、相关分析及其应用

前面已给出了自相关函数和互相关函数的定义，这里主要讨论相关函数的数字估计及其工程应用。

(一)相关函数的数字估计

相关函数的数字估计有两种方法，一种是按样本的时间序列直接计算，另一种是先用 FFT 计算出样本函数的功率谱密度函数，再对功率谱密度作 FFT 逆变换，间接计算出相关函数。考虑到目前微机的计算速度已足够高，下面仅介绍直接计算法。

如图 5-25 所示，时序 $x_n (n = 0, 1, 2, \cdots, N-1)$ 在时间位移 $\tau = r\Delta$ 处的自相关函数

$$R_{x \cdot r} = \frac{1}{N - r} \sum_{n=0}^{N-r-1} x_n x_{n+r} \qquad (r = 0, 1, \cdots, N-1) \qquad (5-91)$$

时序 x_n 和 $y_n (n = 0, 1, 2, \cdots, N-1)$ 在时间位移 $\tau = r\Delta$ 处的互相关函数

$$R_{xy \cdot r} = \frac{1}{N - r} \sum_{n=0}^{N-r-1} x_n y_{n+r} \qquad (r = 0, 1, \cdots, N-1) \qquad (5-92)$$

上两式中，r 为时移数。

(二)相关分析的工程应用

相关分析可了解两个信号或同一信号在时移前后的关系。近二三十年来，相关分析在力学、光学、声学、电子学、地震学、地质学和神经生理学等领域，都得到广泛的应用。下面介绍一些典型实例。

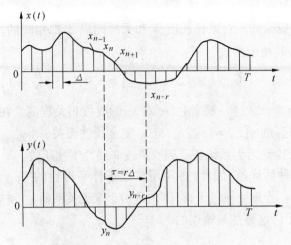

图 5-25　相关函数的数字估计

1. 检测混有周期性确定信号的随机信号

利用自相关函数的性质,可判别任意时域信号中是否含有周期成分。现以测量燃气轮机的噪声信号为例,通过运用自相关分析法来确定噪声信号中有无周期信号。燃气轮机噪声的测点位置"A"和"B",如图 5-26a 所示。测点 A 和测点 B 得到的噪声 $x_A(t)$ 和 $x_B(t)$ 如图 5-26b 所示;分别对噪声 $x_A(t)$ 和 $x_B(t)$ 作自相关分析得到相应的自相关函数 $R_{xA}(\tau)$ 和 $R_{xB}(\tau)$, 如图 5-26c、d 所示。可见,时域波形不能辨别出信号中的周期成分,但自相关函数 $R_{xA}(\tau)$ 和 $R_{xB}(\tau)$ 的图形上都含有周期为 0.18ms(即 $f = 5555.6\,\mathrm{Hz}$)的周期信号。自相关函数图还可间接说明两噪声来自同一噪声源。

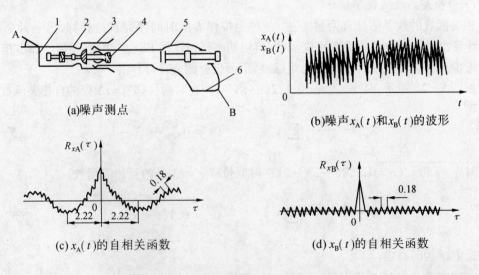

图 5-26　燃气轮机噪声信号的自相关分析
1—进气道;2—轴流压气机;3—离心压气机;4—涡轮;5—动力涡轮;6—排气

2. 相关测速

利用互相关函数的性质,可以测定一些不能直接测量的参数。比如,在运动物体上或在相对运动物体间隔处各放置一个传感器,同时记录某一状态的信号,将所测得的两个信号进行相关分析,确定互相关函数最大值时的 τ_m 值,即可计算出运动物体的速度 $v = l/\tau_m$。在不便直接测定运动物体速度的地方,如飞机、船舶、流体和气体等的运动速度,常用此分析方法。

测定船舶航速的示意图如图 5-27 所示。在船的头部和尾部装有两组超声发射器和接收换能器,读者可分析其测速原理。

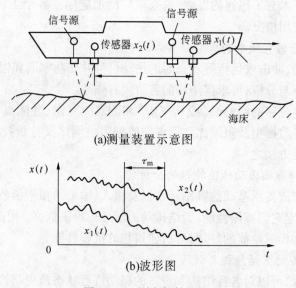

(a)测量装置示意图

(b)波形图

图 5-27 测定船舶的航速

3. 故障诊断

常用互相关函数的性质来诊断容器的裂痕位置。

用相关分析确定深埋在地下的输水管裂损的部位如图 5-28 所示。在输水管表面沿轴

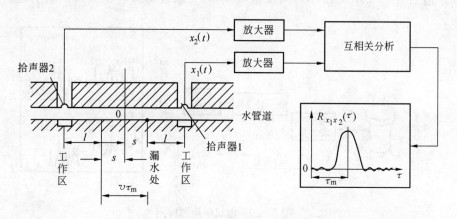

图 5-28 相关分析诊断水管漏水部位

向放置传感器(拾声器)1和2,将水管破裂处漏水声视为向两侧传播声波的声源,因放置两传感器的位置距离漏损处不等,则水管漏水处的音波传至两传感器有时差,找出 $x_1(t)$ 和 $x_2(t)$ 互相关值最大处的时间 τ_m。τ_m 就是上述两传感器拾取漏损处信号的时差,由 τ_m 即可确定水管漏损位置。

$$s = v\tau_m/2$$

式中,s 为两传感器的中点至漏损处的距离;v 为音波通过管道的传播速度。

二、谱分析的工程应用

近年来谱分析技术有了飞速的发展,越来越广泛地应用在各个工程领域中。下面简要介绍谱分析技术的应用情况。

(一)结构的各阶固有频率和振型分布

测量结构在激振、冲击或运行等状态时的振动信号并作功率谱和幅值谱分析,对谱图中的尖峰分量进行鉴别与分析,可求得结构的各阶固有频率。

分析各测点振动位移的幅值谱(或功率谱)和测点间互谱、各测点的频率响应函数,可以得到结构振动的各阶振型及阻尼比。后者即机械阻抗测试及分析技术,是目前识别结构动态特性参数的主要方法之一。

(二)机械系统和基础振动传递特性的分析

通过对机械系统或支承基础的频率特性以及输入、输出的相干函数分析,可以得到它们振动的传递特性,评定它们减振性能,为结构动力学分析提供依据。用此方法也可以分析汽车悬架的减振性能和操纵性能的好坏,分析建筑物的抗震性能等。

(三)结构与设备的振动监视与故障诊断

利用谱分析技术,可以对各种结构和设备的振动进行状态监视与控制,并对设备进行故障诊断,实现无损检测。

1. 查找电机噪声源

被测电机的极数为14级,电源频率为50 Hz,电机转速为512 r/min。测试系统如图5-29a所示。声级计拾取电机噪声信号,用压电加速度计拾取电机外壳的振动加速度信号,它们的功率谱如图5-29b、c所示。两图谱峰频率一致,说明噪声主要由振动引起。由图分

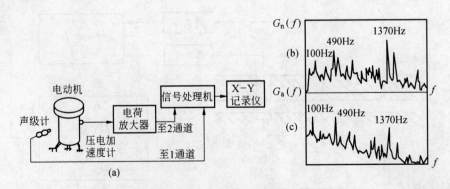

图 5-29　电机噪声源检测

(a)框图;(b)噪声功率谱;(c)加速度功率谱

析,噪声功率谱中 100 Hz 处的峰值,正好是电源频率的 2 倍,判断该噪声是由定子磁致伸缩作用引起的;490 Hz 处的峰值频率则与电机转速和滚珠轴承的滚珠数及其直径有关,可以判断该噪声是由滚珠轴承的伤痕产生;1370 Hz 的峰值的噪声由交变磁场作用于定子和转子,从而产生周期性的交变力所引起的振动所产生。找出噪声产生的原因,可采取相应措施减噪。

2. 应用功率谱分析、监视机器的工作状态或作故障诊断

汽车变速箱在不同负载下具有不同的功率谱图。根据谱图的变化,可以判断齿轮运转是否正常。同时,根据变速箱正常工作和不正常工作时振动加速度功率谱的差别,可查找变速箱不正常工作时功率谱图中额外谱峰产生的原因以及排除故障的方法。

3. 相干分析广泛用于查找各种振动源和噪声源

船用柴油机润滑油泵压油管振动和压力脉动间的相干分析如图 5-30 所示。润滑油泵转速 $n = 781$ r/min,油泵齿轮的齿数 $z = 14$,则压油管压力脉动的基频 $f_0 = 182.24$ Hz。测得压力脉动信号 $x(t)$ 和压油管振动信号 $y(t)$。其自谱如图 5-30a、b 所示。

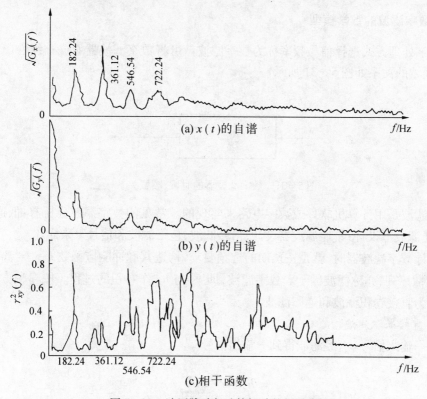

图 5-30　油压脉动与油管振动的相干分析

由图 5-30c 可知,当 $f = f_0 = 182.24$ Hz 时,$\gamma_{xy}^2(f) \approx 0.9$;$f = 2f_0 \approx 361.12$ Hz 时,$\gamma_{xy}^2(f) \approx 0.37$;$f = 3f_0 \approx 546.54$ Hz 时,$\gamma_{xy}^2(f) \approx 0.8$;$f = 4f_0 \approx 722.24$ Hz,$\gamma_{xy}^2(f) \approx 0.75$;……由齿轮引起的各次谐频对应的 $\gamma_{xy}^2(f)$ 值都比较大,而其他 $\gamma_{xy}^2(f)$ 值很小。可见,油管的振动主要是由油压脉动引起的。从 $x(t)$ 和 $y(t)$ 的自谱(振动谱)图也明显可见油压脉动的影响,如图 5-30a、b 所示。

（四）谱分析技术在系统分析和响应计算中的应用

用系统输入与输出的互谱 $G_{xy}(f)$ 和输入自谱 $G_x(f)$ 之比可得到系统的频率特性。

输入 $x(t)$ 经 FFT 分析可得到输入谱，用系统频率特性与输入谱相乘就得到输出响应谱，再经 IFFT 还可求得系统的时间响应。

同样，系统的频率特性 $H(f)$ 经 IFFT 得到脉冲响应函数 $h(t)$ ，将 $h(t)$ 与输入信号 $x(t)$ 作卷积计算，即求得输出函数 $y(t)$ 。

实测与计算相结合，谱分析技术为结构动力学分析开辟了一条新的途径，为结构动力优化设计提供了有利条件。它在航天、航空、汽车和机床等领域已广泛应用，大大缩短了设计周期和提高了产品的可靠性。

第九节　数字滤波简介

一、数字滤波的数学模型

用数字处理方式选择信号频率称为数字滤波。可将数字滤波器看成一线性离散系统，其时域、频域的关系如图 5 - 31 所示。

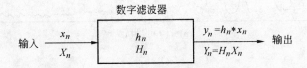

图 5 - 31　数字滤波器的时域、频域关系

数字滤波是用计算机软件或数字电路来实现的。常见的数字滤波分析有：低通滤波器设计；高通滤波器设计；带通滤波器设计；信号滤波；包络滤波和信号重采样。

在设计数字滤波器时，就是按预期的选频要求，构造其脉冲响应函数 h_n 。对离散系统，h_n 是一离散序列，亦称滤波因子。数字滤波，即 x_n 与 h_n 作卷积的过程。按卷积方式，数字滤波可分为直接卷积滤波和递归滤波。

（一）直接卷积滤波

对任一输入信号 x_n ，经滤波得到一输出信号

$$y_n = h_n * x_n = \sum_{r=0}^{m-1} h_r x_{n-r} \qquad (5-93)$$

式（5 - 93）说明 y_n 的当前值只与 x_n 的当前值和过去值有关；将各 x_n 时移为 x_{n-r} 乘以相应的滤波因子 h_r ，再累加，相当于对 x_n 作滑动加权，因此也称其为滑动平均滤波。

直接卷积中，滤波因子 h_n ，即离散的脉冲响应序列，为有限的 m 项。这种只有有限个脉冲响应函数离散值的滤波器亦称为有限脉冲响应（FIR）数字滤波器。

直接卷积滤波器概念直观，可以实现严格的线性相移特性，保证滤波后波形不失真。其缺点是若要求频域过渡带快速衰减，则需较大的计算工作量。

(二)递归滤波

将两个卷积滤波器按反馈形式相接,如图 5-32 所示,即将 y_n 再经一次卷积滤波后的 g'_n 以负反馈加到第一个卷积滤波器的输出 g_n 上去。

记第一个卷积滤波器的滤波因子为 $h_r(r=0,1,\cdots,m-1)$,第二个卷积滤波器的滤波因子为 $h'_s(s=1,2,\cdots,l)$,则

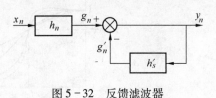

图 5-32 反馈滤波器

$$g_n = \sum_{r=0}^{m-1} h_r x_{n-r} \qquad (5-94)$$

$$g'_n = \sum_{s=1}^{l} h'_s y_{n-s} \qquad (5-95)$$

由图 5-32 知

$$y_n = g_n - g'_n = \sum_{r=0}^{m-1} h_r x_{n-r} - \sum_{s=1}^{l} h'_s y_{n-s} \qquad (5-96)$$

这说明,为计算 y_n 的当前值,不仅要用到 x_n 的当前值和过去值,还要用到 y_n 的过去值。用自身的过去值去计算当前值,在数学上称为递归关系,因此称这种滤波为递归滤波。

若将式(5-96)写成 $y_n = h_n * x_n$ 的形式,此时 h_n 将是无限长的脉冲响应序列。无限长的脉冲响应序列的滤波器称为无限脉冲响应(IIR)数字滤波器。

递归滤波器可以以较小的计算量获得陡降的过渡带,但较难保证线性相移。

式(5-96)与式(5-94)比较,可以看出式(5-96)是数字滤波器数字运算的普遍形式,也是一个常系数非齐次线性差分方程。

与模拟滤波器相比,数字滤波器的主要优点是:精度高,若使用 16 位数字系统,精度可达 10^{-5};灵活性强,只要改变程序参数即可改变滤波器的性能;时分两用,一台计算机可同时处理多路信号;处理功能强,可处理几赫兹频率的信号;可靠性强,不受周围环境温度的影响等。

数字滤波器的设计涉及较多的数学知识,在此难以阐述。但目前许多软件工具包已提供了一些常用滤波器的设计子程序或滤波子程序。测试工作者应该学会调用这些子程序。

二、调用数字滤波子程序的几个问题

(一)调用时的参数

工程上常用的有巴特渥斯(Butterworth)、切比雪夫(Chebyshev)、贝塞尔(Bessel)等数字滤波器。它们都是借助于已相当成熟的同名模拟滤波器而设计的,因此,有类同的特性参数。

(1)滤波器类型 一般同一个子程序选不同的类型参数就可分别作低通、高通、带通或带阻滤波器用。

(2)截止频率 对低通滤波只选择上截止频率,高通滤波只选择下截止频率;对带通及带阻滤波应选择上、下截止频率。

(3)采样频率 对各种类型滤波,均应输入滤波时序的采样频率。

(4)滤波器的阶数 滤波器阶数越高,其幅频特性曲线过渡带衰减越快。阶数 n 为 1、2、4、8 时,低通巴特渥斯滤波器的幅频特性曲线如图 5-33 所示。

(5)纹波幅度 切比雪夫数字滤波器通带段幅频特性呈波纹状,需此参数控制纹波幅度,一般取 0.1 dB。巴特渥斯和贝塞尔滤波器通带段幅频特性曲线较平坦,不需此参数。

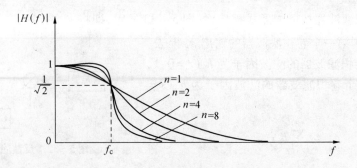

图 5-33 低通巴特渥斯滤波器的幅频特性曲线

（二）在线滤波与离线滤波

所谓离线滤波是对已有的一有限长时序 x_n 作滤波。由于需要足够多的 x_n 和 y_n 过去值来确定 y_n 的当前值，因此滤波所得 y_n 的前一小段是不正确的。或者说，要有足够长的 x_n 才能得到正常的滤波输出。

所谓在线滤波是连续不断的输入 x_n，这多用于实时采样的数字信号滤波，显然，开始的一小段过后，将获得正常的滤波输出。

（三）A/D 转换

A/D 转换获得 x_n 时，若未满足采样定理，会产生频混，$x(t)$ 中大于 $1/(2\Delta)$ 的高频成分已混进 x_n 的低频段。数字滤波器是不能将这些混在一起的频率成分再分离的，因此数字滤波并不能完全取代模拟预处理滤波。

（四）用 FFT 方法实现数字滤波

用 FFT 方法求 x_n 的 $X_k(k=0,1,\cdots,N-1)$。对需滤掉的频段，如 $C_1\Delta f \sim C_2\Delta f$，令 $X_k=0$，再对 X_k 作 FFT 逆变换，所得离散时序将分离出 $C_1\Delta f \sim C_2\Delta f$ 频段内的频率成分。此时应注意，$|X_k|$ 以 $f=N\Delta f/2$ 为对称。因此应将对称轴两边相应的 X_k 置零，如图 5-34 所示。

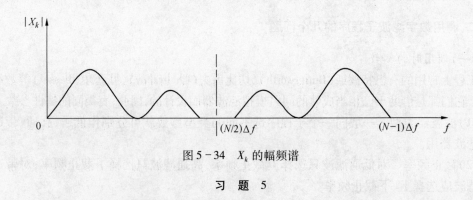

图 5-34 X_k 的幅频谱

习 题 5

5-1 判断下列论点是否正确。

①两个周期比不等于有理数的周期信号之和是周期信号；②所有随机信号都是非周期信号；

③所有周期信号都是功率信号；　　　　　　　④所有非周期信号都是能量信号；

⑤模拟信号的幅值一定是连续的；　　　　　　⑥离散信号就是数字信号。

5-2 试指出下列信号哪些为能量信号，哪些为功率信号，或者两者都不是。

① $x(t) = 4\cos(2\pi t + \pi/6)$　$(-\infty < t < \infty)$;　　②$x(t) = 5e^{-3t}$　$(0 \leqslant t < \infty)$;

③ $x(t) = 3\sin 2t + 5\cos\sqrt{3}t$　$(-\infty < t < \infty)$;　　④$x(t) = 1$　$(0 < t < 5)$;

⑤ $x(t) = e^{\cos^2 10\pi t}$　$(-\infty < t < \infty)$;　　　　⑥$x(t) = 2t^2 + 3$　$(0 \leqslant t < \infty)$。

5 - 3　判断上题中的信号哪些是周期信号;若为周期信号,试确定其周期 T。

5 - 4　求正弦信号 $x(t) = x_0 \sin\omega t$ 的绝对均值 $\mu_{|x|}$ 和均方根值 x_{rms}。

5 - 5　求余弦信号 $x(t) = x_0 \cos(\omega t + \varphi)$ 的均值 μ_x、均方值 Ψ_x^2 和概率密度函数 $p(x)$。

5 - 6　已知周期方波的傅里叶级数

$$x(t) = \frac{4A_0}{\pi}\Big(\cos 2\pi f_0 t - \frac{1}{3}\cos 6\pi f_0 t + \frac{1}{5}\cos 10\pi f_0 t + \cdots\Big)$$

求该方波的均值、频率组成及各频率的幅值,并画出频谱图。

5 - 7　已知信号 $x(t) = A\cos(2\pi f_0 t - \pi/3)$,试求出并绘制信号的①实频谱和复频谱;②自相关函数 $R_x(\tau)$;③自功率谱 $S_x(f)$。

5 - 8　求题图 5 - 1 所示周期方波信号的傅里叶级数,并绘出幅值谱。

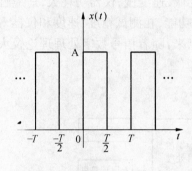

题图 5 - 1

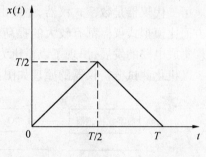

题图 5 - 2

5 - 9　试分别求出下列非周期信号的时域表达式及频谱。

① 余弦信号 $\cos\omega_0 t$ 被矩形窗函数 $w(t) = \begin{cases} 1 & \text{当}|t| \leqslant T \\ 0 & \text{当}|t| > T \end{cases}$ 截断后的信号;

② $0 \sim T$ 时刻有值的单一三角波信号(见题图 5 - 2);

③ 振幅呈指数规律 $e^{-at}(a > 0, t \geqslant 0)$ 衰减、频率为 f_0 的正弦振荡信号。

5 - 10　已知矩形脉冲 $x(t)$ 为偶函数,幅值为 1,宽度为 2,试求其自相关函数和能量谱密度。

5 - 11　已知信号的自相关函数 $R_x(\tau) = x_0\cos 2\pi f_0\tau$,试确定该信号的均方值 Ψ_x^2、均方根值 x_{rms} 和自功率谱 $S_x(f)$。

5 - 12　求方波和正弦波(见题图 5 - 3)的互相关函数 $R_{xy}(\tau)$。

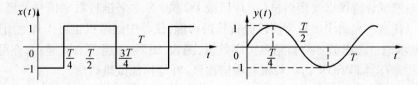

题图 5 - 3

5 - 13　理想的白噪声是一种均值为零的平稳随机信号,其自功率谱密度为非零常数,即

$$S_x(f) = S_0　　　(-\infty < f < \infty)$$

求其自相关函数 $R_x(\tau)$。

第六章　微机化测试分析仪及微机测试系统

第一节　概　　述

一、模拟式仪器、数字式仪器和微机化仪器

第一代仪器是模拟式仪器,厂家按仪器的预定功能,用模拟器件组成各种电路,对传感器拾取的模拟电信号进行各种变换、显示及记录。它精度低,速度慢,仪器功耗大,适应性差。第二代仪器是数字式仪器,主要由数字电路来实现其功能,在测试精度、速度和仪器寿命方面比模拟式仪器都有较大的提高。20 世纪 70 年代以来,随着信号数字处理理论及大规模集成电路的发展,出现了以微机为核心的微机化仪器。

微机化测试分析仪器的原理如图 6-1 所示。

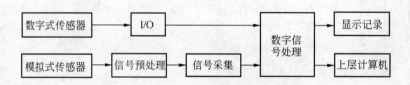

图 6-1　微机化测试分析仪器的原理框图

(1)信号预处理　预处理的主要目的是将传感器拾取的模拟信号转换成适合于数字处理的形式,一般包括调理、放大或衰减、抗混叠滤波和隔直等几部分。

(2)信号采集　信号采集是将预处理后的模拟信号转换为数字信号,它的核心部件是A/D 转换器。

(3)数字信号处理　它是从数字信号中提取各种有用的信息,是微机化测试分析仪器的核心。按所用的处理器,可将测试分析仪分为专用微机型和通用微机型。专用微机型测试分析仪的微机或微处理器按仪器的特定功能设计或选用,以减少成本和满足专用要求。通用微机型测试分析仪以通用微机(单片机或 PC 机)为主来进行数字信号处理。理论上,使用者可以任意扩充通用微机型测试分析仪的功能,仪器中的微机也可作其他用途。

(4)显示记录及通信　分析结果可用数据、图表、图形、报警等方式显示,亦可记录在磁盘或可擦写寄存器 EPROM 内。若配有通信接口,可与其他微机通信。

二、微机化测试分析仪的优点

与模拟或数字式仪器相比,微机化测试分析仪最主要的优点有:

(1)能对信号进行复杂的分析处理　如基于 FFT 的时域和频域分析,振动模态分析等。

(2)高精度、高分辨率和高速实时分析处理　用软件对传感器和测量环境引起的非线

性误差进行修正;高位数的 A/D 转换、高精度时钟控制和足够位数的数值运算,可使分析结果达到高精度和高分辨率;普通微机的运算速度可满足多数实时分析的要求。

(3)性能可靠、稳定、维修方便　它由标准芯片构成的硬件和软件组成,而大规模生产的硬件保证了高可靠性和稳定性,维修方便,软件运行重现性好。

(4)能以多种形式输出信息　各类图形及图表能直观显示分析结果,磁盘存储便于建立档案,调用分析结果对测试对象进行计算机辅助设计或仿真等,数字通信可实现远程监控和远程测试。

(5)多功能　使用者可扩充分析处理功能,以满足各种要求。

(6)自测试和故障监控　自测试程序可对仪器自检并修复一些故障,局部故障下仍可工作。

基于上述原因,在测试分析的各个领域,目前微机化测试分析仪已占主要地位。微机化测试分析仪亦称智能仪器,但目前只能算是初级的智能仪器。

三、微机化测试分析仪的发展

微机化测试分析仪的通用微机型由通用微机加插卡式硬件和采集分析软件组成。在微机扩展槽中插入 ADC 卡,或用集成有 ADC 的通用单片机,自编或调用采集、分析处理软件,就可进行测试分析。通常称这种测试方式为计算机辅助测试(CAT),它产生于 20 世纪 60 年代。随后,一些高性能 ADC、DAC 插卡、专用预处理模块和专用测试分析软件的出现,产生了以个人计算机为主的各种数据采集仪和分析仪。20 世纪 80 年代后期,微机性能的极大提高,面向测试分析的通用软件开发平台的成功应用,所谓的虚拟仪器又应运而生。通用微机型测试分析仪中,通用微机是仪器(系统)的核心,又统称这种以个人计算机为核心的仪器为个人仪器。

以微机为核心的测试系统,标准接口总线使微机与各程控仪器的连接通用而简便。20世纪 70 年代中期推出的 GP - IB 总线,是积木式测试系统的通用接口。80 年代进一步推出了 VXI 总线标准的插件式仪器系统。目前正迅速发展的现场总线技术,集众多的数字式智能传感器、智能仪表、智能执行装置等现场测控单元和主、从监控计算机于一体,组成全数字通信、标准化、开放式的互联网络。这种现场总线控制系统,将引起生产过程自动控制系统(也包括自动测试系统)新的变革。

按微机化测试分析仪和测试系统的发展历程,人们习惯把它分为计算机辅助测试、专用微机化测试分析仪、虚拟仪器和自动测试系统。在后面的讨论中,主要以广泛应用的 PC 机为例。

第二节　计算机辅助测试

典型的计算机辅助测试系统,其微机部分由信号采集子系统、模拟输出子系统及通信接口组成,如图 6 - 2 所示。实际应用中,不一定都包含这三部分,但信号采集部分是必需的。

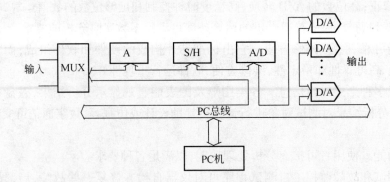

图 6-2　计算机模拟信号输入和输出子系统原理框图

一、信号采集子系统

信号采集子系统由 ADC、多路模拟开关(MUX)和采样保持电路组成,其核心部分是 ADC。

(一)A/D 转换

A/D 将连续信号转换为数字信号,它包括采样和量化两个步骤。

采样是将连续时间信号转换成一定时间间隔的一系列离散值,一般按等时间间隔 Δt 采样。记 $f_s = 1/\Delta t$,f_s 称为采样频率,即每秒采样点数。采样中的关键是合理选择采样频率 f_s 及采样点数 N,用较少的数据量满足后续分析要求。这需要综合考虑频率混叠、频率分辨率和谱分析误差等问题。由第五章第五节可知,为防止频混,应有 $f_s \geqslant 2f_m$;实际上采样前常对信号作低通滤波预处理,故多取 $f_s \geqslant (3 \sim 4)f_c$;需作谱分析的信号,若频率分辨率记为 Δf,FFT 的一个子样本点数为 N,应有 $f_s \leqslant N\Delta f$。对瞬态信号,一个子样本长应包括它的全部;对随机信号,一个子样本长应包括它最低频率分量一个周期以上。为减少谱分析的随机误差,还需对多个子样的谱值作平滑处理。因此,采样前应明确所需要分析的频率范围、频率分辨率和估计实测信号的频率范围,再根据所用 ADC 的最高采样频率,确定是否作低通滤波预处理、选择采样频率 f_s 和采样点数 N。若条件允许,可用较高的采样频率 f_s 和较大的采样点数 N 试采集并作谱分析。

量化在第五章第五节已阐述,目前常用的 ADC 位数有 8、12、16 位。

实现 A/D 转换有多种方法,主要有逐次逼近式、积分式和并行式。积分式是将被测信号在一时间间隔内的积分值(均值)作采样值,能较好抑制外界电磁场对被测信号的干扰,但其转换速度较低;逐次逼近式直接抽取被测信号瞬时值,对 ADC 的各位逐次比较得到采样值,转换速度较高,但抗干扰能力低;并行式对 ADC 的各位同步比较,转换速度极高,每秒可达 1 亿次以上。

(二)多路模拟开关(MUX)

对来自多个传感器的多路信号,若允许以一定的时差进行采集,可用多路模拟开关,轮流切换各路信号,分时输到共用的 ADC 进行 A/D 转换。

目前常用的集成化可程控多路"通/断"模拟开关,有 8 路以上的输入,1 路公共输出。有的每路均可程控放大,以适应不同量程的传感器输入。

（三）采样保持电路（S/H）

在 A/D 转换期间,应保证 ADC 的输入信号值不变,这由采样保持电路来实现。

采样保持电路基本原理如图 6-3a 所示。采样期间,控制开关 S 闭合,放大器 A_1 的输出通过开关 S 给电容器 C_H 快速充电,运算放大器 A_2 的输出与被测信号成正比。保持开始,控制开关迅速断开。由于运算放大器 A_2 有很高的输入阻抗,电容将基本保持充电期的最终值,即开关 S 断开前的被测信号幅值,直到 A/D 转换完成,随后开关 S 闭合,进入下一次采样。

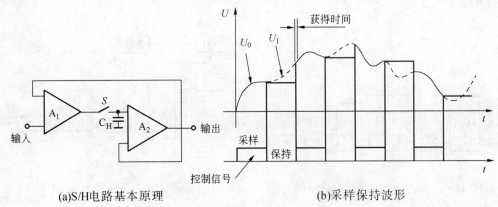

(a)S/H电路基本原理　　　　　　　　　(b)采样保持波形

图 6-3　S/H 电路的基本原理

理想的采样保持波形,即运算放大器 A_2 的输出,如图 6-3b 所示。但由于控制开关的开、闭总有动作滞后,保持期间电容 C_H 也略有漏电,保持电压与所采的信号电压间总有少许误差。

单路或多路信号同步采集快速变化的信号时,都必须有采样保持器。

（四）控制

信号采集时各个操作及数据读取,均需要精确定时,因此不少数据采集卡或 ADC 芯片内设有高精度晶振作为独立时钟,可独立或与 PC 机的 CPU 共同控制各个动作。

ADC 的启动一般有脉冲启动和电平启动两种形式。

A/D 转换结束时,ADC 会输出转换结束信号,对不很高速的 ADC,CPU 一般采用下列三种方式和 ADC 联络:a. 程序查询方式;b. 中断方式;c. 固定的延迟程序方式。对高速 ADC,其控制则由硬件逻辑电路来完成,并将 A/D 转换的数据直接存入高速缓存器。这种方式称为直接存储器存取（DMA）。

（五）多通道数据采集

计算机辅助测试中,通常需要采集多通道模拟信号。按不同的要求,这种多通道数据采集系统又分为单 ADC 型和多 ADC 型。

1. 单 ADC 型

用多路模拟开关轮流切换各路模拟信号,分时进行 A/D 转换,若此系统单通道最高采集频率为 f,采集通道为 n,因多路模拟开关作 n 次切换,每个通道的采样频率 f_s 将小于 f/n。

若对各路采样时差无要求,可用图 6-4a 所示的单 ADC 型,多通道分时共享 S/H 和 ADC。

若要求各路信号同步采集时,可用图 6-4b 所示的单 ADC 型,各路 S/H 电路同步工作,一直保持到 n 路信号分时转换完毕。显然,这种多路分时同步采集系统对 S/H 电路的质量有较高的要求。

每通道亦可有单独的运算放大器,使程控各通道信号增益与 ADC 适配。

2. 多 ADC 型

每通道设有独立的 S/H 电路和 ADC,如图 6-4c 所示。多 ADC 型价格高,主要用于高速数据采集或对多路信号有非常严格的同步采集要求的场合,如要精确分析多路信号的相关关系的场合。

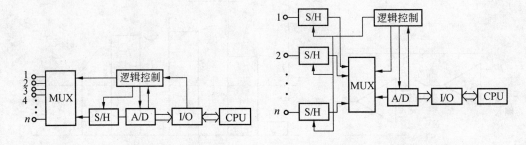

(a)单ADC,多通道分时共享S/H和ADC   (b)单ADC,每通道独立S/H

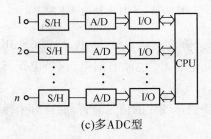

(c)多ADC型

图 6-4 多通道数据采集系统

二、PC 机的 ADC 插卡

ADC 插卡插入 PC 机主板的扩充插槽,即可实现与 PC 机通信。PC 机主板上的多个扩充插槽,按对外数据总线标准分类,主要有 XT 总线插槽、16 位的 AT 总线插槽(亦称 ISA 工业标准总线)、32 位的 PCI 总线插槽及笔记本式 PC 的 MCIA 总线。按这些总线标准设计的 ADC 插卡对各种 PC 机具有通用性。某 ADC 插卡的原理框图如图 6-5 所示。

对即插即用(P&P)的 ADC 插卡,Windows 等操作系统会自动查找 ADC 插卡并引导安装 ADC 驱动程序。对非即插即用 ADC 插卡,产品用户手册一般会指导设置该卡的 I/O 基地址,附有采集程序示例。需特别说明,ADC 的模拟输入一般均提供了单端和双端信号两种输入方式和地线,要根据所测信号正确连接输入。

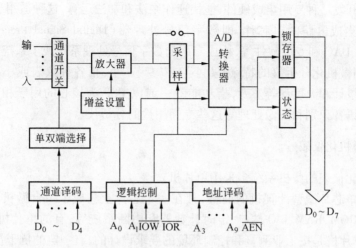

图 6-5 ADC 插卡工作原理图

三、模拟输出与 DAC 插卡

D/A 转换器 DAC 将计算机的离散数字信号变换为与其值成比例的连续电压或电流信号,作用正好与 ADC 相反。

四、微机型数据采集分析系统

为适应各领域计算机辅助测试的需要,许多研究单位研制出一些专用 ADC、DAC 插卡,专用预处理模块和多功能分析处理软件,与 PC 机组成各种数据采集仪和分析仪(或系统)。这些系统,除高性能 ADC 外,有两大特点:

(1)配有专用预处理模块,如预处理压电式加速度传感器信号的电荷放大器、适应各型热电偶的放大器、多路程控抗混叠低通滤波与放大器等,可直接接入各类传感器做多通道测试。

(2)有较强功能的采集分析软件,如 $0.001\,Hz \sim 1000\,kHz$ 范围任选采样频率,各种时域与幅值域分析、基于 FFT 的各种频域分析、现代时序分析和小波分析等。

按不同的使用目的,用简单编程或点取菜单调用不同软件,即可作各种记录仪器和分析仪器使用。用这样的一套系统,配备适量的传感器,几乎可以进行各类机械量的测试分析及各种工程试验。

第三节 专用微机化测试分析仪

一、专用微机化测试分析仪的特点

专用微机化测试分析仪的微机系统是特殊选用或设计的。其主要原因:

(1)在生活和生产中,有时只需功能专一,但使用环境、体积、价格和可靠性等有某些特殊要求的仪器。

(2)数字信号处理的卷积、相关、加窗及 FFT 等,主要是大量数据的乘法和加法的频繁运算。有必要开发一种专用集成硬件,能快速作乘法和加法运算,这种适用于高速数字信号处理的大规模集成电路的单芯片,即数字信号处理器(Digital Signal Processor, DSP)。由DSP加上ADC、DAC和专用软件等,构成专用的数字信号处理系统或子系统。

可见,专用微机化分析仪的特点是"小"或"专"。小,指各种仪表或小型系统,如位移计、压力计、流量计和温度计等。专,指功能专一或以DSP为核心的用于相关分析、频域分析、数字滤波、语音识别和图像处理等这些专门用途的分析仪。

二、专用微机化仪表

专用微机化仪表的微机系统多采用单片机。

单片机是单芯片微型计算机的简称,其在一个芯片上集成了一台微机的主要部分,如CPU、ROM、EPROM、RAM、I/O端口、定时计数器和中断系统等,有的单片机还集成了ADC和DAC等。单片机是按工业测量和控制环境的要求设计的,有一定的抗干扰能力。将微机的主要部分集成在一个芯片上,大大缩短了系统内信号传递的距离,有极高的可靠性。

单片机的引入,使测量、处理和控制功能于一体,使发展缓慢的传统仪表产生了根本性变革。对小型专用仪表,单片机在非线性补偿和抑制噪声方面起着非常突出的作用。

对输出信号与被测参数呈非线性关系的传感器,引入单片机,容易用软件进行非线性补偿。例如热电偶,其输出热电势与被测温差呈非线性,可在测量范围内用多项式拟合此非线性关系,亦可将测量范围分段,作不同的多项式拟合,将拟合公式写入EPROM。测量时单片机能立即按所测电势计算出相应的温度。在EPROM写入不同类型的热电偶的拟合公式,就可配接多种热电偶测温。

抑制、消除测量噪声。测量信号中往往混有噪声。例如,环境电、磁场引起的工频噪声,可用积分式ADC或用软件对所采数据进行定周期积分,或用算术平均、移动平均等方法来消除。又如压力测量中不需要的高频脉动,可用数字滤波的方法来消除。

目前,专用微机化仪表的应用已十分普遍,如数字多用表、数字温度表、压力计、流量计、测振计和声级计等。作为大型测控系统中的许多现场仪表(亦称变送器),正向智能变送器发展。每台现场仪表就是一个单片机子系统,再经各种标准总线,组成微机化测量和控制的大系统。

三、基于DSP的专用数字信号分析仪

以一个或多个DSP为核心组成专用的数字信号分析仪,或以DSP为核心组成可编程控制的数字信号处理前端模块、接入以PC机为主机的微机化分析仪,都属基于DSP的专用数字信号分析仪。

第四节　虚拟仪器技术

虚拟仪器(Virtual Instrument)是微机化分析仪的最新产品,它是现代仪器技术与现代计算机技术相结合的产物。其发展和普及将对现代测试技术产生深远的影响。

虚拟仪器技术的关键是虚拟仪器软件开发平台,也是这一节讨论的重点。

一、使用者自己构建的仪器

20 世纪 70 年代以来,在数字信号处理理论、微电子技术、计算机技术迅速发展的支撑下,微机化测试分析仪得到了长足的发展。其基本状况是:

各类专用微机化测试分析仪的功能和性能越来越强,在工程测试中得到了广泛的应用。但由于仪器的功能基本上由厂家规定,用户难以扩充,且仪器的研制开发周期长,寿命短,价格极高。

以 PC 机为核心的个人仪器(系统),硬件性能有极大提高且日趋标准化。研究单位研制的专业测试分析软件包,可用 PC 机做许多专业性的分析处理,但软件功能仍由研制者确定,用户较难扩充。众多的测试工作者并不十分熟悉计算机编程,面对这些硬件、软件,仍然处于被动使用的局面。

20 世纪 90 年代中期,个人计算机 CPU 时钟频率已达 100 MHz 以上,以 64 位二进制进行运算,运算速度和精度有了极大提高,价格亦大幅降低,硬件接口进一步趋于标准化,厂商在出售可程控仪器的同时也提供其驱动软件。特别是面向仪器的软件开发平台,如 LabVIEW、HP - VEE 的成熟和商业化,使用者在配有专用或通用插卡式硬件、可程控仪器和软件开发平台的个人计算机上,可按自己的需要,快捷方便地设计和组建各种测试分析仪器和系统。个人仪器发展到了使用者也能设计、开发的新阶段。

鉴于主要由使用者自己编制、调用软件来开发仪器功能,完成原来由硬件及固化软件完成的工作,软件成了仪器的关键,这与虚拟现实技术、虚拟制造技术有着相似的特点,故人们也称这类个人仪器为虚拟仪器,称这种主要由使用者自己设计、制造仪器的技术为虚拟仪器技术(Virtual Instrumentation Technology)。甚至有"软件就是仪器"(The Software is the Instruments)的说法。

二、虚拟仪器(系统)的构成

虚拟仪器的微机有嵌入式微机和台式微机。前者是在标准总线机架(如 VXI)中插入嵌入式微机,与机架其他插槽的插件式仪器组成仪器系统。后者是在台式微机系统主板扩展槽中插入各类插卡,与微机外被测信号或仪器相连,组成测试系统。下面主要讨论台式微机形式。

台式微机式的虚拟仪器(系统)如图 6 - 6 所示,可用图中的任一种接口或它们的任意组合与图中前后部分组成一虚拟仪器系统。

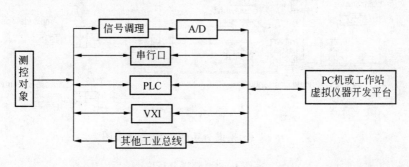

图 6 - 6　虚拟仪器系统

三、虚拟仪器软件开发平台 LabVIEW

目前,研制虚拟仪器软件开发平台工作做得较好的是美国国家仪器公司(National Instruments,NI)和美国惠普公司(HP)。他们推出的开发平台已被广泛采用。

NI 推出的 LabVIEW 软件开发平台,适合于能操作 PC 机但不熟悉计算机语言的用户。下面对其作简要介绍。

LabVIEW 将仪器的控制操作及显示模拟在微机的 CRT 上,作为前面板,也是虚拟仪器的人机界面。6-7a 就是一个频谱分析仪的前面板。进入 LabVIEW 后,点取 Open VI,即可调出已存有的某一虚拟仪器的前面板;或点取 New VI,即可打开一个"空白"的前面板。当然,也可在已打开面板的 File 菜单上作类似的操作。

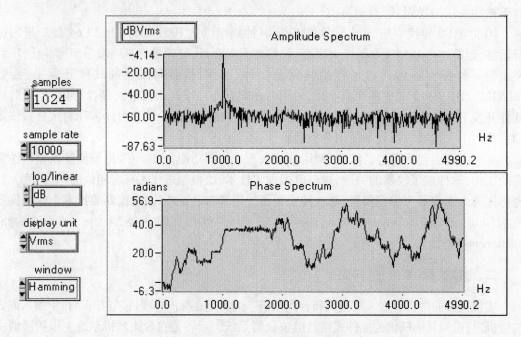

(a)频谱分析仪的前面板

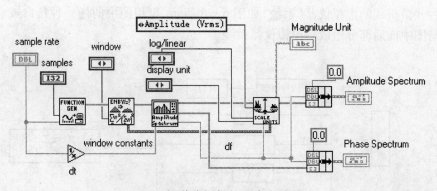

(b)频谱分析仪的程序方块图

图 6-7 频谱分析仪

与前面板对应的是另一个窗口的方块图。方块图就是编程者画出来的程序。图6-7a谱分析仪的程序方块图如图6-7b所示。

前面板和方块图面板上设有主菜单和工具栏,它们的功能有相应的提示,用户极易选取。前面板Windows菜单中的Tile Up and Down或Tile Left and Right将按上、下或左、右显示前面板和方块图窗口。

（一）图形化编程语言

图6-7所示的频谱分析仪是用图形化编程语言（Graphics Programming Language）开发的。用图形化编程语言编程简称图形化编程（G Programming）。

图形化编程,其应用程序是"画"出来而不是用文本写出来的。编程平台将传统文本语言中表达不同语义的各种"关键字"和"表达式"用一带I/O的功能图标（Icon）来表示。编程时在各模板中选取各功能图标,排列在CRT上,再用线条连接各功能图标I/O。线条表示它们的数据传递,这接近于画程序流程图,只要把程序流程方块图画好,程序也差不多编好了。这种方式很适合工程人员的思维习惯。

作为面向仪器领域的图形化编程语言,将ADC数据采集、信号分析、工程算法、标准接口总线通信、可程控仪器驱动程序、文件I/O甚至网络连接,表示为相应的图标,供编程者选用;编程者自编的应用子程序,也可形成带I/O的图标;各应用程序的调入、运行、关闭,从内存释放及时间控制都由图标联结的方块图表示。即使很复杂的特大型应用程序的层次也十分清晰,最上层流程方块图简洁、明快。图形化编程语言继承了传统编程语言结构化和模块化的优点,而且更直观。

图形化编程语言的语法规则主要体现在对各功能图标的数学或物理理解,即体现在功能图标间的正确和完善联线上,不像传统语言那样规定枯燥、必须记忆的条文。编程过程始终置于语法检查之中,功能图标I/O有不正确连线,则不会成功;功能图标I/O连线不全,会提示存在语法错误。点取错误提示按钮,即可列出错误类型、原因及所在位置。也可在语法错误的图标处寻求在线帮助,了解正确的I/O。只有无语法错误的程序才能运行。因此编程者没必要特别关注语法规则。由于测试工程技术人员本来就明确各功能图标I/O,因此编程时语法错误不多。

LabVIEW采用编译方式运行程序,其速度与运行C语言的目标代码程序相当,可满足快速测试分析的要求。

（二）LabVIEW的工具模板（Tools Palette）

LabVIEW提供了一个编程工具模板。进入LabVIEW后,点取菜单Windows中的Show Tools Palette,工具模板即可弹出,如图6-8a所示。待它弹出后,可拖至CRT的任意位置。

模板上的主要工具有:选择控件输入值（Operate Value）,对象选取或对象移动、放大缩小（Position/Size/Select）,文本编辑（Edit Text）,连线（Connect Wire）,全屏拖动（Scroll Window）,断点（Set/Clear Breakpoint）,数据探针（Probe Data）,取色（Get Colour）,着色（Set Colour）。

（三）LabVIEW的控件/显件模板（Control Palette）

在前面板,输入量称为控件（Controller）,输出量称为显件（Indicator）。LabVIEW为仪器控件、显件提供了各种形象的外观。在前面板上的任一空白处点击鼠标右键,即可弹出控件/显件模板,如图6-8 b所示。控件/显件模板上的各子模板用鼠标左键选择。

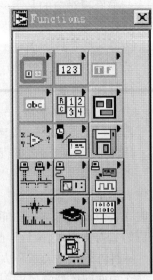

(a)工具模板　　　　　　　　(b)控件/显件模板　　　　　　　(c)功能模板

图6-8　工具模板、控件/显件模板和功能模板

　　按数据类型,输入和输出量又分为数字量(二进制数、八进制数、十六进制数和从8位整数到80位长双精度十进制数)、布尔量、字符串、数组以及簇(Cluster)等。数组是同一类型数据的有序组合,而簇可以是不同类型数据的有序组合,类似C或其他高级语言中的"结构"(Struct)。其中:

　　数字量有数字框、旋钮、表头、标尺(Slider)、光柱、液柱、色柱等外观图标。

　　布尔量有各种外形的按钮、开关、发光二极管(LED),有模拟六种点动作的常开或常闭按钮等。

　　字符串变量有单个字符串框、一维数组及二维数组等形式。

　　数字型数组除用数字框表示外,还可选各种图形或图表、色彩板。一个图形框可按单点顺序方式或多点同步方式显示不同色彩的多条曲线,纵横坐标轴的量程、刻度、单位均可设置或控制,图形框可设文字标记、可添加各种纵横网格、可设置搜索光标、可特别加强曲线的多个峰点、谷点等,也可选用多个图形框做多图表布局。

　　作为"软"面板,控、显件还有数字量、布尔量、字符串及数组的任何组合方式,即簇;有对话框、菜单框、用于文件I/O的路径框等。

　　除LabVIEW提供的各种形式的控、显件外,用户可自己设计各种外观的控、显件,以便直观模拟测控对象。可用LabVIEW提供的或自己制作的修饰图块来美化前面板。

　　除修饰图块外,每选定一个控件或显件,另一个窗口的方块图图框内就添加了一个相应的功能图标,等待连线,将它的控制值送到受控图标的输入端或从某功能图标的输出端接受输出值以显示。LabVIEW各种数据类型的I/O连线均规定了不同的式样(Pattern)或颜色,以防止出错。

　　(四)LabVIEW的功能模板(Functions Palette)

　　方块图的各功能图标,除与各控、显件对应者外,均放在一个功能模板中(Functions

Palette)。在方块图窗口上的任一空白处点击鼠标右键,即可弹出功能模板,如图 6 - 8c 所示。用鼠标左键再选择功能模板上的各子模板及各图标。功能模板的内容十分丰富,大体分为语言、数值信号处理、仪器 I/O、通信和数据采集五大类。

1. 语言类

语言类子功能模板主要有:数字运算、布尔运算、字符串运算、比较、簇运算、程序结构控制、文件 I/O、计时及对话框等。各图标代表一种操作符、一种语句或一个函数等。

2. 数值信号处理

LabVIEW 提供的大量的数值计算及信号处理子程序,主要放在分析(Analysis)子功能模板中,总计有 150 多个。这些子程序几乎覆盖了全部经典时域、幅值域及频域算法,可分为信号生成、信号处理和数值计算三部分。

(1)信号生成　信号生成子功能模板用来产生各种时域离散信号。这些信号或在数字仿真中作信号源,或经 DAC 作模拟信号输出。该模板与数字运算子功能模板结合使用,可组合生成更多的数字波形。

(2)信号处理　信号处理主要涉及概率与统计(Probability and Statistics)、数字滤波(Filters)、窗函数(Windows)、数字信号处理(Digital Signal Processing)和测试(Measurement)五个子功能模板。

(3)数值计算　数值计算主要放在曲线拟合、线性代数、数组运算等三个子功能模板中。

3. 仪器 I/O

调用仪器 I/O 子功能模板的各图标编程,控制 Serial,GP - IB,VXI 等标准总线的各程控仪器,最方便的方法是直接调用各程控仪器厂商提供的图标式驱动程序,对仪器进行控制。

4. 通信

该子模板的图标用于网际间的通信、不同操作平台及应用软件间的数据交换等。

5. 数据采集

作为最基础的硬件,NI 为 PC 机设计了多种数据采集插卡。LabVIEW 提供了大量的功能图标和子程序,供使用者选择,方便快捷地完成数据采集插卡各种功能的布局。显然,绝大多数功能图标只能在插入 VI 的数据采集插卡后才能工作。

四、自己构建一个简单的虚拟仪器

图 6-7 所示的频谱分析仪已作为一个程序存于 LabVIEW 正式版或评价版的 Examples\Analysis\measure\measxmpl 库内,名为 Amp Spectrum Example。使用者可按上述路径打开它。

现以图 6-7 为例,自己构建一个简单的虚拟仪器。

(一)点出前面板

双击 LabVIEW 的快捷图标,进入 LabVIEW 主菜单。用鼠标左击 New VI,屏上将呈现空白的前面板。

(二)点出框图面板

点击 Windows 菜单中的 Tile Left and Right 或 Tile Up and Down,屏上将按左右或上下显示前面板和框图面板。点击 Windows 菜单中的 Show Tools Palette 及 Show Controls Palette,弹出工具模板及控、显件模板。可将它们拖至适当的位置。

（三）前面板布局

图6-7a 所示的前面板上有五个控件和三个显件。

控件 Sample rate 是双精度(64 位)十进制数字量,用控、显件模板中的 Numerical 子模板内的 Digital Control 图标点出,如图 6-9 所示。将该图标拖至前面板后,请用键盘在图标上方的小黑框内输入 Sample rate,以标明它是控制采样速率的控件。对应此操作,框图面板上将显示一标记为 Sample rate 的 DBL 型图标。

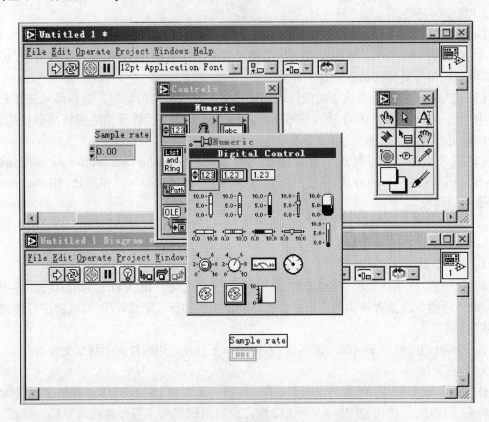

图6-9　从控件/显件模板中调出 DBL 型控件

用同样操作,点出另一个数字控件,标记为 Samples(样本长)。因样本长必须是整数,用鼠标右击该图标,在弹出菜单的 Representation 项中点击 I32,将该控件指定为 32 位整数,如图 6-10 所示。

标记为 Log\Linear、display unit 和 window 的三控件用来选择谱幅值的显示类型、谱幅值单位和时窗,用 Text Ring 控件实现。下面先作 Log\Linear 控件。由控、显件模板中的 List & Ring 子模板内的 Text Ring 图标点出一个控件并赋值。为此,在工具模板中选取 Edit Text,用鼠标左击该图标内框,用键盘输入 Linear 在图标框内。接着用鼠标右击该图标,在弹出菜单内点击 Add Item After,再用键盘输入 dB 在图标框内。重复操作,输入 dBm。至此,赋值完毕。为检查赋值是否正确,在工具模板中选取 Operate Value ,用鼠标左击该图标内框,可显示出 Linear、dB、dBm 三个值,它们控制谱幅值的显示类型。用同样操作点出 display unit 和 window 两个 Text Ring 控件图标,并分别赋予 Vrms、Vpk 等八种谱幅值单位和 None、Hanning、Hamming 等九种时窗选项。

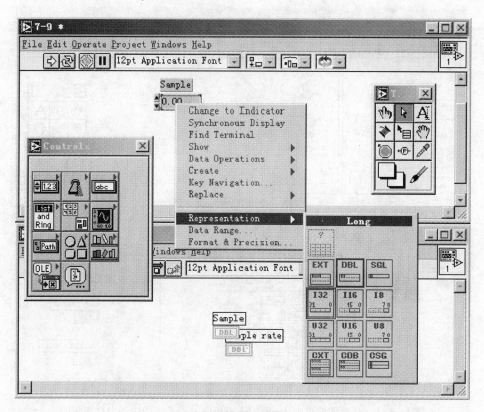

图 6-10　指定控件为 I32 型

标记为 Magnitude Unit 的字符串显件用于显示所选谱幅值单位,在控、显件模板中的 String & Table 子模板内点击 String Indicator 获得。谱幅值及相位图形显示图标从控显件模板中的 Graph 子模板内点击 Waveform graph 获得。点出后,分别用键盘输入 Amplitude Spectrum 及 Phase Spectrum 两标记,并可在鼠标右击的弹出菜单内选取其他选项。

用工具模板中的 Edit Text 编辑 radians、Hz、Hz 三标记。用工具模板中的 Position/ Size/ Select,拖大两图形框,将各图标和标记拖至适当位置。至此,前面板布局已完成。

(四)方块图编程

图 6-7b 内有 Function Generator、Time Domain Window、Amplitude and Phase Spectrum 和 Spectrum Unit Conversion 四个子程序图标。后三个可从功能模板中 Analysis 子模板内的子子模板 measurement 中点出,如图 6-11 所示。选取功能模板中的 Select a VI 子模板,在 Examples\ Analysis\measure\measxmpl 库中点取 Simple Function Generator,可获得 Function Generator 图标,如图 6-12 所示。这四个子程序图标的连线及要求可用工具模板中的 Connect Wire 或用鼠标右击图标弹出 On Line Help 菜单阅读。

倒数运算图标从功能模板中的 Numerical 子模板内点出。为使前面板的两图形横坐标显示起点 0.0 及谱线间隔 Δf,应将起点 0.0、谱线间隔 Δf 和谱分析结果(一维数组)组合为一个簇,再分别送入两图形图标。为此,从功能模板中的 Cluster 子模板内点出 Bundle 图标,用 Position/ Size/ Select 工具分别将该两图标拖大为三个输入。

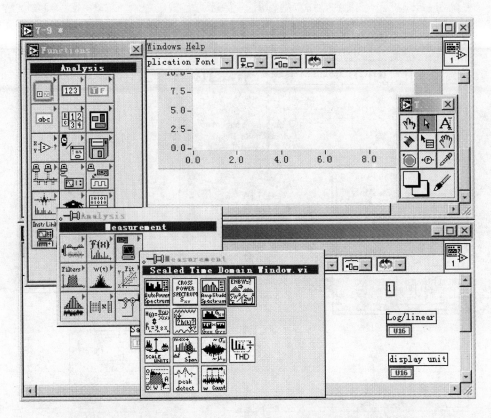

图 6-11　从功能模板中 Analysis 子模板内的子子模板中调出功能图标

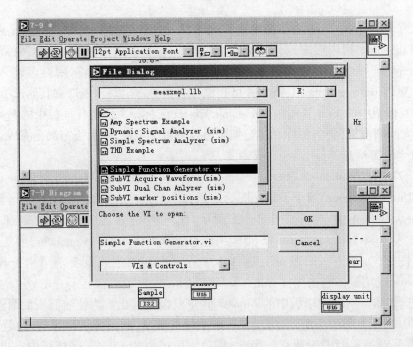

图 6-12　从 Examples\ Analysis\measure\measxmpl 库中调出 Sub VI 功能图标

Spectrum Unit Conversion 子程序图标有一个输入是 Spectrum Type。本例作为频谱分析仪,点出一个数字常量,赋值为 1 即可(原框图用枚举量常量,稍繁)。

参照图 6-7b,将各图标拖至适当位置。

至此,已将框图所需全部图标点取到屏上。因未连线,图框工具栏中的 Run 按钮呈黑色,表示程序语法有错。

选用 Connect Wire 工具,在各图标间正确连线。鼠标刚从图标连线端引出的线是虚线,可在适当位置使连线转折。若连线正确,虚线将变成各种类型和色彩的实线。若连线错误,可选用 Position/ Size/ Select 工具,点中错线并删除,或用 Edit 菜单中的 Remove Bad Wire 删除。

为标明数据流向,可用 Edit Text 在连线旁作标记,如图 6-7b 中的 windows constant、Δf 等。

若各连线均正确无误,图框工具栏中的 Run 按钮将变成白色。这表示程序语法编译正确,等待运行。否则,需分析错误,或用鼠标左击黑色的 Run 按钮,弹出 Error List 表,指示错误信息。

点击 Project 菜单中的 Show VI Hierarchy,可显示该程序的结构层次,如图 6-13 所示。

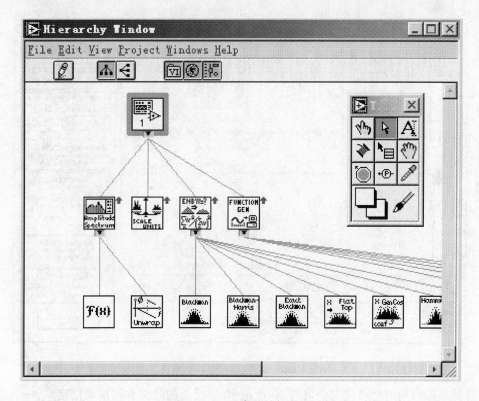

图 6-13 程序的结构层次

(五)程序运行

作为一个数字仿真的频谱分析仪,待分析的时域信号由主程序调用 Simple Function Generator 子程序产生。因此,鼠标左击 Run 按钮后,将弹出 Simple Function Generator 子程序前面板,供选取信号类型、幅值、频率、噪声水平和直流偏置等参量。也可用鼠标左击 Run Continuously 按钮后,不断选取输入参量,以观察分析结果。

五、虚拟仪器的例子

下面介绍一个双通道动态信号分析仪。

该双通道动态信号分析仪存于 LabVIEW 正式版或评价版的 Examples \ Analysis \ measure\measxmpl 库内,前面板如图 6-14 所示。图框左上部显示 A、B 两通道的时域波形,左下部显示多种分析结果。图框左下角中有两条光标 m1 及 m2,用鼠标可单独或同时移动 m1、m2,显示观测点纵、横坐标值。图框右边是操作面板。ACQUIRE ONCE 按钮每点动一次,即采集一段样本;若按下 ACQUIRE ON 按钮,则连续不断地采集信号并显示分析结果,直到按下右下角的 STOP 按钮为止。可选的采样参数有采样频率(Scan Rate)及每段子样本长(Frame Size)。Averages 指示选择谱平滑的次数。右下部的操作参数还有:选择显示 A 或 B 通道的分析结果;选择时窗;选择分析要求,包括各通道信号波形、频谱和自谱,以 A 为输入和以 B 为输出的互谱、频率响应、相干及脉冲响应函数;对复数频域函数,可选取显示幅值或相位;其幅值有均方根值、峰值、均方值或谱密度等八种,并可选线性坐标或对数坐标;相位单位有弧度或度。

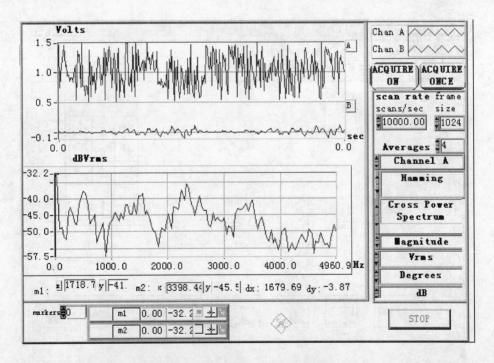

图 6-14　双通道动态信号分析仪

这种虚拟双通道分析仪完全可与 20 世纪 90 年代初的同类专用仪器相比。

第五节　自动测试系统

自动测试系统(Automated Test System, ATS)通常是指在人工最少参与的情况下,按预先编制好的测试程序,完成自动测试、分析处理、显示或输出结果的系统。系统一旦正常工作,各种操作一般都由系统自动完成。

一、自动测试系统的特点及形式

(一)自动测试的特点

(1)测试速度快　如大型水电站的有关测试,闸门开启或水轮机停止发电,每分钟水能损失或停机损失以万元计,因此要求系统在极短的测试过程中自动调试分布很广的各测点的零点、量程并记录和快速处理数据。航空、航天领域要求的测试速度则更高。

(2)测试结果准确度高　按程序自动操作可避免人为误差;利用多次测试结果可减少测试随机误差;对大量结果分析,可以找出系统某些误差并加以修正。

(3)长时间定时或不间断测试　如机械系统的传动轴扭转或弯扭联合疲劳试验、材料摩擦磨损实验,需在基本无人的情况下连续进行百小时以上。

(4)适合于危险或难于进入现场的测试　如海底,高寒山区,高炉、管道内部,核电站内部等。

(5)适合多参数、高要求和数量多的测试　例如,冰箱旋转式压缩机主要零件尺寸自动选配,要求对压缩机气缸、叶片和活塞等零件多个主要尺寸及形状误差进行自动测量、分组并按规定配合进行选配。又如,大规模或超大规模集成电路,每个芯片上有数十万个以上的元件,电路构造复杂;或者许多电路板,需快速进行多种参数以至动态性能的测试。上述情况,为保证产品质量,降低测试工时和费用,必须采用自动测试系统。

(二)自动测试系统的形式

自动测试系统多为主计算机管理的主从式多机系统,具体形式常有如下几种:

1. 每通道独立采集和数据预处理的多通道系统

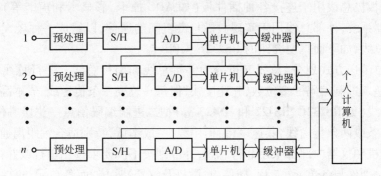

图6-15　每通道独立采集和数据预处理的多通道数据采集系统

如图6-15所示,每通道的单片机控制数据的采集并对数据作适当的数字处理,如数字滤波、幅值域统计、谱分析等。主计算机控制协调各通道单片机工作并对已处理的较少数据作进一步处理分析。它特别适合于远距离测点。近年来,已出现了将传感器与单片机集成一体的智能式数字传感器。

2. 由多台可程控仪器与主计算机组成系统

用主计算机的并行(如 GPIB)和串行(如 RS232C)标准接口,连接多台设有同样接口的专用测试分析仪,并由主计算机经接口总线传来的指令和程序控制各专用测试分析仪。各专用测试分析仪可做更多更高要求的分析处理工作,并将各自的处理结果送至主计算机。

3. 由插件式仪器与主计算机组成系统

主计算机程控的专用分析仪,其仪器面板的许多功能键、带字符显示的 CRT、打印绘图输出接口及软磁盘驱动器等已成冗余部分,且数据传送慢,系统体积庞大,接线多,工作甚不方便,因此,仪器厂家推出了插件式仪器。

插件式仪器实质上是从计算机上向外引出总线扩展底板或扩展箱,然后在扩展底板上或扩展箱内插上不同功能的仪器插件模块。例如,美国 HP 公司 20 世纪 80 年代中期推出的 PC 仪器系统,通过专门的个人计算机仪器母线将 PC 机与扩展箱相连。每个扩展箱可插入八个仪器插件模块,如数字多用表模块、高速 A/D 模块、数字示波器模块、动态应变模块、测温模块、跟踪保持模块等等。如需要,可连接多个扩展箱。各仪器插件模块均由 PC 机程序控制,测试结果在计算机的 CRT 上显示,在计算机的磁盘上存储。

这种将仪器插件与个人计算机融为一体的插件式仪器,结构紧凑,性能价格比高,特别是可利用 PC 机丰富的软件资源,按标准接口总线,仪器插件可由多厂家生产。插件式仪器有着广阔的发展前景。

二、测试系统的主要通信接口

测试系统各微机化仪器的测试电路、键盘、CRT 和内外存储器等,都是计算机的外围设备,微机化仪器也具有计算机系统的总线结构,主计算机的 CPU 是整个系统的核心,所有外设都挂在总线上,CPU 按地址对它们进行访问。在此,对总线作一简要介绍。

按功能,总线可分为地址总线、数据总线和控制总线。

按微机系统的结构层次,总线又可分为片内总线、芯片总线、板极总线和外部总线四种。片内总线用于芯片内部各功能单元电路间信息传输;芯片总线用于同一块电路板上的芯片之间的互连;板极总线用于连接各种插件板(如 ADC 插卡、彩显卡和声卡等),以组成完整的微机及仪器系统;外部总线用于实现微机与微机间的通信,以组成一种较大的系统,习惯上称为通信总线,如下面将要介绍的 RS232C、GPIB 等。

按信息位传送方式划分,总线又可分为并行总线和串行总线。并行总线(如 GPIB)同时并行地传递二进制编码的多位数,它速度快,但每一位要一条传送线,成本高,不宜远距离通信;串行总线(如 RS232C、RS422 和 RS423 等)把二进制编码信息一位接一位地分时串行传送,只需一条或两条传送线,其速度慢,但用线少、成本低,特别适合远距离通信。

通常,微机和仪器内部都采用并行总线,外部则按不同要求选用串行或并行总线。

总线通过硬件与各单元(芯片、插件板、微机及仪器)连接,而各单元与总线连接的硬件部分,是与总线技术规范适配的接口电路,简称接口。下面重点介绍微机与仪器(亦即微机)之间通信的外部标准接口总线。

（一）RS232C 标准接口总线

RS232C 是美国电子工业协会 EIA（Electronics Industries Association）1969 年公布的二进制数据串行传送的一种标准接口，也是目前各国通用的国际标准。微机上几乎都配有 RS232C 接口，用于连接 CRT、串行打印机等通信外设和设有同样接口的通信仪器。

RS232C 接口总线属信号级兼容的外部总线，其主要标准有：

1. 接口的连接器件

有 25 条信号线，采用 25 个引脚的 D 型（插接件）连接器。每个引脚都分别定义了信号名称及电平。微机通信时一般仅使用九个常用信号，如图 6-16a 所示。其中发送数据线（TXD）和接收数据线（RXD）是一对数据传输线。应答联络线包括请求发送（RTS）、清除发送（CTS）、数据设备准备好（DSR）和数据终端准备好（DTR）四条线。串行双向数据通信又分为半双工和全双工两种方式。发送和接收分时进行称为半双工方式；发送和接收同时进行称为全双工方式。全双工通信时无需使用请求发送和清除发送两根线。

若通信双方随时准备交换数据，无需应答联络，则只需两条数据传输线（双绞线即可）和一条信号地线，如图 6-16b 所示。

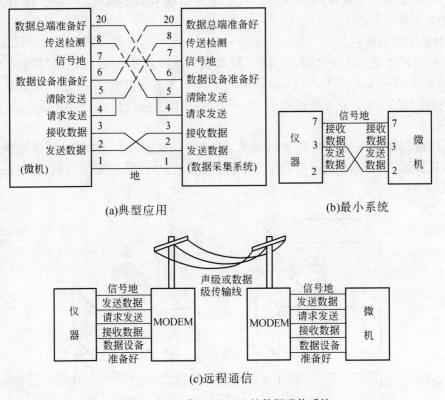

(a)典型应用　　　(b)最小系统

(c)远程通信

图 6-16　采用 RS232C 的数据通信系统

2. 信号电平和逻辑

RS232C 接口信号电平规范定义用 ±12 V 标称脉冲电平实现信息传送，采用负逻辑。-5～15 V 为逻辑值"1"，5～15 V 为逻辑值"0"。-3～3 V 为过渡区，接口传送出错，噪声余量为 ±2 V。

3. 数据传送速率

用每秒传送串行字符的总位数,即波特率(bit-rate)来描述数据传送速率。RS232C 规定其波特率在 50～19 200 间分 11 个等级,由用户选用。

RS232C 接口标准规定,两台设备直接相连的最长距离为 15 m。长距离通信可在两设备的 RS232C 接口处配调制解调器(MODEM),并接电话线来实现,如图 6-16c 所示。

为直接实现长距离和更高波特率的串行通信,IEA 在 R232C 基础上又发展出 RS422 和 RS423 接口,它们抗干扰能力强,直接连接的传输距离可达 1 000 m,传输速度可达 10 Mb/s。

以上接口的电路已集成化。只需在微机中装入仪器厂商提供的接口驱动程序,按说明调用,即可实现微机与仪器间的双向通信。

(二)GPIB 标准接口总线

GPIB 接口是一种命令级兼容的外部总线接口,主要用来连接各种仪器,组建中小规模的自动测试系统。该接口由美国 HP 公司 1972 年提出,故又称 HP-IB 接口。

作为一种并行接口,GPIB 结构简单、性能可靠、操作方便、灵活、体积小且价格较低,被世界各国广泛采用。大多数可程控仪器、可程控开关等都设置有该接口并免费提供设备驱动程序。一些微机也设置有 GPIB 接口。对未设置 GPIB 接口的微机,用 GPIB 插卡,插入系统主板的扩展槽中即可。

GPIB 的主要特征:

(1)最多可连接 15 台仪器(包括主控微机)　按这些仪器的作用又可分为讲者(Talker)、听者(Listener)和控者(Controller)三种。讲者发送数据,听者接收讲者发送的数据,控者指挥数据交换。在工作过程中,每台仪器(包括主控微机)的地位(讲者、听者和控者)均可变更。

(2)接口总线 24 条　其中 16 条信号线又分为 8 条数据线,3 条数据字节传输控制线和 5 条接口管理线。8 条数据线采取位并行和字节串行的双向异步传输方式,传输时只允许一台仪器为讲者。

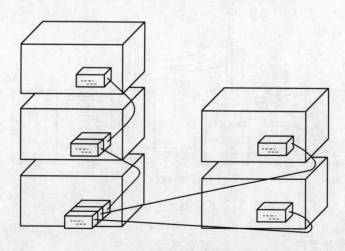

图 6-17　用 GPIB 接口连接多台仪器

(3)总线长度限定为 20 m　连接多台仪器时,可按仪器数乘每根电缆长来限制总长。常用的接口电缆有 0.5 m、1 m、2 m、4 m 几种。接口电缆两端均有一特定的插头和插座背靠背叠装的组合式插头座。任何一台仪器,只要在它的 GPIB 插座上插上一条接口电缆,再把电缆的另一头插在系统中的任一个插座上,这台仪器就接入了系统,如图 6 - 17 所示。也可从一台仪器的接口接出所需连接的全部仪器。

（4）数据传送速度　因系统多台仪器的发送及接收速度可能各不相同,故系统数据传送速度主要取决于速度最低的仪器。通常为 $1 \times 10^4 \sim 2.5 \times 10^5 B/s$,传送距离较短时速度最高可达 1 MB/s。

（5）工作环境　适宜在电磁干扰较弱的实验室和生产环境测试中使用。

IEC 标准接头为 25 芯针型（多一条地线）,我国较多采用的 IEEE 标准接头为 24 芯簧片结构。

微机与仪器间的通信是由测试软件来操作的,软件可用多种高级语言编写。最基本的方法是按 GPIB 接口使用指南与提供的相应软件,在高级语言中调用各种 GPIB 专用指令,这要求编程者对微机仪器的接口芯片（硬件）及专用指令都比较熟悉,编程比较麻烦。近来,许多微机和仪器厂商已能提供方便简化 GPIB 编程的微机语言及各种仪器的 GPIB 接口驱动软件。安装这些驱动软件时,要注意与微机相应的操作系统吻合。

美国电气和电子工程师协会在 1987 年又针对 GPIB 接口总线公布了 IEEE488.1 和 IEEE488.2,进一步扩展和完善了 GPIB 接口总线。

IEEE488.1 的名称是《对于可程控仪器的标准数字接口》,IEEE488.2 的名称是《可程控仪器 IEEE 标准数字接口的编码、格式、协议和通用命令》。其中 IEEE488.1 和 IEEE488 与我国的 GB249.1—85 相比,只有少量修改,变化不大。IEEE488.2 虽然也与我国的 GB249.2—85 有密切联系,但又做了很多扩充。详细情况请参阅有关文献。

IEEE488.2 标准改变了 GPIB 接口电路（接口芯片）,使用者必须注意几个标准之间的兼容性。

（三）VXI 标准接口总线

VXI 是插件式仪器的主要标准总线。VXI（VME Bus Extensions for Instrumentation）标准总线是 VME（Versa Bus Module European）高速总线在仪器领域的扩展,它已得到全世界绝大多数同行的认可。它在接口总线、机架结构、接插件、电磁兼容和散热方面都制定了相应的标准。

VXI 标准的单个仪器做成标准尺寸和标准接口的模块插件,插入机架,每个机架可插入多个插件。主机架不够用,还可以接入多个扩展机架。每个机架均内设标准接口总线、模拟信号线和多种电源线,既适用于数字式插件,又适用于预处理模拟式插件。各插件,或者是内置 CPU、存储器、ADC 或 DAC 的选件,或者是可实现各种仪器分析、控制功能的选件,由厂商按国际通用接口标准生产并标上厂商识别号,可选购或定做。每个机架自成一个子系统,同一机架内各插件间数据传输速度可达 40 MB/s,是 GPIB 的 40 倍。主机架与主计算机或机架与机架之间用标准接口总线连接,如 GPIB、RS232C、RS422、RS423 或其他微机总线。沟通两种总线的翻译器（接口）都设置在机架的零槽插件内,如图 6 - 18 所示。

VXI 主机架还可插入一内嵌式高档微机,形成机架外无计算机的独立系统,数据传输速度更高。VXI 机架体积小,插件紧凑,可靠性高,便于携带。

用插件式仪器组建或更新各种测试系统十分方便,其结构紧凑,可靠性高,价格低廉,是近代仪器发展的重要方向。

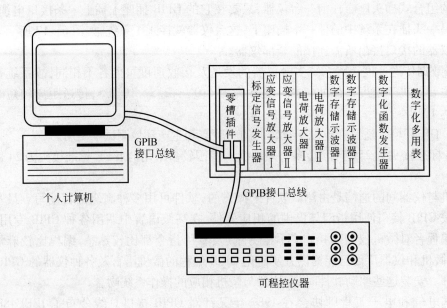

图 6-18　VXI 标准的测试系统示意图

　　插件式仪器机架内的各个插槽,实质上就是 PC 机系统板上各扩展插槽进一步向外延伸和扩展,PC 机仍是仪器(系统)的核心。

附　表

分度号：S　　　　　　　附表1　铂铑10-铂热电偶分度表　　　（冷端温度为0℃）

热端温度 ℃	0	10	20	30	40	50	60	70	80	90
	热　电　动　势/mV									
0	0.000	0.055	0.113	0.173	0.235	0.299	0.365	0.432	0.502	0.573
100	0.645	0.719	0.795	0.872	0.950	1.029	1.109	1.190	1.273	1.356
200	1.440	1.525	1.611	1.698	1.785	1.873	1.962	2.051	2.141	2.232
300	2.323	2.414	2.506	2.599	2.692	2.786	2.880	2.974	3.069	3.164
400	3.260	3.356	3.452	3.549	3.645	3.743	3.840	3.938	4.036	4.135
500	4.234	4.333	4.432	4.532	4.632	4.732	4.832	4.933	5.034	5.136
600	5.237	5.339	5.442	5.544	5.648	5.751	5.855	5.960	6.064	6.169
700	6.274	6.380	6.486	6.592	6.699	6.805	6.913	7.020	7.128	7.236
800	7.345	7.454	7.563	7.672	7.782	7.892	8.003	8.114	8.225	8.336
900	8.448	8.560	8.673	8.786	8.899	9.012	9.126	9.240	9.355	9.470
1000	9.585	9.700	9.816	9.932	10.048	10.165	10.282	10.400	10.517	10.635
1100	10.745	10.872	10.991	11.110	11.229	11.348	11.467	11.587	11.707	11.827
1200	11.947	12.067	12.188	12.308	12.429	12.550	12.671	12.792	12.913	13.034
1300	13.155	13.276	13.397	13.519	13.640	13.761	13.883	14.004	14.125	14.247
1400	14.368	14.489	14.610	14.731	14.852	14.973	15.094	15.215	15.336	15.456
1500	15.576	15.697	15.817	15.937	15.057	16.176	16.296	16.415	16.534	16.653
1600	16.771	16.890	17.008	17.125	17.243	17.360	17.477	17.594	17.711	17.826
1700	17.942	18.056	18.170	18.282	18.394	18.504	18.612			

分度号：K　　　　　　　附表2　镍铬-镍硅（镍铝）热电偶分度表　　　（冷端温度为0℃）

热端温度 ℃	0	10	20	30	40	50	60	70	80	90
	热　电　动　势/mV									
-0	-0.000	-0.392	-0.777	-1.156	-1.527	-1.889	-2.243	-2.582	-2.920	-3.242
+0	0.000	0.397	0.798	1.203	1.611	2.022	2.436	2.850	3.266	3.618
100	4.095	4.508	4.919	5.327	5.733	6.137	6.539	6.939	7.338	7.737
200	8.137	8.537	8.938	9.341	9.745	10.151	10.560	10.969	11.381	11.793
300	12.207	12.623	13.039	13.456	13.874	14.292	14.712	15.132	15.552	15.974
400	16.395	16.818	17.241	17.664	18.088	18.513	18.938	19.363	19.788	20.214
500	20.640	21.066	21.493	21.919	22.346	22.772	23.198	23.624	24.050	24.476
600	24.902	25.327	25.751	26.176	26.599	27.022	27.445	27.867	28.288	28.709
700	29.128	29.547	29.965	30.383	30.799	31.214	31.629	32.042	32.455	32.866
800	33.277	33.686	34.095	34.502	34.909	35.314	35.718	36.121	36.524	36.925
900	37.325	37.724	38.122	38.519	38.915	39.310	39.703	40.096	40.488	40.897
1000	41.264	41.657	42.045	42.432	42.817	43.202	43.585	43.968	44.349	44.729
1100	45.108	45.486	45.863	46.248	46.612	46.985	47.356	47.726	48.095	48.462
1200	48.828	49.192	49.555	49.916	50.276	50.663	50.990	51.344	51.697	52.049
1300	52.398	52.747	53.093	53.439	53.782	54.125	54.466	54.807		

参 考 文 献

［1］　黄长艺,严普强. 机械工程测试技术基础［M］.北京:机械工业出版社,1996.

［2］　姜建国. 信号与系统分析基础［M］.北京:清华大学出版社,1997.

［3］　卢文祥,杜润生. 工程测试与信息处理［M］.武汉:华中理工大学出版社,1992.

［4］　许庆山,李秀人. 信号与系统［M］.北京:航空工业出版社,1998.

［5］　郑君里. 信号与系统［M］.北京:高等教育出版社,1984.

［6］　陈后金,李丰. 信号与系统［M］.北京:中国铁道出版社,1998.

［7］　王光铨,毛军红. 机械工程测量系统原理与装置［M］.北京:机械工业出版社,1998.

［8］　周生国. 机械工程测试技术［M］.北京:北京理工大学出版社,1993.

［9］　韩峰. 测试技术基础［M］.北京:机械工业出版社,1998.

［10］　刘迎春,叶湘滨. 传感器原理、设计与应用［M］.长沙:国防科技大学出版社,1997.

［11］　施文康,徐锡林. 测试技术［M］.上海:上海交通大学出版社,1996.

［12］　刘金环. 工程测试技术［M］.北京:兵器工业出版社,1998.

［13］　丁镇生. 传感器与传感技术应用［M］.北京:电子工业出版社,1998.

［14］　吴兴惠,王彩君. 传感器与信号处理［M］.北京:电子工业出版社,1998.

［15］　张俊哲. 无损检测技术及其应用［M］.北京:科学出版社,1993.

［16］　金篆芷,王时明. 现代传感技术［M］.北京:电子工业出版社,1995.

［17］　张国忠,赵家贵. 检测技术［M］.北京:中国计量出版社,1998.

［18］　常健生. 检测与转换技术［M］.北京:机械工业出版社,1992.

［19］　蔡文贵,李家远等. CCD 技术及其应用［M］.北京:电子工业出版社,1992.

［20］　王洪业. 传感器工程［M］.长沙:国防科技大学出版社,1997.

［21］　虞和济. 振动诊断的工程应用［M］.北京:冶金工业出版社,1992.